KB113649

소설 책사

菜士

소설 책사

茶士

권오단 역사 소설

6

산수야

책사 策士 ⑥

초판 인쇄　2013년 6월 15일
초판 발행　2013년 6월 20일

지은이　권오단
발행인　권윤삼
발행처　도서출판 산수야

등록번호　제1-1515호
주소　서울시 마포구 망원동 472-19호
우편번호　121-826
전화　02-332-9655
팩스　02-335-0674

ISBN 978-89-8097-258-6　04810
ISBN 978-89-8097-252-4　(전6권)

값은 뒤표지에 있습니다. 잘못된 책은 바꾸어 드립니다.

이 책의 모든 법적 권리는 도서출판 산수야에 있습니다.
저작권법에 의해 보호받는 저작물이므로
본사의 허락 없이 무단 전재, 복제, 전자출판 등을 금합니다.

이 도서의 국립중앙도서관 출판시도서목록(CIP)은 e-CIP 홈페이지
(http://www.nl.go.kr/cip.php)에서 이용하실 수 있습니다.
(CIP제어번호: CIP2012005818)

차
례

보이지 않는 적 · 7

귀환(歸還) · 16

반간계(反間計) · 26

일사천리(一瀉千里) · 39

아들 목해붕(木海鵬) · 79

천우신조(天佑神助) · 88

정적(政敵)이여, 안녕 · 107

와호장룡(臥虎藏龍) · 168

결자해지(結者解之) · 186

의리의 화신 · 234

목풍아가 간다 · 250

인생이 무엇이더냐 · 258

주요등장인물 · 264

작가의 말 · 270

참고문헌 · 272

보
이
지
않
는
적

희뿌연 운무를 머금은 듯한 융중산 아래, 제법 큰 마을 하나가 자리를 잡고 있었다. 송宋대 제갈기諸葛基라는 이가 융중산 아래에서 터전을 일군 후 차차 마을이 형성되어 지금은 제법 큰 도회가 되어 있었는데 마을 이름이 회룡촌回龍村이었다.

융중산의 계곡물이 흘러내려 마을 가운데를 지나는데 둥글게 흘러내리는 모습 때문에 지어진 이름이었다. 그 물줄기의 모습은 태극 모양과 비슷하며 계곡물 가에는 보를 쌓아놓고 그 위에 벽돌로 집을 쌓아 마치 성곽 모양 같았다. 험한 계곡물이 해자의 역할을 하는 천연의 요새와 같은 마을이었다.

회룡촌 앞에서 마을을 살피던 목풍아는 고개를 끄덕끄덕하였다. 마을의 모양만 살펴보고도 제갈세가의 지모를 짐작할 수 있었기 때문이었다. 적의 침입에 대비하여 철저하게 계산된 마을. 제갈세가의 힘을 마을을 통해 단면적으로 느끼고 있었다.

무당산을 출발한 목풍아 일행이 회룡촌에 도착하는 데 나흘이 걸렸다. 지나는 마을마다 효행이 뛰어난 자에게 큰 상을 내리고 마을 사람들에게 잔치를 벌여 즐겼기 때문이었다. 느긋하게 회룡촌에 도착한 목풍아는 마을 입구에 걸린 다리 앞에서 지세를 바라보며 상념에 잠기었다.

병법에도 보이지 않는 적이 가장 무섭다 하였다. 목풍아가 마음에 걸리는 것은 상대방이 어떤 꿍꿍이를 가지고 있는지 모른다는 것이다. 호랑이를 잡기 위해서는 호랑이 굴로 들어가는 것이 상책이지만 마을의 철통 같은 지세를 보니 상대방이 호락호락하지 않아 속내를 알아내기가 쉽지 않을 것 같았다.

일도가 입을 열었다.

"대장, 다리를 건너지 않고 무작정 기다리실 겁니까?"

"곧 사람이 나올 거야. 사흘 걸릴 길을 나흘이나 걸려서 왔는데 바보가 아닌 다음에야 마을의 우두머리가 나와 영접을 하겠지."

말이 끝나기도 전에 백발이 성성한 노인과 일전에 본 적이 있던 제갈지를 선두로 하여 마을 사람들이 우르르 다리로 몰려들기 시작하였다. 노인과 제갈지가 다리를 건너와 마차에 타고 있는 목풍아에게 포권을 취하였다.

"조정의 높은 대신께서 이렇게 누추한 저희 마을을 찾아주시니 황망하여 몸 둘 바를 모르겠습니다. 저는 제갈휘諸葛輝라고 합니다."

제갈휘에 대해서는 목풍아도 들은 바가 있다. 십여 년 전부터 융중산과 양양 일대에 명성을 휘날린 바 있으며, 그 아들 제갈문, 손자 제갈지와 함께 제갈세가의 명성을 드높이고 있는 인물임을. 차린 행색과 모습이 시골 촌로와 같이 평범한 제갈휘였다.

입가에 미소를 머금은 노인의 얼굴은 차라리 순박해 보여 일대에 쟁쟁한 명성을 쌓은 사람이라 보이지 않았다.

목풍아는 마차에서 내려 실실 웃으며 포권을 취하였다.

"제갈가의 명성을 들은 지 오래입니다. 남경으로 가는 길에 당연히 찾아와야 하는 것은 인지상정이지요."

제갈휘가 손으로 다리를 가리키며 말했다.

"가시지요. 장원에 주연을 마련하였습니다."

"폐가 되는 것은 아닌지 모르겠습니다."

"그럴 리가요."

목풍아는 제갈휘를 따라 걸었다. 따스한 봄바람을 맞으며 다리를 건너니 그 뒤를 따라 심복들과 관군들이 따랐다. 우레 같은 소리를 지르며 흘러가는 계곡물과 시커먼 바윗돌을 다리 아래로 바라보니 간담이 서늘할 지경이었다.

다리를 건너니 정돈된 넓은 길이 나타났다. 사방으로 넓게 뻗은 길 좌우로 시장이 들어서 있었는데 모두들 제갈휘와 목풍아의 행차를 바라보고 있었다.

시장을 벗어나 잠시 가다 보니 3장은 될 듯한 담장을 두른 장원이 하나 나타났다. 마치 성곽처럼 높게 만들어진 담장 가운데에 조그마한 대문이 있었는데 작은 편액 하나 걸리지 않았다. 이 역시 가문의 위세를 자랑한다기보다는 적을 방비할 요량으로 병법을 기초하여 실속있게 만들어진 것이었다.

제갈기가 회룡촌에 정착한 시대를 돌이켜 생각하니 중원에 분쟁이

끊이지 않을 시기였다. 곳곳에 도적과 약탈이 빈번하던 시기였으니 이러한 구조의 집과 마을의 설계는 당연한 것이었다.

대문을 들어서니 넓은 연무장이 펼쳐져 있는데 좌우에 무기를 걸어놓은 창가槍架가 무수하게 늘어서 있었다.

목풍아의 시선을 의식한 듯 제갈휘가 말했다.

"대인께서도 짐작하고 계시겠지만 이곳은 예로부터 도적들의 침입이 빈번하여 마을 사람들이 스스로 자신을 지킬 수 있도록 하기 위해 무예를 연마하고 있습니다."

"그런 것 같았습니다. 무예를 연마한다면 마을 사람들 중에 진법을 아는 사람도 많겠습니다."

은근하게 우각산의 일을 추궁하는 것이다.

제갈휘는 빙그레 웃으며 말했다.

"선조들이 지형적인 이점을 살펴 도적을 막을 수 있도록 마을을 설계한 까닭에 사람들이 진법을 따로 배울 필요는 없지만, 간단한 진법 정도는 숙지하도록 하였습지요."

목풍아가 고개를 끄덕이며 담벼락을 둘러보니 완연한 성벽과 다름이 없었다. 밖에서 볼 때는 담장이었지만 성벽처럼 만들어진 건물이었다. 다리를 외성外城이라 하면 장원은 내성內城인 셈이었다.

"이 마을에 제갈 성을 가진 사람들이 몇이나 됩니까?"

"대략 300호쯤 되지요. 강씨와 한씨 성을 가진 사람들이 일부 살고는 있습니다만 대부분 제갈가와 일가인 셈이지요."

넓은 연무장을 지나니 아름드리 향나무와 기암괴석의 정원이 나타났다. 연꽃 무늬가 있는 전돌을 따라 얼마를 가다 보니 넓은 정청이 나타났다. 남녀 하인들이 분주하게 들락거리는 정청 안에는 커다란 탁자 위에 주연이 마련되어 있었다.

제갈휘는 목풍아를 상석으로 안내하였다. 관원에 대한 예의였다. 목풍아가 몇 번 사양하다가 상석에 자리하자 제갈휘가 그 옆에 앉았다.

목풍아의 옆으로 오괴와 독돈, 일도 등 관원들이 자리하고 제갈휘의 옆에 손자 제갈지와 일가들이 차례로 앉았다. 한바탕 술잔이 돌아가고 흥이 무르익을 무렵 목풍아가 고개를 갸웃거리며 말했다.

"이상한 일이지요? 강호에 제갈가문의 세 분 영웅의 이름이 드높은데 아드님의 모습이 보이지 않습니다. 한번 뵙기를 소망하고 찾아왔는데 어딜 가셨습니까?"

제갈휘가 빙그레 웃으며 술병을 들어 목풍아의 잔에 술을 따랐다.

"작년에 제 아들이 견문을 넓힌다고 천하 유람을 떠났습니다. 대저 대장부라면 천하의 아름다운 경치를 보고 옛 고적을 찾아다니며 호연지기를 키워야 하는 것이 아니겠습니까? 저희 제갈가문의 장자들이 사십 대가 되면 하는 전통이지요."

"아! 안타까운 일이군요."

목풍아는 길게 탄식을 하며 술잔을 비웠다.

목풍아를 위한 연회는 그날 깊은 밤까지 계속되었으나 목풍아가 원하는 정보를 얻을 수는 없었다. 숙소로 돌아온 목풍아는 일도와 오괴, 독돈과 함께 탁자에 둘러앉았다.

"으허허허. 대장, 제갈휘라는 늙은이가 보기보다 여우같던데요?"

"흥, 어수룩하게 생긴 것이 너구리에 가깝더군."

"헤헤헤. 형님들, 제가 보기에는 능구렁이에 가깝던데요?"

"이 자식, 끼어들 자리를 보고 끼어들어야지."

오괴가 주먹을 날리자 일도가 손을 들어 막았다.

"형님, 왜 이러세요? 말로 하자구요."

"이 자식, 내 주먹을 피해?"

오괴의 주먹이 빠르게 움직였다. 일도가 두 손을 빠르게 펼쳐 오괴의 주먹을 막으며 목풍아의 뒤편에 숨어들었다.

"말로 하자구요. 매일매일 괴롭히기나 하고 힉… 힉… 대장, 오괴형님은 저만 괴롭혀요. 힉… 힉…….

일도가 목풍아에게 하소연을 하였다.

"사내자식이 울기나 하고…… 보기 싫어! 당장 꺼져버려라."

"그러게 잠자는 사자의 코털을 왜 건드려요?"

"네가 잠자는 사자냐? 하룻강아지지."

"하룻강아지든 이틀 강아지든 형님하고 같이 있다가는 맞아 죽기 매일반인데 어쨌단 말이에요. 힉… 힉…….

목풍아는 멍하니 오괴와 독돈을 바라보았다. 독돈이 웃으며 반질거리는 머리를 만졌다. 무당산에 있는 동안 일도 역시 알게 모르게 무공이 진전하였던 것이다. 일도는 알지 못하고 있지만 오괴의 주먹을 순간적으로 막고 용수철에 튕기듯 빠르게 도망쳐 온 신법은 쉽게 흉내 낼 수 있는 재간이 아니었다.

"일도야, 오괴가 너를 잡기 전에 잠시 나가 있거라."

"오괴 형, 이렇게 나오면 나도 가만있지 않을 거예요. 등 뒤를 조심하세욧."

일도가 구시렁거리며 문을 나가자 목풍아가 씽긋 웃으며 오괴에게 말했다.

"일도가 많이 늘었군."

"무공을 익히지도 않은 대장이 보는 눈은 제법입니다."

"문리가 통하면 다 아는 법이야."

오괴가 얼굴을 삐죽거리며 팔짱을 꼈다.

"제갈세가, 제갈세가 하더니 보통이 아니야. 제갈휘가 능구렁이처럼 제갈문에 관한 일을 돌리더니 내가 캐묻는 말에 넘어가질 않는군."

독돈이 말했다.

"그럼 어떡하실 겁니까?"

"심증은 있는데 물증은 없으니……."

"심증이라니오?"

"회룡촌이라는 마을은 씨족 촌락이야. 오랜 옛날부터 침입자를 방어하기 위해 계획적으로 만들어진 마을이란 말이다. 오면서 봤겠지만 계곡에 놓인 다리가 끊기면 적이 침입해 올 수 없어. 그리고 제갈 장원은 하나의 훌륭한 내성이란 말이야. 그리고 마을 사람들의 팔뚝을 보았나?"

오괴가 말했다.

"아! 그리고 보니 그렇군요. 젊은 사내들의 팔뚝이 무예를 익힌 사람처럼 크고 튼실하더군요. 마을 사람들이 어려서부터 무예를 단련한 것이 틀림없습니다."

독돈이 말했다.

"이야기가 되네. 무공을 익히고 장원 안의 넓은 연무장에서 제갈휘나 제갈문에게 진법을 배웠다면 말이 되네요."

오괴와 독돈이 목풍아를 바라보았다.

"하지만 심증만으로 제갈세가를 건드렸다가는 좋을 것이 없잖아."

독돈이 말했다.

"지금이라도 단서를 찾아보면 안 될까요?"

목풍아가 머리를 설레설레 저었다.

"시간이 너무 많이 흘렀어. 그리고 능구렁이 같은 제갈휘가 단서가 될 만한 것을 남겨두었을 리 없고 말이야."

"저번에 우각산에서 잡았던 도적들이 있잖아요. 그놈들을 다시 족치면 어떨까요?"

오괴가 코웃음을 쳤다.

"흥, 회룡촌은 씨족 마을이야. 죽었으면 죽었지 가문에 누가 되는 짓은 하지 않을 거다."

"오괴 말이 맞다. 강압이나 고문에 의해서 진술이 나왔다면, 제갈세가가 무림에서 얻고 있는 명망을 생각할 때에 그 역시 상책은 아니야."

"그럼, 어떡할 겁니까?"

"어쩌긴 뭘 어째? 확실하지 않으니 물러나는 수밖에. 우리는 내일 아침 일찍 회룡촌을 떠난다."

"제갈문의 행방은 어떻게 하실 건가요? 천하에 제갈문을 찾는 방문을 돌린단 말입니까?"

목풍아가 고개를 저으며 두 사람의 귀를 당겨 소곤거렸다.

"제갈휘가 능구렁이 같지만 나의 유도 신문에 한 가지 걸려든 것이 있어. 그 늙은이는 내가 제갈문을 찾으리라 예상하고 천하 유람이라는 말을 하였지만 사실 제갈문은 원군을 청하러 명나라 바깥으로 나간 것이 분명해. 의성에서 날 죽이려 했던 것은 제갈세가였어."

"네?"

두 사람이 서로의 얼굴을 바라보았다.

목풍아가 다시 소곤거렸다.

"모르긴 몰라도 그 늙은이는 내가 중원을 구석구석 찾아 헤매기를 바라고 있을 거야. 마을의 유래나 장원의 성격을 고분고분 이야기할 때 이미 내 의도를 간파한 것이겠지. 세 가지 중에 두 가지가 사실이고 한 가지가 거짓이라도 사람들은 믿곤 하거든. 그것이 거짓말을 하는 요령이고 말이야."

"으허허허. 그런 거군요."

오괴가 팔짱을 끼고 말했다.

"그렇다 하더라도 어떻게 제갈문의 행방을 찾는단 말입니까?"

"생각해둔 바가 있으니 너무 인상 찌푸리지 말라구. 이 정도만 해도 큰 성과를 거둔 것이니까 말이야."

목풍아는 빙그레 미소를 지었다.

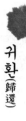

귀환(歸還)

　다음 날 목풍아는 회룡촌을 나왔다. 제갈휘가 몇 번이나 만류하였지만 공무가 바쁘다는 핑계로 정오 무렵 마을을 벗어날 수 있었다. 실제 목풍아는 느긋하게 쉴 틈이 없었다.

　융중산에서 남경까지는 육로로 무한까지 사천 리 길이요, 무한에서 남경까지 수로로만 이천 리 길이니 급하게 서둘러도 보름이 걸린다. 돌아오라는 연락을 받은 것을 포함하면 한 달가량 걸리는 길인 것이다.

　주고치가 목이 빠지게 기다리고 있을 걸 생각하면 목풍아는 서두르지 않으면 안 되었다. 예부터 황실 법도에 천자의 자리는 장자가 맡게 되는 것이 예법이었으나 영락제가 황제의 위에 오른 후에는 그런 예법이 유명무실하게 되었다. 영락제는 장자가 아니었고, 힘으로 황제가 된 경우였으니 말이다.

　황제의 후계자가 장자가 된다는 예법은 논리적으로 말하기에는 어려웠다. 결과적으로 영락제를 닮은 둘째 주고후나 셋째 주고수를 지지하는 세력이 영락제를 근거로 일어서면 비대한 주고치는 영락없이 개털이 되기 좋았다. 주고치에게는 목풍아가 절실히 필요하였다.

회룡촌을 떠난 목풍아는 마차를 달려 닷새 후 무한에 도착하였다. 그리고 무한에서 배를 타고 장강을 따라 내려가 열흘 후 남경에 도착하였다. 부랴부랴 서두른 까닭에 시간을 단축할 수 있었다.

목풍아는 황궁으로 나아가 무당산에서 돌아왔음을 고하고, 그간의 경위를 황제에게 이야기하였다. 우각산에서 도적에게 습격당한 이야기를 유심히 듣던 황제가 화통하게 웃으며 입을 열었다.

"하하하. 원숭이가 나무에서 떨어질 때가 있다더니 천하의 지낭공 목풍아가 일패도지할 때도 있구나."

"하지만 결과적으로 무림맹을 결성하지 않게 되었으니 잘된 일이 아니겠습니까?"

"하하하. 네놈이 잘난 부하들을 믿고 방자를 부린 것이 아니냐?"

"장수는 병사와 한 몸인데 그럴 수야 있습니까? 소신이 미흡하여 부하들을 고육계에 몰아넣은 것이 죄송할 따름입니다."

"하하하. 좋아, 좋아. 장수란 무릇 병사들을 한 몸처럼 생각해야 하는 법이지."

"망극하옵니다."

목풍아가 정청 바닥에 납작 머리를 조아렸다. 유쾌하게 웃던 황제가 손을 저어 사람들을 물렸다. 정청에 시위하던 무사들과 신하들이 사라지자 황제가 무겁게 입을 열었다.

"건문제가 아직 살아 있다는 말이구나."

"네, 송구스럽습니다."

"무림맹을 결성하여 나에게 맞설 생각이었다면 도적의 무리는 아니었을 터. 배후가 누군지 알아내었느냐?"

"송구합니다. 아직은 확신할 수 없습니다."

"확신? 누군지 의심 가는 이가 있단 말이군. 그게 누구냐?"

"아직은 말씀드릴 수 없습니다. 확실해지면 말씀드리겠습니다. 분명한 것은 건문제가 살아 있다 하더라도 세력을 일으키지 못한다는 것입니다. 세외세력을 끌어들이지 않는 한 건문제는 복위를 꿈도 꿀 수 없을 것입니다."

"음, 아무튼 잘하고 왔다. 무당파를 끌어들인 것은 탁월한 판단이었다."

"예. 무당산에 도관이 들어서면 백성들이 천자 폐하를 칭송하는 소리가 천하에 진동할 것입니다."

"하하하하. 좋아, 좋아."

영락제가 웃음을 그치고 말했다.

"내가 이번에 너를 부른 것은 다름이 아니라 여러 가지 사항을 물어보려 함이다."

"송구합니다."

"나라가 정비되었으니 마땅히 황태자를 간택해야 할 터인데 너는 누가 좋겠느냐?"

영락제의 뒤편에 장승처럼 정화가 서 있었다. 작년에 목풍아를 참소하다 신임을 잃었지만 정화는 엄연히 환관의 우두머리다. 환관은 황실의 비밀사항뿐 아니라 정책의 비밀들까지 알고 있는 정보통이었다. 홍무제 당시에는 폐단을 우려하여 환관들의 정치 참여를 금하였지만 영락제 찬위의 공을 세운 까닭에 환관의 힘이 커진 터였다. 황제 역시 정화를 믿고 의지하는 터라 신임이 컸다.

목풍아는 정화에게 꼬투리를 잡히지 않게 말해야 했다.

"예부터 황실의 법도는 장자에게 주어야만 되는 것이라고 하였습니다."

영락제의 짙은 눈썹이 꿈틀거렸다.

"하지만 장자의 자질이 어리석고 적자의 자질이 빼어나다면 천하 백성들과 사직을 위해서 마땅히 적자에게 왕위를 주어야 한다고 봅니다. 천하의 주인을 정하는 일을 급하게 서두르는 것은 좋지 않습니다. 일에는 순서가 있습니다. 첫 번째 할 일이 있고, 두 번째 할 일이 있습니다. 그 후에 온전한 결과를 도출할 수 있는 것입니다."

"좋아, 네 생각을 들어보지. 첫 번째 할 일이 무엇이냐? 세자들을 시험하는 것이냐?"

"아닙니다. 장수가 병사들과 한 몸인 것처럼 천자는 신하들을 한 몸처럼 생각하며 그들의 의견을 받아들이셔야 할 줄로 압니다."

"너도 다른 놈들과 같은 소릴 하는구나. 문인들이란 강단이 없어. 내가 듣고 싶은 것은 모호한 대답이 아니라 확실한 대답이다. 나는 너에게 확실한 대답을 듣고 싶은 거다."

"폐하, 정치란 전쟁과 달라서 한 번에 승부를 결정 내는 것이 아닙니다. 상대방의 입장을 간파하여 서로의 입장을 원만하게 융화되도록 하는 것입니다. 문인들이 모호하게 말하는 것은 세 왕자님에게 원한을 살까 저어해 의견을 내지 못하는 것입니다."

"너도 세 왕자의 눈치를 보는 것이냐?"

"오랫동안 벼슬살이를 하려면 눈치를 보는 것이 당연한 것 아니겠습니까? 줄을 어디에 서느냐에 따라 인생이 바뀌는데 신중해야지요. 제가 만일 폐하의 편에 있지 않고 건문제의 편에 있었다면 어떻게 되었겠습니까?"

목풍아가 자신의 목을 손으로 긋는 시늉을 하였다.

"폐하께서 신하들에게 황세자의 간택을 묻는 것은 신하들을 하나로 뭉치는 것이 아니라 세 갈래로 나누려는 것입니다. 이제 하나로 안정되어가는 조정이 후일의 권세 때문에 갈라서서 싸우는 것을 폐하께서는 바라시지 않는다고 생각합니다."

영락제가 피식 웃으며 말했다.

"네 말이 일리 있다. 결국 조정을 분열시키지 않기 위해 짐이 결단을 해야 한단 말이구나. 하지만 조정의 중대사를 짐이 혼자 결정해야 한다면 신하들이 존재하는 이유가 무엇인가?"

목풍아가 고개를 들며 말했다.

"폐하, 송구하지만 신이 한 가지 여쭐 말이 있습니다."

"뭔가?"

"천하를 폐하께서 다스린다고 생각하십니까?"

영락제의 얼굴이 경직되었다. 뒤편에 있는 정화의 얼굴 역시 마찬가지였다. 정화의 얼굴은 심각하게 굳어져 노기를 띤 것 같았다.

영락제가 고개를 갸웃거리며 물었다.

"너는 짐이 천하를 다스리는 것이 아니라고 말하는 것이냐?"

"그렇습니다."

"어째서 그런가? 합당한 이유를 말해보라."

목풍아가 침착하게 고개를 들어 시 한 수를 읊었다.

若言琴上有琴聲 약언금상유금성

放在匣中何不鳴 방재갑중하불명

若言琴在指頭上 약언금재지두상

何不于君指上聽 하불우군지상청

만약에 거문고 소리가 스스로 나오는 것이라고 말한다면,

거문고 상자 안의 거문고는 어찌하여 스스로 소리 내지 못하는가.

만약에 거문고 소리가 손가락에 의해 나오는 소리라고 말한다면,

어찌하여 손가락으로부터 아름다운 소리를 들을 수 없는가.

목풍아가 영락제를 올려보며 말했다.

"소식蘇軾의 금시琴詩입니다."

"그 시를 짐에게 들려주는 이유가 무엇인가?"

"거문고가 소리를 내기 위해서는 손가락이 필요하고, 손가락은 스스로 소리를 낼 수 없으니, 음악이 나오기 위해서는 거문고와 손가락 두 가지 모두가 필요하다는 말입니다."

"과연. 네 말이 일리가 있다."

"폐하께서 천하를 바르게 이끌고 싶지만 바른말을 하는 신하가 없고, 신하들이 폐하를 돕고 싶지만 그에 맞는 역량이 없으니 이것이 폐하의 가장 큰 고민이 아닙니까?"

황제가 무릎을 치며 말했다.

"과연, 그렇다. 나는 지금 그것이 고민이다. 네가 시로 나를 일깨우는 것을 보면 좋은 계책이 있는 거겠지?"

"그렇습니다."

"한번 들어보자꾸나."

"지금 조정의 신하들은 강직하고 바른 신하들보다는 눈치나 살피는 저와 같은 겁쟁이들뿐입니다. 신하들이 바로 서지 않고서는 이 나라가 바로 설 수 없습니다. 하물며 건문제를 섬기던 신하들에게 나라의 정책을 바란다는 것은 무리지요."

"그렇지. 그럼 어떻게 하면 좋겠느냐?"

"새 술은 새 부대에 담는다고 하였습니다. 새로운 세상이 도래하였으니 새로운 신하들로 채우셔야지요. 과거의 악기를 연주하던 신하들은 새로운 악기를 연주할 수 없습니다."

"새로운 악기. 새로운 신하?"

"예, 강직하고 청렴한 신하들로 황궁을 채우시면 전하의 근심은 일시에 해결될 것입니다."

"그렇다면 과거를 보란 말이구나."

"그렇습니다. 바른 선비는 올바른 뜻을 위해 죽음을 두려워하지 않습지요. 죽음을 두려워하지 않는 신하가 나라의 정책을 올리고, 폐하께서 바른 판단으로 결정하신다면 거문고에서 아름다운 소리가 울리듯 천하는 평안하게 돌아갈 것입니다."

영락제의 얼굴이 화색이 되었다.

"과연, 네 말이 맞구나. 버러지 같은 놈들에게 황태자가 누구인지 묻는 것보다 과거에 뽑힌 선비들에게 물어보는 것이 좋겠구나."

"영명하신 판단입니다."

"하하하하. 이제 네 뜻을 알겠다. 과거를 치러 인재를 뽑은 후 그들에게 황태자 선출에 관한 안을 물어보라는 말이로구나."

"그렇습니다. 과거에 급제한 자들 중에 우수한 자들을 한림원翰林院에 뽑아 그들에게 나라의 정책을 물어보는 것입니다."

"옳거니! 네 말이 일리가 있다."

정화가 끼어들었다.

"폐하, 과거는 영락 원년에 실시하였으니 다시 시험을 치려면 아직도 일 년이 남았습니다. 삼년시는 국가의 제도인데 갑자기 시험을 치른다면 명분이 서지 않습니다."

목풍아가 웃으며 말했다.

"와하하하. 제 말뜻을 잘 모르시나 봅니다. 영락 원년에 과거 시험이 치러졌습니다만 이번에 치는 시험은 나라의 정책을 조율할 인재를 뽑는 시험이어야 합니다. 진사進士 시험 말입니다. 아직 진사 시험은 한 번도 없는 것으로 압니다만……."

"……."

정화는 일시에 대답을 하지 못하였다.

"선비들은 종자種子이옵니다. 종자가 충실해야 곡식이 알차게 영그는 것처럼 이제는 인재들을 가려 뽑으실 때입니다. 국가의 정책에 대해서 간언을 일삼을 수 있는 선비들이 있을 때 이 나라의 국력은 더욱 강성해질 수 있는 것입니다."

목풍아의 말에 영락제가 웃으며 말했다.

"하하하. 목풍아 말이 맞다. 세상이 바뀌었으니 사람도 바뀌어야지. 좋아. 이번에 진사 시험을 치르겠다. 과거 시험의 총책임은 목풍아, 네가 맡도록 하여라."

"성은이 망극하옵니다."

목풍아가 정청의 바닥에 엎드려 절하였다.

"좋아, 물러가도 좋다."

목풍아가 뒷걸음질쳐서 정청을 나가자 정화가 입을 열었다.

"폐하, 목풍아에게 과거 시험의 총책임을 맡기시면 목풍아의 구미에 맞는 사람만 뽑히게 될 것입니다."

영락제가 정화를 물끄러미 바라보았다.

"정화, 너는 목풍아를 너무 의식하고 있구나."

"그, 그것이 아니오라……."

"그럼 너는 짐을 바보로 아는 것이냐?"

영락제의 호통에 정화가 허리를 구부렸다.

"아, 아닙니다, 폐하. 신이 어찌?"

"듣기 싫다. 목풍아는 일 년 가까이 무당산으로 갔다가 오늘에야 도착했다. 남경에 일 년 가까이 없었단 말이다. 흠차대신으로 가기 전에는 어사를 맡겨 천하를 떠돌도록 하였다. 내가 남경에서 황위에 오른 후 목풍아가 남경에 있었던 시간이 얼마였더냐? 당파를 만들 시간이 있으리라 생각하는가?"

"그, 그건 아니지만……."

"목풍아는 자신의 입장을 말하지 않고 객관적인 시각에서 답을 구하고자 하는데 너는 언제나 목풍아를 음모나 꾸미는 사람처럼 이야기하는구나."

"소, 송구합니다."

"내가 목풍아에게 시험의 감독관을 맡긴 것은 목풍아와 목풍아의 부하들 때문이다. 황제인 나에게 위축됨이 없이 할 말을 하는 목풍아와 같은 신하들을 갖고 싶은 거다. 나를 위해 기꺼이 죽을 수 있는 방효유와 같은 신하를 갖고 싶은 거다. 알겠나?"

정화는 몸 둘 곳을 몰라 바닥에 납작 엎드렸다.

"너는 목풍아를 너무 견제하는 것 같다. 목풍아는 짐을 위해 궂은 일을 마다하지 않은 충신이다. 앞으로 목풍아의 험담을 네 입에서 듣지 않았으면 좋겠다."

영락제는 자리에서 일어나 냉랭하게 내전으로 들어가버리고 말았다.

"목풍아, 이놈……."

정화는 땅을 치며 이를 우두둑 갈았다.

반간계(反間計)

황궁을 나간 목풍아는 도연이 머물고 있는 경수사慶壽寺로 향하였다. 목풍아가 무당산으로 간 뒤 도연은 경수사의 주지 겸 태사소사太師少師라는 직함을 받았다.

영락제는 황제가 된 일등공신으로 도연을 꼽았다. 천자가 된 후에 도연이라는 법명을 버리고 환속하라고 명하였다. 이를 위해 큰 저택과 아름다운 미녀 두 사람을 하사했다. 하지만 도연은 환속을 거부하고 저택과 미녀를 돌아보지도 않았다. 결국 황제는 도연을 환속시킬 마음을 버리고 경수사의 주지 겸 태사소사라는 직함을 내린 것이다.

경수사는 금의위의 비밀 장원으로 쓰이고 있었다. 갑작스러운 목풍아의 행차에 놀란 것은 도연이었다. 황궁으로 들어가 황제를 만났을 것이니 즉시 이곳으로 찾아왔다면 황제의 은밀한 이야기를 가지고 왔을 것이라 생각하였다.

"무당산에서 돌아오신 것을 축하드리오."

목풍아에 대한 황제의 총애가 깊은 만큼, 예전처럼 쉽게 생각할 상대가 아님을 잘 알고 있기에 도연은 정중하게 맞이하였다. 정보망이 집중되는 비밀 장원인 만큼 목풍아의 뒤편에 서 있는 두 명의 괴인 역시 황제가 탄복할 만큼 보통내기가 아님을 잘 아는 도연이었다.

목풍아는 포권을 취하며 말했다.

"와하하하. 그동안 잘 계셨습니까? 못 본 사이에 태사소사의 관직을 받으셨다기에 감축드릴 겸 찾아왔습니다."

도연이 합장을 하며 답례하였다.

"고, 고맙습니다."

"먼 곳에서 동료가 왔는데 차나 한잔 주시지요."

몇 년 사이에 동료로 변해버렸다. 키 작고 버릇없던 목풍아가 성큼 자라서 자신과 동료라고 거리낌 없이 이야기하는 것이 내심 불쾌하였지만 천자의 총애를 받고 있으니 내색할 수도 없는 일이었다. 도연은 정화가 목풍아를 참소하려다가 화를 입을 뻔한 일을 잘 알고 있었다. 장앙태감인 정화보다 목풍아를 신임하고 있으니 도연으로서도 섣불리 대할 수 없는 인물이 되었다.

도연이 불당 앞에 대기한 하인에게 차를 내오라 일렀다. 잠시 후 차가 나왔다. 향긋한 차를 마시던 도연이 입을 열었다.

"지낭공께서 여긴 무슨 일로 오셨습니까?"

"지낭공이라니요?"

"황제께서 지낭부 현판을 하사하신 후로 공을 지낭공이라고 부르고 있습니다. 공께서는 모르고 계셨습니까?"

"하하하. 제가 대인을 찾아온 것은 긴히 할 말이 있어서입니다."

"긴히 할 말?"

목풍아가 황제를 만나고 온 것을 알고 있는 도연은 황제가 밀지를 내린 것이라 생각하였다. 도연이 좌우의 부하들을 불당에서 내보낸 후 조용히 목풍아에게 귀를 기울였다. 목풍아가 슬그머니 도연의 귀에 입을 대고 소곤거렸다.

"사실은 거짓말입니다."

목풍아가 싱글벙글 웃었다. 도연은 화가 치솟았다. 이마에 피가 몰려 얼굴이 붉게 변한 도연이 정색을 하며 목풍아를 노려보았다.

목풍아가 능청스럽게 웃었다.

"와하하하. 화가 난 거요?"

"화가 나지 않을 수 있겠소?"

"와하하하. 나는 다만 지휘사와 가까이 지내려고 일부러 찾아왔을 뿐이오. 옛날에는 내가 지휘사의 밑에서 발발거렸지만 지금은 나도 제법 사람을 거느리는 위치에 있으니 서로 협력해야 할 것 아니겠소."

목풍아가 싱글벙글 웃으며 차를 마셨다.

'휘말려서는 안 된다. 간교한 놈에게 휘말려서는 안 된다.'

도연은 마음을 다잡았다.

찻잔을 내려놓은 목풍아는 정색을 하며 말했다.

"상전벽해桑田碧海라는 고사가 있지요. 정치의 세계란 참으로 알 수 없는 법이지요. 어제까지 발밑에 있던 사람이 더 높은 곳으로 올라갈 수도 있고, 천자의 총애를 받던 사람이 하루아침에 목이 달아날 수도 있으니 말입니다."

도연은 정신이 번쩍 들었다. 도연은 목풍아가 심심해서 이곳을 찾아왔다고는 생각하지 않았다. 목풍아가 헛수를 두지 않는다는 것을 알기 때문이었다.

도연은 목풍아의 진의가 궁금했다.

"목 대인은 무슨 말씀을 하고 싶은 거요?"

"작년에 제가 가시나무를 보낸 것을 기억하십니까?"

"기억하고 있소."

"제가 찾아온 것은 그때의 맹세를 다시 한 번 확인시키고자 해서입니다."

"천자의 총애를 받고 있는 목공이 내 힘을 빌릴 이유가 있소?"

"와하하하. 나보다 지휘사께서 내 힘을 빌려야 하는 것을 모른단 말입니까?"

도연이 고개를 갸웃거렸다.

"내가 어째서 그대의 힘을 빌린단 말이오."

"딱하십니다. 하긴, 차차 알게 되겠지요."

목풍아는 자리에서 일어나 유유히 불당 바깥으로 걸어 나갔다. 도연은 목풍아를 잡지 않고 멍하니 바라보았다. 목풍아의 뒷모습이 경쾌해 보였다.

'무슨 의미일까? 어째서 내가 목풍아에게 힘을 빌려야 한단 말인가?'

의문이 불길처럼 피어올랐다. 목풍아에게 힘을 빌릴 만한 일이라면 자신에게 위험이 찾아온다는 의미였다. 도연은 아무리 생각해도 자신에게 닥쳐올 위험이 무엇인지 짐작할 수 없었다. 도연은 가슴이 답답하였다.

"게 있느냐?"

불당 뒤편에서 평복을 한 사내 네 명이 조용히 걸어 나왔다.

"너희는 지금부터 목풍아의 일거수일투족을 감시하여 나에게 보고하도록."

"존명."

네 명의 사내가 바람처럼 날랜 걸음으로 바깥으로 나갔다.

"골치 아픈 놈이 왔어."

도연이 탁자를 치며 중얼거렸다.

"목풍아, 꿍꿍이가 무엇인지 반드시 밝혀내고 말겠다."

그날 저녁, 목풍아는 정화의 집으로 찾아갔다. 정화는 남경 북편에 있는 거대한 저택에 살고 있었는데 황제의 심복 비서실장 격인 장앙 태감의 집답게 거대하기 이를 데 없었다.

문밖에서 기다리던 목풍아가 오괴에게 조용히 물었다.

"따라오는가?"

"예."

"바보 놈들……."

목풍아가 코웃음을 치고 있으니 하인이 문을 열고 나왔다.

"목공을 정중히 맞이하라는 분부셨습니다."

목풍아는 하인을 따라 발걸음을 옮겼다. 높이가 이 장이 넘는 이 집 담벼락을 휘휘 둘러보며 목풍아는 태평스럽게 정화의 집으로 들어갔다.

하인은 목풍아를 저택의 왼편 회랑으로 인도하였다. 굽이진 회랑을 따라 들어가니 잠시 후 기암괴석과 화초들이 아름답게 피어 있는 정원이 나타났다. 정원 가운데에 연못이 있었는데 연못 가운데 섬 하나가 있고, 그 섬 위에 한 채의 아담한 정자가 있었다. 정자 안 등롱에 불빛이 반짝거리는데 정자 가운데 흰 장포를 입은 정화가 앉아 있었다. 지그재그로 난 다리를 지나 정자로 다가간 목풍아는 정화에게 포권을 취하였다.

"아이코, 장앙태감 나리. 안녕하셨습니까?"

정화는 퉁명스런 어조로 말했다.

"낮에 보았는데 무슨 일로 오셨소?"

"지낭부에 들어가 있자니 심심해서 할 일이 있어야죠? 평소 상공의 바둑 실력이 뛰어나다는 소리를 듣고 바둑이나 둘까 싶어 찾아왔습니다."

정화가 시립한 하인에게 손짓을 하였다.

"바둑판과 돌을 가져오너라."

하인이 재빨리 연못 바깥으로 뛰어갔다. 그동안 목풍아가 머리를 가만 놔두지 못하고 정자를 이리저리 둘러보았다. 정자에는 기문이나 시구를 적은 편액을 걸어놓은 것이 예사여서 글을 아는 사람이라면 심심치 않게 보낼 수 있는 읽을거리가 있었다.

목풍아의 시선이 왼편 편액扁額에서 멈추었다. 편액 안에 지렁이가 기어가는 듯한 글자들이 빼곡하게 써 있었는데 아무리 보아도 한어가 아닌 것 같았다.

"저것은 못 보던 글자인데 어디 글입니까?"

지렁이 같은 글자를 가리켰다.

"아라비아어이오. 코란 경전 중의 하나를 쓴 것이오."

"오! 태감께서 아라비아 글을 읽을 줄 아십니까?"

"물론이지요."

정화는 편액의 글을 읽기 시작하였다.

코란 칠 장, 자비로우시고 자애로우신 하나님의 이름으로, 알리프 람 밈 싸드. 이것은 그대에게 계시된 성서이거늘 그대의 마음을 조아리지 말며 그것으로 믿는 이들을 위해 경고하고 가르치라 하였으니. 백성들이여, 주님으로부터 계시된 말씀을 따르라. 그리고 그분 아닌 다른 것을 보호자로 택하지 말라 하였으나 소수를 제외하고는 그렇지 아니하더라.

　… 중략 …

하나님은 너희가 대지 위에서 거하고 너희가 그 안에서 삶을 영위하도록 하였으되 감사하는 너희는 소수이더라.

코란을 듣고 있던 목풍아는 감탄을 하며 말했다.

"와! 대단하군요. 다른 나라 글까지 읽으시다니 대단하십니다."

"목공, 나는 본래 운남雲南 곤양昆陽에서 태어났소. 부모님이 마씨 성을 사용하였고, 이슬람 집안이라 어려서부터 아라비아어로 코란을 배웠소. 내 외모가 색목인과 비슷한 것은 내 피 속에 이슬람의 피가 섞여 있기 때문이오."

"아! 그렇군요. 듣기에 어려서 사서삼경四書三經을 배워 한어는 물론

학문에 대한 지식도 해박하다 하였는데 그런 이유가 있었군요."

"그렇소."

정화가 고개를 끄덕였다.

"아라비아어 이외에 아시는 말이 있으십니까?"

"집안에서 어릴 때부터 이것저것을 가르치신 덕분에 페르시아어도 제법 할 줄 안다오."

"오! 그렇게 재능이 출중하시니 천자께서 태감을 각별히 총애하시나 봅니다."

"부끄러운 말씀이오. 감당하기 어렵소."

"와하하하. 사실을 사실대로 말하는 데 감당하기 어렵다면 조금 꾸미게 되면 큰일 나겠습니다."

두 사람이 동시에 웃었다.

하인이 바둑판과 돌을 가져왔다. 흑백을 가르고 바둑이 시작되었다. 하녀가 향기로운 차를 가져와 찻잔에 따랐다.

딱―

딱―

선선한 미풍이 불어오는 정자에서는 한가한 바둑돌 놓은 소리가 이어졌다. 한동안 말없이 바둑을 두던 정화가 입을 열었다.

"그런데 무슨 일로 저를 찾아오셨습니까?"

목풍아가 돌을 놓으며 말했다.

"태감이랑 바둑이나 한판 둘까 싶어서 찾아왔습니다."

"과연 그런 것이오?"

목풍아가 빙그레 웃으며 말했다.

"저는 사심이 없는 사람이올시다. 정처 없이 바깥으로 돌아다니다 보니 상공과 너무 격조한 것 같아서 들렀습니다. 앞으로 친하게 지내보자는 의미에서 말입니다."

"실없는 사람이오."

"와하하하. 제가 실이 없습니다."

목풍아는 정화의 집에서 바둑을 두 판 더 두고 지낭부로 돌아왔다. 시간이 벌써 일경에 가까웠다.

목풍아는 조기의 집으로 가기 위해 부랴부랴 옷을 갈아입었다.

"아! 바쁘다. 바빠."

목풍아는 커다란 전신거울 앞에서 하녀가 가져온 옷을 입어보았다.

오괴가 코웃음을 치며 말했다.

"대장, 정화의 집에 고작 바둑을 두러 갔단 말입니까?"

"왜, 그게 어때서?"

"대장을 견제하고 참소해온 정화에게 비위나 맞추러 가다니 남자답지 못하잖아."

"모르는 소리."

"모르는 소리라뇨?"

"생각해보라구. 정화와 도연은 체질적으로 나를 미워하고 견제하는 사람이란 말이다. 이제 내가 황궁으로 돌아왔으니 서로 견제하던 두 사람이 나를 견제하기 위해 손을 잡을 거란 말이다. 나는 미연에 그 두 사람이 손을 잡는 것을 방지하려는 거야. 이를테면 반간계反間計라고 할까?"

"반간계? 도연과 정화 사이를 떼어놓겠단 말씀입니까?"

"그렇지. 금의위의 제기들이 염탐을 해갔을 것이니 나와 정화가 만났다는 이야기가 도연에게 들어갔을 거야. 너구리 같은 도연은 나와 정화가 무슨 이야기를 나누었는지 궁금해서 미칠 지경이겠지. 여기서 지금의 시국이 어떤 국면인가를 잘 생각해봐야 해. 천자께서는 황태자를 선출하기 위하여 진사시의 과거 감독관으로 나를 임명하셨어. 그러니 도연이 촉각을 곤두세울 거란 말이야. 아마 내일 정화에게 가서 무슨 이야기를 했는지 물어보겠지. 두 사람은 나만큼 원수는 아니거든."

"그건 그렇죠."

독돈이 고개를 끄덕였다.

"정화는 도연이 자신을 감시한 것을 불쾌하게 생각하면서도 사실대로 이야기해줄 거라구. 바둑을 두러 왔다고 말이야. 의심 많은 도연이 곧이곧대로 그 이야기를 믿을 것 같나?"

"으허허허. 그건 그렇죠. 대장이 바둑이나 두러 갔다고는 나도 믿지 못하겠는데. 더구나 머리가 좋고 생각이 많은 도연이 곧이곧대로 믿지 않겠죠. 으허허허."

"그렇지. 도연은 내가 금의위에서 한 말을 생각하겠지. 자신이 나에게 힘을 빌려야 할 때가 올 거라고 말이야. 도연은 정화가 꿍꿍이가 있다고 생각할 거야."

오괴가 팔짱을 끼며 말했다.

"절묘하군요. 도연은 대장과 정화가 손을 잡고 자신을 몰아내려 한다고 생각하겠군요."

"서당 개 삼 년이면 풍월을 읊는다더니 제법이군. 내가 매일매일 정화에게 찾아가 바둑이나 두며 소일하다 보면 도연의 의심은 깊어지고 둘 사이는 점점 멀어지겠지. 제 생각에 골몰하던 도연은 머리가 터질지도 몰라. 와하하하. 결국에는 나에게 찾아와 도움을 청하겠지. 어떻게 돌아가는지도 모르고 말이야. 와하하하."

독돈이 엄지손가락을 치켜세우며 말했다.

"역시 대장이야. 어떻게 그런 생각을 하는 거죠? 나 같은 것은 죽었다 깨나도 못하겠네요."

"아무나 정치하는 줄 알아? 힘이나 쓰는 무인들은 절대 하기 어려운 게 이런 권력 싸움이라구. 내 말뜻 알겠어?"

"예, 대장을 보니 무인들이 정치를 하지 않는 이유를 알 것 같아요."

"정치란 힘의 균형을 잘 맞추는 거야. 천자의 아래로 나와 정화, 도연의 세력 구도가 향로의 다리처럼 균형을 맞추고 있는데 그 균형이 깨어지면 불안해지겠지."

오괴가 말했다.

"균형도 좋지만 도연과 정화는 위험한 자들입니다. 넋놓고 있다간 대장이 당할 수도 있다는 것을 알아야 합니다."

"알고 있어. 두 사람은 반드시 처리해야 할 존재들이지. 정화는 황제의 곁에서 나를 잡아먹지 못해 안달하는 사람이고, 도연은 둘째 황자와 친해서 장차 주고치 황자에게 불편한 인물이니 반드시 처리해야만 해."

독돈이 물었다.

"어떻게 처리하실 건데요?"

"묻지 마라. 차차 알게 되겠지."

거울을 바라보던 목풍아는 어깨까지 자라난 자신의 머리카락을 사랑스럽게 쓰다듬다가 뭔가 생각난 듯 말했다.

"급하다, 급해. 주씨 자매가 안달이 나서 기다리고 있을 텐데 어서 가자."

목풍아는 집 안에 마련된 땅굴 속으로 들어갔다. 제기들이 잠복을 할 것을 대비하여 지낭부 내실에 미리 파놓도록 한 비밀 통로였다. 구불구불한 비밀 통로를 따라 한참을 가다 보니 불빛이 반짝거리는 출구가 보였다.

문을 열고 들어가니 의자에 앉아 있던 풍계가 벌떡 일어나 꾸벅 인사를 하였다.

"어? 풍계냐?"

"예, 대장. 오셨다는 말씀을 들었습니다."

"여긴 어디냐?"

"예, 대장의 집과 가까운 곳에 주루를 열었습니다. 이곳과 대장의 방을 통하게 만들어놓았습니다."

"역시 조기답군. 그래, 이름이 뭐냐?"

"풍유루風遊樓라고 이름을 짓고 성업 중입니다."

"장사는 잘되나?"

"잘되고 있습니다."

"좋아, 나는 조기의 집으로 갈 테니 열심히 장사하거라."

"그럴 일 없을 것 같습니다."

"왜?"

"공주님들께서 벌써 와 계시거든요."

말이 끝나기 무섭게 맞은편 문이 열리면서 주소천과 주소희, 하소선과 강민이 나타났다. 주소천이 양손을 허리에 대고 소리쳤다.

"목풍아, 우리를 과부로 만들어놓고 일 년 만에 돌아왔으면 빨리 빨리 집으로 돌아올 것이지 우리가 이렇게 찾아와야겠어?"

목풍아는 마른침을 꿀꺽 삼켰다.

　목풍아는 주소천과 뜨거운 밤을 보냈다. 일 년 동안 굶주렸던 주소
천은 음탕한 짐승처럼 목풍아의 사랑을 갈구하였다. 하지만 백련교
의 음양절학을 익힌 터라 목풍아는 혈기 왕성한 주소천을 손쉽게 요
리할 수 있었다.

　이날밤, 목풍아는 주소천에게 그동안의 이야기를 들었다. 옷장 아
래로 비밀 통로가 있다는 것을 알게 된 주소천은 호기심에 동굴 속으
로 들어갔다가 주소희의 집을 찾아가게 되었다. 주소희에 의해 모든
비밀을 알게 된 주소천은 목풍아가 원망스러웠지만 곧 마음을 고쳐
먹었다고 하였다.

　"당신이 나를 속인 것은 밉지만 내 동생을 미워할 수는 없는 노릇
이잖아요. 당신도 어쩔 수 없이 나를 속인 것이니까 말이에요."

　"나도 주소희가 나를 좋아하고 있다는 것은 꿈에도 생각하지 못
했다구."

주소천은 하소선을 만난 것도 이야기해주었다. 소천은 하소선이 조기의 아내인 줄 알고 있었다. 모든 것이 목풍아가 계획한 대로 되어 있었다. 영리한 하소선은 주소천과 주소희의 말상대가 되어 생활해 오고 있었다. 덕분에 주소천은 조신하게 보낼 수 있었다.

송호와 송경은 조기가 데려온 기루의 절세미녀들에게 빠져서 집안에서 따로 살았으며, 어머니인 황후 서씨가 종종 황궁으로 불러 옛 여인들의 아름다운 이야기들과 여인들의 행동 규범을 정리한 내훈內訓을 가르쳤다고 했다.

주소천과 밤새 이야기를 나누다 보니 창밖이 훤하였다. 목풍아가 하품을 길게 하곤 자리에서 일어나며 말했다.

"밤을 꼴딱 새우고 말았구나. 과거 문제로 입궐해야 하니 너는 그만 돌아가거라."

"아잉, 대인. 가지 않으면 안 돼요? 몸도 피곤할 텐데 쉬시다가 내일 입궐하세요."

주소천이 몸을 비비 꼬며 응석을 부리다가 결국 목풍아에게 핀잔을 들었다.

"난들 쉬고 싶은 생각이 없겠느냐? 나를 힘들게 하는 게 누군데? 너와 밤새 이야기를 나누지 않았다면 이런 일도 없었을 게 아니냐."

"죄송해요."

"일 년 만에 만났으니 네 마음을 이해하지만 어쩌겠냐? 이제 조정으로 돌아왔으니 자주자주 찾아갈 것이다. 응석 부리지 말고 돌아가거라."

주소천은 찔끔하여 자리에서 일어났다.

"오늘 밤에 또 오시는 거죠?"

"아니, 오늘 밤은 주소희의 집으로 갈 테니 그리 알고 있거라."

옷을 입은 목풍아는 황급히 문을 나왔다. 한숨이 절로 나왔다.

'공자님 말씀이 소인과 여자는 가까이하지 말라 하셨는데 이제 그 뜻을 알겠구나. 속 좁은 여자의 비위를 맞추는 것보다 어려운 일이 있을까?'

목풍아는 몸을 부르르 떨며 이른 새벽부터 걸음을 재촉하였다.

황제가 참여한 조회가 끝나고, 목풍아는 한림원과 이조의 관직들을 불러 진사시에 대한 논의를 하였다. 전조前朝의 선비를 뽑는 법으로서 문과 앞에 있는 것을 감시監試라고 하여 시詩·부賦로써 시험하고, 이름을 진사進士라고 하였으며, 문과 뒤에 있는 것을 승보시升補試라고 하여 의疑·의義로써 시험하고, 이름을 대현大賢이라고 하여 가려 뽑는데 전란 때문에 두 가지 시험이 유명무실하게 되었다. 이에 목풍아는 진사시를 부활하게 하는 정책을 마련함과 동시에 숨은 인재들을 뽑아 올리도록 한림원과 이조의 관원에게 명하고 이를 황제에게 보고하였다.

"진사시 반포는 오늘 시작하여, 지금으로부터 보름 후에 황궁 안에서 개최하는 것으로 결정을 보았습니다."

"그렇게 빨리?"

"혹여 제가 당을 만들어 부정을 저지르지 않을까 의심하는 사람들이 있어서 빨리빨리 끝내자고 건의를 하였습니다."

황제가 곁에 있는 정화를 보고 용안을 찡그렸다. 정화는 몸 둘 바를 몰라 고개를 숙이고 마음속으로 목풍아에게 욕을 퍼부었다.

'목풍아 저놈이 왜 가만있는 나를 공격하는 것일까? 망할 놈 같으니.'

목풍아가 고개를 들고 황제에게 말했다.

"파벌은 정치에 좋은 면도 있지만 폐단도 분분하니 어디까지나 공정하게 인재를 뽑으려는 신의 충정이라 생각하여 주십시오."

"알겠다. 황후가 너를 좋아하는 이유를 알겠구나."

"송구합니다. 오랫동안 인재가 등용되지 않아 일신의 재주를 썩히고 있는 선비들이 많으니 진사시를 보러 오는 이가 많을 것입니다. 이번 시험은 급히 서두르는 감은 있지만 앞으로 나라를 이끌어갈 인재들의 물길을 트는 것에 의의가 있고, 폐하께서 새 나라를 만드는 데 힘을 기울인다는 것을 보여주는 좋은 본보기라고 할 수 있습니다."

"좋다. 그날은 나도 직접 참여하여 시험을 참관하겠다."

"성은이 망극하옵니다."

목풍아가 납작 엎드려 고개를 숙였다.

"하하하. 너와 이야기를 하면 막히는 것이 없어 좋단 말이야."

"송구합니다."

"목풍아와 할 이야기가 있으니 모두 물러가라."

황제가 손을 들자 정청의 사람들이 물러가기 시작하였다.

"정화, 너도 잠시 자리를 비켜다오."

정화가 낙담한 표정으로 천천히 정청을 물러갔다.

'흐흐흐. 꼴좋다. 나와 손잡지 않으면 황제의 총애가 점점 사라진다는 것을 알았겠지?

목풍아는 쾌재를 불렀다. 정화가 전각을 나가자 커다란 전각 안에 목풍아와 황제만 남았다.

"풍아, 고개를 들고 가까이 오너라."

"신, 지엄한 명을 받들겠습니다."

목풍아가 자리에서 일어나 성큼성큼 계단을 올라가 황제에게 갔다. 높은 전각 위 용상에 황룡이 그려진 곤룡포를 입고 앉아 있는 황제는 자체로 눈부실 만큼 위엄이 있었다. 감히 눈도 들지 못하고 용상 아래에 있는 계단에 시립하여 있으니 황제가 조용히 물었다.

"풍아, 나에게는 근심이 하나 있다."

"폐하께서도 근심이 있으십니까?"

"하하하. 옛말에 천석지기는 천 가지 근심이 있고 만석지기는 만 가지 근심이 있다 하지 않더냐? 천자가 되었으니 온 세상의 근심이 모두 나의 근심이 아니겠느냐?"

"와하하하. 근심이 있으면 목풍아에게 주십시오. 천자의 근심 걱정을 제가 날름 받아 개에게나 줘버리겠습니다."

"하하하하. 녀석, 배짱이 보통이 아니구나."

"폐하, 이래 봬도 정삼품 벼슬아치입니다. 그렇게 부르시면 제 체면이 어떻게 되겠습니다."

"하하하. 너에게도 체면이 있었느냐? 내 눈에는 아직도 귀여운 목풍아로 보이는데? 하하하하."

한동안 화통하게 웃던 천자가 갑자기 입을 다물고 목풍아를 물끄러미 바라보다가 입을 열었다.

"풍아, 나는 북쪽으로 황궁을 옮기고 싶구나."

황제가 된 후 연경이라 부르던 북평을 북경이라고 개칭했을 때 목풍아는 이미 짐작하고 있었던 일이다.

"……."

"너는 이미 짐작하고 있었겠지?"

"송구합니다. 천도를 하는 것이 쉬운 일은 아니라 여겨집니다."

황제는 근심스런 목소리로 말했다.

"알고 있다. 해서 너를 부른 것이다. 너 같으면 이 문제를 어떻게 해결하겠느냐? 생각하고 있는 계책이 있다면 말해보라."

목풍아는 한동안 바닥을 바라보다가 천천히 고개를 들어 입을 열었다.

"수도를 옮긴다는 것은 실로 엄청난 경비가 드는 일이니 국가의 재정이 넉넉하지 않고서는 할 수 없는 일입니다. 무리하게 공사를 벌였다가는 나라가 피폐하여 멸망한 진秦·수隋의 전철을 밟게 될 것입니다."

"재정이 문제라…… 계책이 있느냐?"

"있긴 합니다. 하지만 당장 시행할 수 있는 일이 아니라 차근차근 시간을 두고 벌여야 합니다."

"뜸을 들이지 말고 어떤 방법이 있는지 말해보라."

목풍아가 미소를 지으며 말했다.

"장사입니다."

"장사?"

"네, 명은 농본정책이 우선이지만 상업으로 벌어들이는 수익은 농사와는 비교도 안 될 만큼 크다고 할 수 있습니다."

"상인들의 세금을 늘린다면 상업이 도리어 위축될 것이 아니냐?"

"멀리 보십시오."

"멀리 보라고?"

"세를 올리는 것은 상인들의 고혈을 빠는 일이고, 상인 계급의 불만을 초래하여 반적을 늘리게 될 따름입니다."

"그럼 어떻게 하라는 것이냐? 짐은 알 수가 없구나."

"해외 무역을 늘리는 겁니다. 멀리 합지아라비아, 서역 등에 무역 항로를 개설하여 해외 무역을 늘린다면 상업이 활성화되어 단기간에 천도에 필요한 비용를 만들어낼 수 있을 것입니다."

"역시 목풍아로구나. 해외 무역이 좋은 방법이긴 하다만, 지금은 옛 원나라 때와 같지 않다는 사실을 알아야 한다. 원나라가 몽고와 서역까지 모두 정벌한 까닭에 문물이 통할 수 있었지만 지금은 그때와는 상황이 달라졌어. 비단길도 예전 같지 않아서 상인들의 발길이 뜸하다고 들었다. 서역의 왕조가 어떻게 생겼는지도 모르고 말이다. 비단길을 다시 열기 위해서는 많은 정벌이 필요할 거야."

"폐하, 길은 하나만 있는 것이 아닙니다. 육로가 제 기능을 못한다면 해로海路를 뚫으시면 될 것이 아닙니까?"

"해로?"

"예, 원나라가 육로를 뚫었다면 폐하께서는 해로海路를 개척하십시오. 이미 과거에 만들어놓은 길을 또다시 간다는 것은 물력과 힘의 낭비도 클 뿐만 아니라 폐하의 체면과 위신에도 손상을 끼치는 길입니다. 폐하께서는 누구도 만든 적이 없는 해로를 만들어 새로운 무역의 길을 만드시는 것입니다."

"오!"

천자가 감탄을 하였다.

"역시."

영락제는 자존심 강하고 배포가 큰 사나이였다. 목풍아의 말마따나 원의 왕조를 개창한 칭기즈칸이 개척한 비단길을 다시 연다는 것은 자존심이 상하는 일이었다. 비단길을 개척하기 위한 비용 역시 만만찮은 것이었다. 하지만 해로를 개척한다는 것, 그것은 칭기즈칸과 대등한 위치에 있다는 말도 되는 것이다.

'칭기즈칸은 비단길을 개척했지만 영락제는 바닷길을 개척하였다. 후세에도 부끄럽지 않을 업적이로구나.'

영락제는 마음이 뿌듯하여 통쾌하게 웃었다.

"하하하. 역시… 역시……. 역시 목풍아다. 하하하하."

황제의 유쾌한 웃음소리가 정전을 크게 울리었다.

"역시 너는 나의 장자방이다. 그런 방법이 있었구나."

"네, 사실 육로로는 무역의 한계가 많습니다. 물량의 문제도 해로와 육로는 큰 차이가 있습니다. 비교할 수 없을 정도로 어마어마한 차이이지요. 만일 폐하께서 해로를 개척하신다면 그야말로 칭기즈칸도 하지 못한 일을 하시게 됩니다."

"네 말이 맞다. 해로를 개척하려면 먼저 무엇을 해야 하겠느냐?"

"쉽게 생각하십시오. 바다를 가려면 배가 필요할 것이 아닙니까? 먼저 배를 만드십시오. 명나라의 위엄을 보여줄 만한 커다란 거선을 말이지요."

"명나라의 위엄을 보여줄 커다란 거선이라……."

천자가 턱을 괴며 생각에 잠겼다.

다음 날, 천자의 명이 떨어졌다. 목풍아를 보선창의 감독관으로 삼아 전국의 배 만드는 장인들을 남경으로 불러들여 거선의 건조에 들어갔다.

남경의 보선창에서 건조된 배는 길이 마흔네 장大 폭 열여덟 장이나 되는 거선으로 일 년 후를 목표로 만들어졌다. 해로를 개척하는 명나라 천자의 위엄을 생각하여 오만 명이 넘는 장인들과 인부들이 동원되어 건조되는 거선들을 둘러보는 것이 목풍아의 또 다른 일과가 되었다.

황제와 목풍아가 비밀리에 벌이는 일이라 사람들은 무슨 일로 거선을 만드는지 알지 못하였다. 하지만 천하가 떠들썩할 정도로 거창한 역사의 감독을 맡게 된 목풍아에게 조정의 시선이 쏠린 것은 말할 것도 없었다.

진사시의 시험 감독관과 보선창寶船廠의 거선 건조를 맡은 것은 천자의 총애에 의한 것임을 아는 사람들은 목풍아에게 환심을 사기 위해 안간힘을 썼다. 하지만 목풍아는 뇌물을 가져오는 사람에게 망신을 주어 돌려보냈으며 심한 경우에는 황제에게 청원하여 그 사람의 벼슬을 빼앗게 하여 청백리로서 인심을 사는 것도 잊지 않았다.

이런 목풍아가 한 가지 하는 일이 있었으니, 매일매일 정화가 퇴청하기를 기다려 그의 집에서 바둑 두는 일로 소일하는 것이었다. 천자의 총애를 받는 목풍아와 장앙태감 정화가 친하게 지낸다는 소문은 장안으로 널리 퍼졌다.

황제는 정화가 목풍아와 친하게 지내는 것을 바람직하게 생각하였고, 염파와 인상여의 고사를 인용하여 칭찬까지 할 정도였다.

정화는 황제에게서 잃어버린 신뢰를 얻은 것과 자신의 위치가 목풍아 덕에 더 단단해진 것에 만족하여 목풍아가 퇴청할 때는 지낭부에 찾아가 바둑을 두고 올 정도가 되었다. 결국 목풍아는 조정에서 큰 위세를 가진 인물이 되었다.

금의위의 수장인 도연도 이런 상황에서는 당황하지 않을 수 없었다. 목풍아와 장앙태감의 협력 관계로 인해 도연은 무력한 존재로 변해 버렸다. 영락제를 천자로 만든 일등공신 도연이 일시에 외톨이가 되어버린 것이다.

하늘을 나는 새도 떨어뜨린다는 동창의 수장 도연은 일련의 사태에 불안감이 몰려왔다. 도연은 진사시와 보선창의 공사가 정화와 목풍아가 함께 벌인 일이라 짐작하였다. 정화는 목풍아와 바둑만 두고 있다고 말했다. 하지만 도연은 믿을 수 없었다.

보선창의 거선을 만드는 역사도 도연과 목풍아가 친하게 지낸 후에 일어난 일이었으니 두 사람 사이에서 계획된 일이 틀림없었다. 모든 것이 천자의 심복인 장앙태감과 목풍아가 입을 맞추지 않고서는 일어나기 어려운 일이었다.

보선창의 역사가 시작된 후, 정화가 목풍아의 집을 찾아갔다는 말을 듣고 도연은 불안감에 휩싸였다. 상대방의 수를 모른다는 것, 그리고 그들의 칼끝이 자신을 노리고 있으리라 생각하면 모든 의욕이 떨어졌다. 천자의 총애가 단단한 두 사람을 공격한다는 것 역시 섶을

지고 불길 속을 뛰어드는 것임을 잘 알고 있었다. 대처할 만한 방법이 없었다. 며칠간 식음을 전폐하며 신경을 쓰던 도연은 마침내 병상에 눕고 말았다.

목풍아가 그 소식을 듣고 경수사로 도연을 찾아왔다. 주지가 묵는 상방에 누워 있던 도연은 목풍아가 들어오자 창백한 얼굴로 침상에서 일어나려 하였다.

목풍아가 도연을 말리며 말했다.

"일어나지 마십시오. 이렇게 건강이 좋지 않은데 나랏일을 볼 수 있겠습니까?"

'이놈이 그만두라는 말을 대놓고 하는구나.'

도연은 노기가 가득한 얼굴로 천천히 자리에서 일어났다.

"걱정 마시오. 나는 아직 건장하오. 나랏일로 바쁘신 목공께서 무슨 일로 찾아오셨소?"

"건강이 좋지 않다 하기에 바쁜 시간을 쪼개어 찾아왔는데 도리어 화를 내시니 무안하네요. 지휘사께서 건강하신 것을 확인했으니 저는 이만 가보겠습니다."

목풍아는 가볍게 포권을 취하며 몸을 돌렸다.

'빌어먹을……'

이대로 보낼 수 없었다. 일부러 찾아온 목풍아를 그냥 돌려보낸다는 것은 자신에게 득이 될 것이 없다는 것을 알고 있는 도연은 손을 들어 황급히 말했다.

"목 대인, 차라도 하고 가시오."

"건강한 것을 확인했으니 저는 그만 가보겠습니다. 차는 나중에 마시지요."

도연은 난감하였다. 이렇게 목풍아를 쫓아내는 것은 도연이 바라는 바가 아니었다. 어떻게든 목풍아의 기분을 맞추는 것이 중요했다.

도연이 얼굴에 미소를 지었다.

"몸이 아프면 짜증이 난다오. 병문안을 온 목 대인이 싫어서 그런 것이 아니니 기분이 상했다면 내 체면을 봐서 풀어주시오. 차나 한잔하십시다."

"와하하하. 저는 그것도 모르고 지휘사께서 저를 싫어하시는 줄 알았습니다."

목풍아는 방 안 가운데 있는 탁자 옆 의자에 앉았다.

"차, 차를 내오너라. 큰 손님이 오셨으니 가장 좋은 차로 내오너라."

도연이 천천히 자리에서 일어나더니 탁자로 와서 앉았다. 그것은 이전에 볼 수 있던 교만한 태도가 아니었다.

목풍아의 좌우에 서 있던 오괴와 독돈은 날이 갈수록 치밀해지고 교묘해지는 목풍아의 말발에 혀를 내두를 지경이었다. 상대는 정난군의 군사를 하던 도연이었다. 지모를 겸비한 도연을 저렇게 고분하게 만든 목풍아의 수단이 놀라울 따름이었다.

하녀가 차를 내어오자 목풍아와 도연은 차를 마셨다. 먼저 이야기를 꺼낸 것은 도연이었다.

"천자께서 목공에게 진사시와 거선의 축조를 맡기셨다는 이야기는 들었습니다. 보선창의 일은 무엇 때문에 하는지 제가 알면 안 되겠습니까?"

"아니, 사람을 다섯이나 풀어 매일매일 감시를 하시면서 모르시는 겁니까?"

도연의 얼굴이 흙빛이 되었다.

"그, 그것은……."

목풍아가 도연을 바라보며 준절하게 말했다.

"속담에 개 눈에는 개가 부처 눈에는 부처가 보인다 하지요? 대인께서 저를 적으로 보고 감시를 하고 있는데 제가 대인에게 속내를 털어 보일 수 있겠습니까? 무당산에서 황성으로 찾아왔을 때 저는 대인와 협력하길 바랐었지요. 하지만 그때 대인께서는 일언지하에 거절하셨소. 나는 어쩔 수 없이 장앙태감과 협력을 한 것이지요. 먼저 제 호의를 거절하고는 감시를 붙여놓더니 이제 와서 나에게 보선창의 일을 물어보시는 것은 경우가 아니지요."

도연의 손에 쥔 찻잔이 바들바들 떨렸다. 하나 틀린 것이 없었다. 목풍아는 항상 협력하길 원했지만 거절한 것은 자신이었다. 더구나 감시를 항상 붙여놓았던 것까지 알고 있으니 정곡을 제대로 찔린 것이었다.

목풍아가 말을 이었다.

"장앙태감도 감시당하는 것에 대해 불쾌하게 생각하고 있기는 마찬가지입니다. 나라가 안정되기 위해서는 단결을 해야 하는데 왜 적을 만들려고 하는지 모르겠소."

도연은 대꾸를 할 수가 없었다.

"……."

"내가 오늘 찾아온 것은 경고를 하기 위함이오. 대인이 사욕을 위해 나와 장앙태감의 비밀을 캐고 다닌다면 대인을 가만두지 않을 거요. 이것은 내 마지막 경고요."

쨍그랑―

도연이 들고 있던 찻잔이 바닥에 떨어져 요란하게 깨어졌다.

"사, 살려주시오. 나는 그저……."

도연이 목풍아의 손을 붙잡았다.

"이것 놓으시오."

목풍아는 도연의 손을 뿌리쳤다.

"모, 목 대인."

도연은 망연자실하여 목풍아를 바라보았다. 목풍아가 남경으로 온지 불과 열흘이 지났을 뿐인데 조정의 육경들뿐 아니라 장앙태감까지 한편이 되어버렸으니 도연은 그야말로 고립무원이었다. 천자의 총애를 한 몸에 받고 있는 목풍아의 비위를 거스르게 되면 도연은 지옥으로 떨어질 수밖에 없었다.

오랫동안 목풍아의 지략을 보아왔고 또 그것을 경계하여 왔기 때문에 도연은 한순간에 나락으로 떨어질 것이 두려웠다.

"목 대인, 내가 잘못하였소. 제발 화를 푸시오."

도연이 애원하듯 목풍아의 얼굴을 올려다보았다.

목풍아는 물끄러미 창백한 도연의 얼굴을 내려 보다가 의자에 털썩 앉았다.

"앞으로도 나에게 감시를 붙일 거요?"

"그럴 리가요?"

"다시 한 번 당부하건대 나에게 감시를 붙이지 마시오. 장앙태감이 나를 참소하다가 천자의 총애를 잃었던 것을 생각하시오."

"아, 알겠소."

"나는 예전부터 대인을 적으로 생각한 적이 없었소. 대인께서 나에게 적대감을 거둔다면 나 역시 대인을 동료로 생각할 것이오. 우리는 같은 배를 타고 있는데 자중지란이 일어 배가 다른 방향으로 나간다면 이것은 나라의 큰 손해가 아니겠습니까? 우리는 힘을 합쳐야 합니다."

도연이 고개를 힘없이 떨구었다.

"부끄럽습니다. 제가 목 대인보다 생각이 짧았습니다."

"사람 속을 어찌 알겠습니까? 제 행동이 천박하고 경솔한 탓이니 대인의 잘못이라 할 수 없지요. 이제 두 사람의 막힌 곳이 풀렸으니 저는 즐거운 마음으로 돌아가겠습니다. 대인도 건강하셔야 앞으로 큰일을 할 수 있을 것이니 푹 쉬십시오."

도연이 목풍아를 멍하니 바라보았다.

'이것은 또 어떤 의미란 말인가?'

막중한 일을 맡기겠다는 의미인지, 아니면 멀리 변방으로 부임을 시키겠다는 것인지 알 수 없었다. 오늘 일을 미루어보면 전자가 될 것 같지만 왠지 믿어지지가 않는 도연이었다. 빠르게 회전하는 도연의 머리도 목풍아 앞에만 서면 제 기능을 발휘하지 못하였다. 툭툭 던지는 말의 의미를 생각하다 보니 생각에 생각이 더하여 한없는 비약이 되었다. 무수한 생각들이 꼬리를 물고 일어나니 도연은 머리가 띵하며 어지러움을 느끼었다.

"자, 자. 푹 쉬십시오."

목풍아가 도연을 부축하여 침대에 눕힌 후 다시 한 번 건강을 기원하며 경수사를 나왔다.

"간만에 일산안경을 써볼까?"

목풍아가 손을 내밀었다. 옆에 있던 일도가 얼른 일산안경을 목풍아의 손에 올려놓았다. 목풍아가 까만 일산안경을 폼나게 착용하자 오괴와 독돈, 일도가 동시에 일산안경을 썼다.

네 사람이 까만 일산안경을 착용하고 남경의 대로 한가운데를 휘저어 나갔다. 땅거미가 내려앉은 어두운 저녁 무렵에 검은 안경을 쓰고 있었으니, 사람들이 네 사람의 특이한 모습에 놀라면서 길을 비켜주었다.

"으허허허. 옛날 생각나는데요?"

독돈이 신이 난 듯 목청껏 웃었다.

"흥, 야밤에 일산안경을 끼고 돌아다니니 사람들이 미친놈으로 보는 게지."

"미친놈으로 보든 말든 나는 기분이 좋아."

일도가 끼어들었다.

"헤헤헤. 제깟 놈들이 우릴 미친놈으로 보든 말든 무슨 상관입니까? 정말로 신이 나는 것은 도연같이 대단한 자가 대장의 혀끝에서 망가지는 모습이지요. 도연을 혼내주고 이렇게 일산안경을 쓰고 거들먹거리니 정말 기분이 좋다 이거죠."

오괴가 말했다.

"하긴 그렇군. 도연이 그렇게 망가질 줄은 나도 몰랐어."

목풍아가 코웃음을 치며 말했다.

"칼로 흥한 자는 칼로 망하고, 생각이 많은 자는 생각 때문에 망한다. 도연은 생각이 너무 많아서 망하는 경우지."

독돈이 말했다.

"대장도 머리를 많이 쓰니 후자로 망하겠네요."

"후자의 경우라고? 나를 도연과 같은 수준으로 보지 말라구."

오괴가 말했다.

"흥, 대장은 전자도 후자도 아니라 여색女色 때문에 망할 거다."

독돈이 목을 젖혀 통쾌하게 웃었다.

"으허허허. 그렇고 보니 그렇네. 대장은 여색을 너무 밝혀. 거기 끝을 조심하시오, 대장. 으허허허."

목풍아가 독돈에게 말했다.

"약점을 가지고 나를 놀릴 수 있는 거냐?"

"왜 어때서? 내가 틀린 말을 했나? 오늘 주소천의 하녀를 건드리러 간다면서요?"

"끄응-."

목풍아는 할 말이 없었다.

"이봐, 나는 대장부라구. 강민과 나는 황궁에 들어갈 때부터 알았고, 사내로서 강민에 대해서도 책임을 져야만 한단 말이야."

"흥, 책임질 일 많아서 좋겠네."

"……."

독돈이 웃으며 말했다.

"주소천의 성질이 만만찮을 텐데, 강민을 호락호락 대장에게 내주겠어요?"

오괴가 말했다.

"그러게. 호랑이 같은 공주가 알고 강민에게 해코지를 하면 어쩌려고?"

"나에게 생각이 있지. 이제 강민도 머리를 올릴 때가 되었고, 자색이 고와서 다른 놈이 낚아채버릴 수 있으니 이 기회에 내 것으로 만들어야겠어."

일도가 말했다.

"대장, 아무리 생각해봐도 호랑이 같은 공주가 알게 된다면 강민이 다친다구요. 순순히 내 주겠어요?"

"와하하하. 내가 누구냐?"

"대장이오."

"대장이 마음먹어 못한 것이 있었나?"

"없었지요."

"그럼 나를 믿어라."

목풍아는 콧노래를 부르며 설렁설렁 조기의 집으로 향하였다. 더 이상 감시하는 제기는 없었다. 일산안경을 끼고 위풍당당하게 지낭부로 들어갔다. 목풍아는 하소선과 이런저런 이야기를 나누다가 밤이 되자 비밀 통로를 이용하여 주소천의 집으로 들어갔다.

"소천아, 내가 왔다."

옷장을 활짝 열고 위풍당당하게 들어오는 목풍아의 모습과는 대조적인 주소천의 얼굴이었다.

"많이 기다렸지? 오래간만에 뜨거운 밤을 보내자꾸나."

목풍아는 두 팔과 허리를 흔들며 준비운동을 하였다. 주저주저하던 주소천이 얼굴을 찡그리며 말했다.

"대, 대인, 오늘은 제가 안 돼요."

"무슨 말이야?"

주소천은 찡그린 얼굴로 말했다.

"오늘은 한 달에 한 번 여자들에게 찾아오는 유쾌하지 못한 날이랍니다."

"뭐라?"

목풍아는 큰일이 난 사람처럼 두 눈이 휘둥그레졌다.

"이런 빌어먹을 일이 어디 있어? 내가 오늘을 얼마나 기다렸는데… 얼마나 기다렸는데……."

주소천이 미안한 마음에 입을 열었다.

"오늘은 제가 사정이 좋지 않으니 소희의 집으로 가보세요."

"뭐라구? 너는 나를 어떻게 보기에 주소희의 집으로 가라는 것이냐?"

"서, 서방님으로 보는 거죠."

"흥, 오늘은 너와 보내는 날이다. 그런데 특별한 사정으로 주소희에게 가라구? 말하자면 나라의 법을 어기라는 말인데, 대장부 목풍아를 뒷걸음질치게 하여 체면을 망가뜨리겠다는 말이야?"

"그, 그것이 아니라……."

"흥, 나는 오늘 여기서 잘 거라구."

목풍아는 옷을 벗고 주소천의 침대로 올라갔다.

주소천은 난감하였다. 당시에는 여자들의 달거리를 창피하게 여겨왔다. 때문에 생리 주기에 남자와 같은 침실에 있는 것을 꺼려하였다. 공주로서 곱게 자란 주소천이었기에 그런 상식은 더욱 잘 알고 있던 터에 자신의 침실에 들어온 목풍아가 부담스러운 것이었다.

"대인, 죄송하지만 다른 곳에서 주무실 수는 없나요?"

"그럴 수는 없지. 오늘 이 집에 발을 뻗었으니 반드시 이 집에서 자고 가야지."

"그렇다면 그냥 주무셔야 합니다."

목풍아는 주소천의 얼굴을 물끄러미 바라보다가 한숨을 내쉬곤 시한 수를 읊었다.

力億劫兮氣天貫　역억겁혜기천관

時不利兮我不退　시불리혜아불퇴

我不退兮可奈何　아불퇴혜가나하

朱兮朱兮奈若何　주혜주혜나약하

힘은 시간을 모르고, 기개는 하늘을 뚫네.

형세 불리하지만 나는 물러설 수 없다네.

나는 물러설 수 없으니 어찌할 것이냐?

소천아, 소천아, 어찌할 것이냐?

주소천이 피식 웃음을 터뜨렸다. 웃지 않으려 하였지만 웃지 않을 수 없었다. 목풍아는 교묘하게 항우의 시를 인용하였던 것이다. 당시 항우가 천하와 우미인을 생각하는 것과는 다르게 목풍아는 부부간의 비밀스러운 사생활을 재미있게 써놓았다. 첫 구는 목풍아의 힘은 억겁처럼 오랫동안 갈 수 있으며, 기는 하늘을 찌른다는 뜻이다.

때가 불리하다는 것은 주소천의 생리 때문이라는 뜻인데 자신은 힘이 넘치지만 체면 문제로 물러날 수 없으니 주소천이 어떻게 할 것인가 물어보는 것이다.

주소희만큼 영민하지는 않지만 주소천 역시 왕궁에서 학문을 배운 까닭에 기본적인 소양은 갖추고 있었고, 남녀 관계에 관해서는 주소희보다 월등하게 밝은 탓으로 목풍아의 음란한 시를 금방 이해할 수 있었다.

"당신은 정말 밝히는 사람이군요."

목풍아가 혀를 차며 말했다.

"공주가 체신없이 밝힌다니……. 헛배웠군."

"제가 뭘 헛배웠다는 거죠?"

"남자가 밝히는 것은 힘이 좋기 때문이오. 힘이 좋다는 것은 샘물이 고였다가 넘치는 것처럼 자연스러운 것이라 흉이 될 것도 없지만 여자는 그와는 다르지. 여자가 정숙하다는 것은 잘 참는 것이 아니라 중도에 맞게 음양의 도를 행한다는 것이니 모자라면 음탕해지고 넘쳐도 음탕해지지. 중도를 지켜 아내를 음탕하지 않게 만드는 일이야말로 남편의 바른 도리가 아니겠소?

반대로 아내가 아내의 도리를 행하지 못하면 어떻게 되겠나? 과하면 남편의 몸이 상하고 모자라면 남편은 주체할 수 없는 힘을 어쩌지 못하고 다른 여자를 찾게 되는 것이니 이것이 또한 부부간의 도리를 깨뜨리는 일이 아니고 무엇인가? 여자가 간부와 눈이 맞았다던가 남자가 바람을 피운다는 것은 결국 부부간의 중용의 도가 무너져서 생기는 것이 아니고 무엇이겠소? 나는 오늘 부부간의 중용의 도를 굳건하게 세울 것이니 그리 아시오.”

목풍아가 팔짱을 끼고 눈을 부릅떠 주소천을 노려보았다.

주소천은 목풍아의 연설을 듣곤 고개를 설레설레 저었다. 현란한 말솜씨의 불한당, 귀여운 색골이 달거리에도 불구하고 물러서지 않는다는 것은 어떤 이유가 있어 보였다.

‘어떤 이유일까?’

소천의 뇌리에 강민이 떠올랐다.

‘혹시 이 인간이 강민을 생각하고 이러는 거 아냐?’

넉살 좋게 침대 안에서 휘파람을 불고 있는 목풍아를 보니 웃음이 나왔다. 확실히 주소천은 아버지를 닮아 질투심이 강하고 다혈질이었지만 또한 대범한 성격도 있었다. 조신하고 사려 깊은 어머니 서황후의 영향 때문인지도 몰랐다.

주소천은 목풍아가 강민을 품을 생각을 하고 일부러 찾아왔음을 확실히 짐작하였다.

‘바람둥이 녀석. 내가 그 속을 모를 줄 알고?’

주소천은 짐짓 목풍아에게 말했다.

“하는 수 없군요. 잠시만 기다리세요.”

주소천이 손뼉을 치자 강민이 나타났다. 주소천이 강민의 귀에 귓속말을 소곤거렸다. 강민이 동그랗게 눈을 뜨고 주소천을 보았다.

“예쁘게 꽃단장해서 오너라.”

“예.”

강민이 고개를 숙여 읍하고는 나갔다. 주소천이 슬쩍 목풍아를 돌아보니 목풍아가 딴청을 피우고 있었다.

"무슨 일이야? 민이는 왜 불렀어?"

"오늘 제가 대인을 모실 수 없어서 민이를 불렀답니다."

"뭐?"

"모자라면 바람을 피우실 것이 아닙니까?

"그렇다고 하녀를 부를 것까지는 없는데……."

"그럼 도로 물릴까요?"

"……."

목풍아가 슬그머니 천장을 올려다보았다.

잠시 후, 새색시처럼 얼굴을 비단으로 가린 신부차림의 여자가 방 안으로 들어왔다. 주소천이 말했다.

"오늘 밤 네가 나를 대신해서 목 대인을 모시거라."

주소천이 차갑게 한마디를 하곤 방을 나가버렸다. 방문이 닫히자 목풍아가 얼른 새색시의 손을 붙잡아 침대로 끌어당겼다.

"민아, 이게 꿈이냐 생시냐? 드디어 오늘에야 너를 내 것으로 만드 는구나. 으흐흐흐. 자, 네 예쁜 얼굴이나 보자꾸나."

목풍아가 얼굴을 가린 비단을 들었다. 미소가 가득한 목풍아의 얼 굴이 일순 굳어졌다. 마치 못 볼 것을 본 것처럼 말이다. 목풍아는 얼 른 침대 가장자리로 물러나며 말했다.

"누구냐? 넌."

시녀가 머리에 쓴 신부관을 벗었다.

"하춘매라고 합니다, 대인."

하춘매가 누런 이를 드러내며 웃었다. 넙적한 얼굴에 곰보자국이 가득한 하춘매는 추녀중의 추녀였다. 두 개의 짝눈 사이로 하늘을 올려다보는 들창코, 왼편 콧방울에 커다란 검은 점이 박혀있고 커다란 누에를 두 개 붙여놓은 입술 사이에 누런 이는 듬성듬성, 게다가 어깨가 남자처럼 건장하고 울대뼈가 튀어나와 남자인지 여자인지 가늠하기 어려운 무지막지한 추녀였다.

꿈에 다시 볼까 두려운 하춘매의 얼굴에 목풍아가 울상이 되어 소리쳤다.

"귀신이면 물러가고 사람이라도 물러가라."

"저는 마님의 부탁을 받고 대인께 제 모든 것을 드리려고 합니다. 그러니 박정하게 내치지 마세요."

목풍아가 기겁을 하여 벽에 찰싹 몸을 붙이며 소리쳤다.

"소천아, 내가 잘못했다. 나 좀 살려다오."

하춘매가 웃옷을 벗으며 말했다.

"대인, 보기와는 다르게 밤일은 잘한답니다. 저를 한번 믿어보세요."

"으악. 밤일까지 잘한단다. 살려, 목풍아 살려."

목풍아가 비명을 지르며 벌레처럼 벽에 붙어 바둥거렸다.

호호호호--

간드러진 웃음소리와 함께 방문이 열리며 주소천이 나타났다.

"오호호호. 가진 힘을 맘껏 쓰시지 저를 왜 불렀나요?"

"힘도 쓸 데가 있고 쓰지 않을 데가 있어. 이 경우는 후자야. 소천아, 얼른 이 화상을 치워다오. 나 좀 살려다오."

목풍아가 손을 모아 빌었다. 그 모습이 너무 절박해서 웃음이 나왔다. 주소천이 배를 잡고 까르르 웃었다.

"뭣 하는 거야? 서방 죽는 거 보고 싶어?"

목풍아가 손이 발이 되도록 빌었다.

"나가보거라."

주소천이 손짓을 하자 하춘매가 꾸벅 인사를 하고 바깥으로 나갔다. 목풍아가 안도의 숨을 내쉬며 침대에 털썩 주저앉았다. 달거리를 이용해서 강민을 어떻게 해보려는 계교가 빗나가 버렸으니 진이 모두 빠진 것 같았다. 목풍아가 옷을 입으며 힘없이 말했다.

"소천아, 나는 그냥 집으로 돌아가겠다."

"안됐군요. 민이를 가질 생각이었는데 뜻을 이루지 못했으니 말이에요."

"내 생각을 알고 있었어?"

"당신은 당신이 제일 똑똑한 줄 알고 있지만 반드시 그렇지만은 않다는 것을 알아야 해요."

"아! 정말 내가 졌다. 항복이다."

목풍아가 힘 빠진 얼굴로 두 손을 번쩍 들었다. 매번 목풍아에게 당하기만 했던 주소천은 말할 수 없는 쾌감을 느꼈다. 목풍아를 지략으로 이긴 것만으로도 동생인 주소희에게 두고두고 자랑거리가 될 것이었다. 잘난 척하는 주소희가 입을 벌리고 놀랄 것을 생각만 해도 즐거웠다.

"아직 끝난 것이 아니에요."

"뭐? 아직도 남아 있는 게 있어?"

주소천이 손뼉을 치자 방문이 열리며 비단옷을 입은 강민이 들어왔다. 목풍아의 입이 쩌억 벌어졌다.

"당신이 민이를 마음에 두고 있다는 사실은 이미 알고 있었어요. 민이도 당신에게 마음이 있다는 것도 말이에요. 하지만 신경 쓰지 말아요. 민이와 나는 친자매나 다름없으니 말이에요."

주소천이 침대에서 몸을 일으켜 강민에게 다가갔다.

"민아, 오늘은 나를 대신해서 네가 대인을 모시거라."

"마님."

강민이 울상이 되어 소천을 바라보았다. 소천이 강민의 어깨를 다독거리며 말했다.

"미안해할 것 없어. 너와 나는 피를 나누지 않았을 뿐 자매나 다름없지 않느냐? 더구나 나는 너에게 빚도 있고 말이다."

주소천이 미소를 지으며 바깥으로 나갔다. 서방을 빼앗기는 일이 즐거운 일만은 아니지만 주소천의 가슴에는 질투심보다는 강민에 대한 연민이 더욱 자리하고 있었다.

사실 주소천은 강민에게 빚이 있었다. 시집 온 첫날밤 목풍아가 서둘러 일을 끝내고 강민을 데리고 비밀 통로로 들어갔을 때, 주소천은 강민을 의심하였다.

강민은 황궁에서부터 까다로운 목풍아를 언제나 쉽게 데리고 오는 능력이 있었다. 황궁에서 자신 모르게 정을 통하지 않을까 의심하던 주소천은 이날 강민의 옷을 벗겨 처녀를 확인해보았던 것이다. 목풍아와 정을 통하였다 확신하던 주소천의 생각은 완전히 깨져버렸다. 강민은 처녀였다. 주소천은 아끼던 심복에게 치욕감을 안기고, 둘 사이의 신의가 깨어진 것을 늘상 부끄럽고 미안하게 생각하던 터였다.

강민이 목풍아를 좋아하는 것은 이미 짐작했던 터라 이번 기회에 목풍아를 모시게 한다면 그동안 서먹서먹하던 관계도 회복될 수 있으리라 주소천은 생각하였다.

'내가 다른 사람을 생각해주다니. 나도 나이를 많이 먹었구나.'

주소천은 씁쓸한 미소를 지으며 방문을 닫았다.

'와, 이게 꿈이냐 생시냐?'

목풍아는 자신의 뺨을 꼬집어 보았다. 질투의 화신 주소천이 강민을 내어준 사실을 믿을 수 없었다. 강민 역시 마찬가지였다. 자신과 목풍아와의 관계를 의심하여 일 년 전에 극심한 모욕과 수치를 준 주소천이 갑자기 목 대인을 모시라니, 강민은 꿈이 아닌가 의심하였다. 그러나 이것은 엄연한 현실이었다. 침대 위에 꿈에도 그리워하던 목풍아가 앉아 있었다. 목풍아는 그윽한 눈빛으로 강민을 바라보고 있었다.

강민은 부끄러움에 얼굴이 화끈거렸다.

"이리 오너라, 민아."

수줍게 다가오는 강민을 바라보며 목풍아는 감회에 젖었다. 처음 강민을 만난 것이 벌써 오 년 전이다. 가녀린 그 모습이 불쌍하여 주소천보다 더 예뻐하던 강민을 품 안에 넣기 위해 목풍아는 오 년을 참았다.

황궁의 시녀인 강민을 얻기 위해 얼마나 많은 머리를 굴리고 수단을 강구해야 했던가? 이간질을 하여 강민을 괴롭게 만들고, 이성을 굳건히 지켜 뜻을 이룬 것은 오로지 호랑이 같은 주소천의 손아귀에 있는 강민에게 뒤탈이 없게 하기 위함이었다. 하지만 오늘 자신의 꾀가 여지없이 무너졌고, 그 화가 민에게 미칠 것을 두렵게 생각하였건만 생각과는 다른 결과를 낳게 되었다. 사람 마음을 알 수 없듯이 세상일이란 참으로 모를 일이었다.

결과적으로 목풍아는 이제 열 번째 여인을 맞이하게 되었다. 목풍아는 침대 앞으로 다가온 강민의 손을 잡았다. 가녀린 손가락이었다. 목풍아의 시선은 손가락에서 팔목으로, 다시 그녀의 수줍게 숙인 얼굴로 향하였다.

"민아, 너를 얻는 것이 천하를 얻는 것보다 어려웠다."

"대, 대인……."

뭐라 대꾸하기도 전에 목풍아는 강민을 침대 속으로 이끌었다.

목풍아는 강민과의 꿈같은 밤을 보낸 후 아침을 주소천과 먹은 다음 조기의 집으로 돌아오니 사대호법들이 기다리고 있었다. 이들은 제갈문의 행방을 알아오라는 목풍아의 명을 받고 백련교로 들어가 정보를 수집하고 돌아온 것이었다.

백연이 침울한 얼굴로 말했다.

"제갈문에 대한 정보를 얻지 못했습니다."

"백련교의 정보망은 어디까지냐?"

"안휘성과 하남 일대에 한정되어 있습니다."

"내 짐작이 틀림없군. 변방국으로 간 것이 틀림없어."

오괴가 물었다.

"변방이라면? 조선으로 간 것일까요?"

"조선은 원나라에게 끝까지 저항할 정도로 고집이 센 나라지만 명나라와 적이 될 만큼 바보는 아니야."

"그럼 왜국일까요?"

"왜국으로 갔다면 하남의 수로를 이용했을 터이니 백련교의 정보 망에 들어왔겠지. 그리고 왜국은 바다를 사이에 두고 있어 병력을 청하기 좋지 않아. 그리고 막북의 원은 명에 원병을 보낼 만큼 사정이 좋지 못하니 가까운 이웃 나라로 가지는 않았을 거야. 명나라와 대적할 만큼 세력이 강한 나라로 갔겠지. 하지만 우스쟝, 유구, 미얀마, 타간, 사마르칸트 등은 모두 명나라에 조공朝貢을 바치는 나라라 명에 대적할 힘을 가지고 있지 않다고 보이거든."

"그럼. 도대체 제갈문은 무슨 생각을 하고 있는 걸까요?"

"외국의 일은 나 역시 정보망이 닿지 않아 어떻게 돌아가는지 확실하게 알 수 없어. 구룡방의 도움을 빌려야겠어."

"구룡방이오?"

"장가항에는 외국의 상선들이 자주 드나드니 소식을 알 수 있을 거야."

목풍아는 고개를 돌려 사대호법들에게 말했다.

"너희 네 사람은 즉시 장가항의 구룡방으로 가서 외국의 소식을 알아오너라. 서역에서 가장 강한 힘을 가진 나라가 어디인지, 어떤 움직임을 하고 있는지 알아오너라."

"존명."

사대호법은 꾸벅 인사를 하고 바람처럼 정청을 나갔다.

"보이는 적보다 보이지 않는 적이 무서운 법이지."

목풍아는 혀를 차며 조기의 집을 나서 황궁으로 출궁하였다. 내일 모래로 다가온 진사시에 대한 보고를 이조에서 들은 후 목풍아는 예조로 들어가 주변국들의 정세에 대해 캐물었다. 목풍아의 예상대로 크게 건진 정보는 없었으나 이상한 점 하나를 발견하였다.

홍무 이십칠 년1394에 명나라에 입공한 서역의 나라 중에 사마르칸트가 명나라에 말 이백 필을 헌상하고 정중한 표를 올렸다는 것이었다. 목풍아가 표문을 찾아보니 내용이 공손하기 이를 데 없어 비굴해 보이기까지 하는데, 말 이백 필을 서역 먼 나라에서 헌상할 정도라면 경제력이 없는 나라가 아니다. 경제력이 있는 나라에서 비굴할 정도로 조공을 한다는 것은 내부적으로 문제가 있는 것이었다.

'이건 이상하군. 세력을 확장하기 위해 외교적으로 교섭을 한 것처럼 보이는데……'

목풍아는 예조의 관원에게 물었다.

"사마르칸트의 수장이 누구지? 조공치고는 너무 과분한데?"

관원이 서적을 뒤적이며 말했다.

"첩목아帖木兒, 티무르라고 합니다. 조공이 너무 과분하여 병과급사중으로 있던 부안傳安이 다음 해에 서역 봉사로 선임되어 천오백여 명을 이끌고 사마르칸트에 갔습니다만, 아직 돌아오지 않았습니다."

"돌아오지 않았다고?"

"예, 서역이 먼 길이라서 도착하는 데도 몇 년이 걸린다 들었습니다."

"헛소리 마라. 홍무제께서 살아 계실 때 갔던 사람들인데 소식이라도 있을 것 아니냐? 근래에 사마르칸트에서 온 조공은 없었나?"

"없었습니다."

홍무제가 죽고 주윤문이 황제가 되었다가 정난의 변으로 새 황제가 들어선 것이 벌써 이 년이 훌쩍 지났다. 홍무제 살아생전에 사마르칸트로 간 부안이 돌아오지 않았다는 것은 무언가 큰 문제가 있는 것이 틀림없었다. 왕조가 바뀐 탓에 관리도 자리가 바뀌었고 공사다망하여 일일이 알아보지 못하는 탓도 있어 사무 처리가 답답하기만 하였다.

"알았어. 일 보라구."

목풍아는 자리에서 벌떡 일어나 예조를 나왔다. 수많은 나라 중에 왠지 사마르칸트와 그 수장인 첩목아가 걸렸다.

'곧 소식을 알아오겠지.'

구룡방으로 간 사대호법의 정보가 들어오면 제갈문의 계책을 헤아릴 수 있으리라 느긋하게 생각하는 목풍아였다.

이틀 후, 진사시가 시작되었다. 새 황제가 들어선 후 처음 맞는 진사 시험에 일대의 젊은 선비들이 황궁으로 몰려 남경이 때아닌 인산인해人山人海를 이루었다. 남경으로 몰려든 선비들은 영락제의 황권 교체를 부당하게 생각하는 선비들이 아니다. 그들은 영락제라는 새로운 권력의 틀에서 세상을 바꾸려는 활기찬 젊은 선비들이 대부분이었다.

궁궐의 넓은 광장에 선비들이 운집하였다. 높은 계단 위에는 황제의 어가가 놓였고, 목풍아는 시험의 최종 감독관이 되어 진사시를 시행하였다. 궁궐 안에 모인 시험생들의 수가 수천여 명에 달한 까닭에 부득이 시詩를 시험하여 반수를 가려 뽑았다. 대구에 답하는 문제와 운자를 내어 재기 발랄한 답변을 하는 자들을 가려 뽑으니 삼분지 일 정도가 남았다.

이들을 다시 부賦·표表로써 시험하였으니 이틀간에 걸친 시험으로 진사 삼백여 명이 선발되었다. 그중에 능력이 뛰어난 자 삼십여 명을 뽑아 한림원에 두고 서길사庶吉士라 호칭하였으니, 대부분 목풍아가 하원길을 통해 미리 뽑아놓은 사람들이었다.

연왕이 천자가 될 때 계획했던 일이기 때문에 한림원의 서길사들이 목풍아의 사람이라는 것은 누구도 눈치를 채지 못했다.

천자는 계획대로 서길사로 하여금 황태자의 선출에 대하여 논의하게 하였으며, 서길사는 목풍아가 생각하는 대로 첫째 황자 주고치를 황태자로 지목하였다. 젊은 선비들의 의견이 이러하니 황제 역시 따를 수밖에 없었다.

황제는 서길사의 의견에 따라 첫째 황자 주고치를 황태자로 삼았으니 영락永樂 이 년 사월에 반포한 황태자 책봉에 관한 조서詔書의 내용이 이러하였다.

봉천승운황제奉天承運皇帝는 조칙詔勅하노라. 짐朕이 들으니, 제왕帝王의 도道는 사랑하는 사람을 세우기를 친한 이로부터 하고, 자식이 되어 공경하지 못하면 아비에게 미치지 못한다 하였다.

… 중략 …

태자太子를 세워 종묘宗廟를 높이고 사직社稷을 중하게 하며, 왕국王國을 세워 번보藩輔를 넓히고 본지本支를 성성盛하게 하는 것은 한 집의 사사私私가 아니라, 천하의 공사公事가 되는 것이다.

하夏·상商·주周·한漢·당唐·송宋의 성성盛한 것이 이 도道를 쓴 것이다. 짐朕의 황고皇考 고황제高皇帝와 황비皇妃 고황후高皇后의 성령聖靈께서 오르내리며 짐의 몸을 붙들고 도와서 대보大寶에 군림君臨하였는데, 밤낮으로 편안할 겨를이 없이 어질고 덕이 있는 사람을 생각하여 차서 次序를 유성維城에 전하여, 신명神明의 계통을 계속시켜 고비考妣의 광화 光華를 삼으려 살펴보고 간택簡擇하기 위하여 지금까지 끌어왔다.

주왕周王이 종실宗室의 장長으로서 여러 번 표表를 올려 태자太子를 세우고 여러 왕王을 봉封하여 세울 것을 청하였고, 종실宗室과 군신群臣·백성百姓들이 말을 합하여 여러 번 표表를 올려, '짐의 장자長子가 족히 종묘宗廟를 계승할 만하고 여러 아들이 모두 방가邦家를 도울 수 있다'고 하였다.

짐이 천하의 통의通義를 생각하고 중지衆志가 모두 같은 것을 따라서 영락永樂 이 년 사월 초나흘에 장자長子 고치高熾를 세워 황태자皇太子를 삼고 책冊과 보寶를 주어 동궁東宮에 정위正位하게 하고, 둘째 아들 고후高煦로 한왕漢王을 삼고, 셋째 아들 고수高燧로 조왕趙王을 삼게 하였다.

… 중략 …

아아! 다스리는 것은 전왕前王의 법을 받고, 계통繼統은 열성列聖을 잇는다. 내외內外가 서로 유지하여 종사宗祀 만세萬世의 복福을 보전하고 화이華夷가 함께 즐기어 고금古今의 전성全盛의 기업基業을 연장하라.

황궁 안 봉천전에서 거행된 태자 승인식에서 황제는 공식적으로 주고치를 황태자로 책봉하였다. 주고치는 곤룡포를 입고 만조백관이 입조한 가운데 화려하게 황태자 즉위식을 치뤘다.

즉위식이 끝이 난 후 대사면령이 있었으니 영락 이 년 사월 이전에 있은 모반謀反 대역죄大逆罪와 조부모를 때리고 죽인 것, 아내와 첩이 남편을 죽인 것, 노비가 주인을 죽인 것, 독약으로 남을 해치고 사도 邪道를 빌어 남을 죽게 하여 고의로 사람을 죽인 것, 강도強盜를 범한 것, 자식이 부모에게, 아내가 남편에게, 종이 주인에게 모살미수謀殺 未遂하였으나 정적情迹이 이미 드러난 것과 말로써 저주하여 사형에 처할 죄를 지은 것을 제외하고는, 이미 발각되고 발각되지 않은 것과 이미 결정되고 결정되지 않은 것은 모두 용서 면제하여 백성들로 하여금 황태자의 은덕을 칭송하게 하였다.

모든 것이 목풍아가 바라는 대로 되었다. 목풍아는 남경에 도착한 후에 황태자의 책봉 문제로 사람들의 이목이 많아서 주고치를 만나지 못하였다.

황태자로 책봉이 되기까지는 공정하게 보여야만 하기 때문에 참아왔던 것이다. 황태자의 책봉식이 끝난 다음 날 목풍아는 주고치의 집으로 향하였다. 황궁으로 들어가기 전에 만나보려는 심산이었다.

황태자가 된 까닭에 금의위의 엄중한 호위가 바깥에서부터 이중 삼중으로 둘러 서 있었다.

목풍아는 위풍당당하게 주고치의 집 안으로 들어갔다. 주고치는 목풍아가 왔다는 말을 듣고 정청에 나와 기다리고 있었다. 비대한 몸은 일 년 전보다 살이 더 찐 것 같았지만 싱글거리며 미소 짓는 모습은 그대로였다.

"풍아, 이제 왔느냐?"

목풍아는 바닥에 넙죽 엎드려 큰절을 하며 소리쳤다.

"소신 목풍아, 황태자 전하를 알현하옵니다."

오괴와 독돈이 서로의 얼굴을 바라보다 주고치에게 꾸벅 인사를
하였다.

"풍아, 이럴 것까진 없대두."

주고치가 목풍아의 손을 잡아 일으켰다.

"모두 네 덕인지 잘 알고 있다. 그동안 수고하였다. 정말 수고가 많
았다."

새하얀 얼굴에 땀방울이 번질거렸다.

"태자 전하, 그동안 살 좀 빼지 그러셨어요? 에구, 땀 좀 봐."

목풍아가 손수건을 꺼내어 주고치에게 건네었다. 비단 손수건으로
얼굴의 땀을 닦으며 주고치가 웃었다.

"하하하. 그것이 마음대로 되지 않는구나. 너는 오랜만에 와서 그
런 이야기밖에 할 수 없는 게냐?"

"태자마마께서 덩치가 자꾸만 불어나니 하는 말이죠. 그리고 이런
말을 제가 아니면 누가 하겠습니까? 와하하하."

정문에 시끄러운 소리가 들리며 한 떼의 무리가 정청으로 쏟아져
들어왔다. 한왕漢王으로 책봉을 받은 둘째 주고후朱高煦와 그 부하들이
었다. 금의위의 호위병들이 우르르 몰려들어 정청 앞을 막아섰다.

"고후야, 무슨 일이냐? 무슨 일인데 무장을 하고 온 게냐? 죄를 지
으려고 온 것이냐?"

정곡을 찌르는 말에 주고후는 걸음을 멈추었다.

"형님, 나는 오늘 봉지로 가오. 가는 길에 형님에게 인사나 하러
잠시 들른 것 뿐이오."

"오! 그렇구나. 들어와서 차나 한잔 마시고 가거라."

"아니오, 그럴 맘은 없소."

주고후는 정청 안의 목풍아를 보고 손가락으로 가리키며 말했다.

"모든 것이 목풍아, 네놈의 농간이겠지?"

목풍아가 손바닥을 펼치며 말했다.

"전하, 누가 그러던가요?"

"……."

심증만 있고 물증이 없으니 주고후는 목풍아의 물음에 꿀 먹은 벙어리처럼 대답하지 못하였다.

"흥, 네놈이 한림원의 서길사를 뽑았으니, 서길사는 네 지시에 따라 움직일 것이 아니냐?"

"서길사를 뽑은 것은 제가 아니라 천자 폐하이십니다. 저는 폐하의 뜻을 받는 것뿐인데 그리 말씀하시면 안 되지요."

주고후는 할 말이 없어 앓는 소리를 하며 이를 갈았다. 목풍아가 손을 모아 가볍게 목례를 하며 배시시 웃었다.

"전하, 남경에서는 영원히 보지 못하겠군요. 평안히 가십시오."

주고후의 얼굴이 울그락불그락하게 되었다. 한왕 책봉 조서를 받았으니 주고후는 황성에 머물러 있어서는 안 된다. 봉지로 떠나가지 않으면 국법을 어기게 되는 것이다. 목풍아는 한왕의 급한 심정을 알고 은근하게 주고후를 희롱하고 있는 것이었다.

"사람의 일이란 누가 알겠나?"

주고후는 정청 뒤편에 서 있는 주고치를 노려보다가 목풍아에게 말했다.

"지금 후회가 되는 것이라면 예전에 네가 통주通州에 왔을 때 너를 손보지 못한 것이다."

"그때 저를 어쩌셨다면 전하께서는 한왕이 되지 못하셨을 겁니다. 자고로 사람이란 만족을 아셔야 하는 법, 과욕은 화를 부르는 법입니다. 부디 명심하십시오."

목풍아는 빙그레 웃으며 고개를 숙여 읍하였다. 한왕 주고후는 증오가 가득한 눈초리로 목풍아를 바라보며 이를 우드득 갈다가 몸을 홱 돌려 나가버리고 말았다.

정청 앞에 가득하던 살기가 걷히고 무장한 병사들이 썰물처럼 빠져나가자 주고치는 한숨을 길게 내쉬며 목풍아를 바라보았다.

"내가 믿고 의지할 사람은 풍아, 너밖에 없음을 너는 잘 알고 있을 것이다."

"전하, 전하는 전하 스스로를 믿으셔야 합니다. 어진 덕을 넓게 펼쳐 백성에게 베푼다면 천하는 제가 아니더라도 전하의 덕에 감복할 것입니다. 저에게는 바닥이 빤히 내려다보이는 얕은 계교뿐이지만 전하께서는 굳은 심기와 덕이 있으니 머지않은 시기에 천하는 전하의 그늘 속에 잠기게 될 것입니다."

"고맙다, 나를 알아주는 사람은 너밖에 없구나."

주고치는 미소를 지으며 목풍아의 어깨를 다독거렸다.

목풍아는 주고치의 말이 어떤 의미인지 잘 알고 있다. 한왕 주고후가 넘볼 수 없는 아성牙城을 쌓아주기를 바라는 것이다. 주고치는 강력한 정치 세력을 가져야만 한다. 그 정치 세력의 정점에 목풍아가 있지만 정화와 도연은 아직도 무시할 수 없는 황제의 측근이다. 그들 세력이 나쁜 마음을 품고 훗날을 기약한다면 주고치의 미래도 기대

할 수 없다.

주고치의 집을 나온 목풍아는 보선창으로 가면서 차근차근 앞일을 생각하였다. 정화와 도연은 주고후를 태자 후보로 생각했던 사람들이다. 태자 전하의 천하로 만들기 위해서는 이들을 권력의 정점에서 사라지게 하는 것이 중요하였다.

넓은 들판을 한참을 달린 끝에 마차가 멈추고 문이 열렸다.

"대장, 다 왔습니다."

마차 바깥으로 나가니 커다란 보선창과 수많은 인부들이 눈에 들어왔다. 넓은 장강 변에 위치한 보선창은 건조된 선박을 그대로 띄우기 쉬운 지리적 이점이 있었다.

갈대가 빽빽하게 늘어진 강변을 따라 보선창 감독관의 안내를 받으며 선박 건조 과정을 지켜보았다. 황제의 위엄에 걸맞는 거대한 선박을 건조하는 터라 강변에는 각지에서 가져온 거대한 나무들이 둥둥 떠 있었으며 보선창 안에서는 용골을 만드는 인부들과 장인들이 선박을 건조하느라 여념이 없었다.

수만 명이 동원된 선박 건조는 말 그대로 거대한 역사였다. 길이 마흔네 장, 폭 열여덟 장이나 되는 선박의 설계도를 바라보며 목풍아는 앞일을 생각하였다. 단순히 해로를 개척하여 무역을 하는 것으로 정화를 보낼 수는 없는 것이다. 이 일은 해로 개척 이외에도 해외로 탈출하여 불손한 세력과 손을 잡을지도 모르는 건문제의 옹립 세력을 저지하는 기능도 겸해야 한다.

필요에 따라서는 한 나라를 전복시킬 정도의 병력도 함께 보내야하기에 목풍아는 사상 유례가 없는 거대한 선박 건조를 명하게 한 것이었다.

"내년까지 가능한 한 거선을 많이 만들어라. 거선이 만들어지는 만큼 공상이 정해질 것이니 그리 알고 열심히 만들라."

목풍아는 공사 감독관에게 필요한 자재들을 신속하고 충분히 지원하도록 명하고는 보선창을 나왔다. 마차가 빠르게 남경을 향해 달리기 시작하였다. 마차가 달리듯 쉼 없이 바쁜 일상의 연속이었다.

간혹 무엇을 위해 이렇게 달려가는지 의문이 들기도 했다. 천하백성의 안녕을 위한다는 기치를 내걸었지만 실제로 목풍아가 한 일이란 권력 싸움뿐이었다. 백성들을 위한 일은 미미한 반면 차근차근 자신의 앞길을 열심히 다져 온 것만 같았다. 이렇게 권력만 탐하다가 뜻을 이루지는 못할까 조바심이 났다.

목풍아는 마차 안에서 길게 한숨을 내쉬었다. 오괴와 독돈이 서로의 얼굴을 바라보았다. 급한 독돈이 먼저 물었다.

"대장, 한숨은 왜 쉬십니까? 근심거리라도 있습니까?"

"독돈, 너는 내가 천하백성들을 위해 일을 하고 있다고 보는 것이냐?"

"글쎄요."

독돈이 팔짱을 끼고 인상을 찡그리며 생각에 잠겼다.

오괴가 코웃음을 치며 말했다.

"갑자기 그런 생각은 왜 한 겁니까?"

"그냥. 마차처럼 빠르게 시간은 흘러가는데 나는 정작 백성들에게 아무것도 하지 못한 것 같아서……."

"후후후."

"뭐야? 오괴, 비웃는 거야?"

"대장의 말을 들으니 비웃지 않을 수 없지 않소. 나는 돌아가신 사부님께 이런 이야기를 들었소. 황하가 맑아지는 것과 천하가 태평하게 되는 것은 같은 것이라고 말이오. 그같이 어려운 일을 대장은 하루아침에 이루려 하다니 우습지 않겠소? 천하백성들을 편하게 하려는 생각은 잊지 않는 것이 중요한 거요. 대장은 불알만 차고 나와 여기까지 올라왔소. 대장 덕에 많은 사람들이 굶어 죽는 것을 면했고, 전란의 위협에서 생명을 구했소. 다른 자들이 못하는 일들을 대장은 잘해 왔소. 천하백성들에게 신경을 쓰지 못했다면 반성하고 앞으로 더 잘하시면 되오. 나는 대장이 반드시 그럴 것이다 생각하고 있고, 그 때문에 대장을 따르는 것이니 더 이상 약한 모습 보이지 말란 말이오."

목풍아는 정신이 번쩍 들어 오괴에게 말했다.

"알았다, 오괴. 내가 잠시 약한 마음을 먹었던 모양이구나. 정신을 확실하게 차리마."

독돈이 웃으며 말했다.

"으허허허. 대장, 그렇게 빌어먹을 인간이 되지 않으려면 정신 차리라구요. 으허허허."

아들 목해붕(木海鵬)

황태자 책봉식 이후로 목풍아의 위상은 더욱 높아졌다. 천자의 총
애를 받는 신하이며, 황태자의 심복이라는 사실은 공공연한 사실이
었다. 진사시로 뽑힌 젊은 선비들은 목풍아 편이었으며, 연경에서 목
풍아와 친하던 관료들이 대거 남경의 요직을 차지하면서 조정은 목
풍아의 손아귀에 들어온 것이나 마찬가지였다. 하원길 역시 직급이
껑충 뛰어올라 호조戶曹의 실권자로 자리를 잡았다.

조정의 요직을 손아귀에 넣었지만 이를 아는 사람은 없었다. 목풍
아의 심복들 모두가 목풍아와 상관없는 듯 움직이고 있었으므로 모
든 조정의 사무가 목풍아의 뜻대로 이루어지고 있다는 것을 알 수가
없었다.

금의위의 지휘사 겸 태사소사인 도연까지 이런 내부 사정은 모를
정도였으니 오괴와 독돈은 이제야 봇물처럼 터져 나오는 목풍아의
심계에 혀를 내두를 정도였다.

주고치가 황태자가 된 후부터 도연은 목풍아를 더욱 두렵게 생각하였다. 목풍아는 자주 경수사에 찾아가 도연과 차를 마시며 친목을 도모하였으며, 도연은 목풍아의 환심을 사기 위해 중요한 정보를 말해주었다. 주고치가 황제가 되었을 때를 대비하여 도연은 어쩔 수 없이 목풍아에게 끌려다닐 수밖에 없었다.

도연에게서 들어오는 정보는 목풍아에게 많은 도움이 되었다. 주변국의 상황이라든지, 조기나 백련교가 알 수 없는 많은 정보들이 목풍아의 귀에 들어왔다. 그러던 중 장가항으로 갔던 사대호법이 네다섯 살쯤 된 어린아이를 데리고 돌아왔다.

눈빛이 초롱초롱한 아이의 얼굴이 왠지 목풍아를 닮았다.

"누구냐?"

물어볼 사이도 없이 아이가 목풍아를 빤히 바라보며 말했다.

"목 대인이십니까?"

또박또박한 목소리였다.

"그래, 내가 목 대인이다. 그러는 너는 누구냐?"

아이는 넙죽 절을 하곤 말했다.

"저는 목해붕木海鵬이라 합니다."

"목해붕?"

"예. 아버님 함자는 목풍아라 하고, 어머님은 화옥이라 합니다."

깜짝 놀란 목풍아는 저도 모르게 뒷걸음질을 쳤다. 오괴와 독돈, 일도는 바닥에 무릎을 꿇고 있는 목해붕을 바라보았다. 이제 겨우 네다섯 살밖에 안 되었는데 총명하기가 목풍아 뺨칠 것같이 당돌한 소년이었다.

독돈이 한 걸음 다가가며 물었다.

"뭐야? 대장의 아들인가? 으허허허. 정말 닮았네. 으허허허."

오괴가 물었다.

"해붕아, 너 몇 살이니?"

"네 살이다."

"흥, 제 아비나 아들이나 버릇없기는 마찬가지네."

오괴가 콧방귀를 뀌며 목풍아에게 말했다.

"그렇게 밝히더니 스물두 살에 벌써 네 살짜리 아들을 두었군. 대단하신 대장이야."

목풍아는 한동안 정신이 황망하여 어찌할 바를 몰랐다. 남녀 간의 일이란 것이 후사를 생각하지 않는 것은 아니지만 한동안 소식도 없이 잠잠하던 화옥에게 자신의 애가 생겼을 줄이야 상상이나 했겠는가. 멍하게 목해붕을 바라보던 목풍아가 자신의 뺨을 꼬집었다. 아픈 것을 보니 꿈이 아니었다.

'내 아들. 내 아들.'

두 눈동자에 별빛을 넣은 듯 반짝거리는 눈과 꼬옥 다문 입술에 총기가 넘치는 것 같았다. 목풍아는 마음이 두둥실 뜬 것처럼 기뻤다.

"아이가 생겼다면 말을 할 것이지 이렇게 오랫동안 숨겼단 말이냐?"

얄미운 마음에 질책을 하니 목해붕이 고개를 들며 말했다.

"아버님이 공무에 바쁘신데 성가시게 해서는 안 된다고 어머님이 말씀하셨습니다."

기특한 아이였다. 목풍아는 한 걸음 다가가 목해붕의 손을 잡아 일으켰다.

"해붕아, 내가 네 아버지다."

목풍아는 작은 해붕을 품에 안았다. 작고 따뜻한 몸이 목풍아의 가슴속으로 파고들었다. 갑자기 가슴이 찡해지며 눈시울이 뜨거워졌다. 금방이라도 눈물이 쏟아질 것 같았다. 목풍아는 두 눈을 부릅뜨고 눈물을 참았다. 그때였다.

"아버지, 아버지."

목해붕의 한마디에 목풍아는 끝내 울음을 터뜨리고 말았다.

"이힉… 화옥이 좋은 선물을 보내었구나. 어흐흐흑……."

목풍아는 몸을 들썩이며 울먹였다. 갑자기 아버지와 어머니가 생각나는 것은 무슨 이유일까? 지금도 집 나간 아들 걱정으로 하루하루를 보낼 것을 생각하니 눈물이 자꾸만 흘렀다. 두 뺨에 폭포수처럼 흘러내리는 목풍아의 눈물을 바라보며 오괴와 독돈은 서로의 얼굴을 바라보며 혀를 찼다.

"천하의 목풍아도 아들 앞에서는 할 수 없군그래."

"으허허허. 내 말이 그 말이야. 지 새끼니 얼마나 감격스러울까? 쩝. 나도 이참에 장가나 갈까?"

오괴가 코웃음을 쳤다.

"미친놈. 늙어 쭈그러진 네놈의 물건이 제구실이나 할 수 있겠느냐?"

"으허허허. 평생 여자 손도 한번 만져 보지 못한 놈이 뭘 안다고 그런 소리를 할꼬? 으허허허."

오괴는 고개를 홱 돌렸다. 동자공을 수련한 것이 오괴의 가장 큰 실수였다. 아니, 실수라고 하기보다 독돈에게 번번이 말싸움에서 지는 빌미를 제공하니 유쾌한 것은 아니었다.

일도가 끼어들었다.

"대장에게 아들이 생긴 것은 좋은 일이지만 두 공주님이 아시는 날에는 무슨 일이 생기지 않을까요?"

목풍아는 정신이 번쩍 들었다.

문제는 두 공주가 목풍아에게 여자가 없는 줄 알고 있다는 점이다. 질투심 많은 두 공주가 알아서는 일이 귀찮게 된다. 목풍아는 여자에 관한 일에서만은 대책 없이 일을 벌였다. 이성적인 목풍아에게 여자 문제에서만은 감성적이라는 것이 문제였다. 목풍아는 눈가를 닦은 후 사대호법에게 말했다.

"아이는 왜 데려온 거야?"

"구룡방의 방주께서 보내셨습니다. 한 번은 봐야 될 거라고 말입니다."

"젠장, 진작 소식을 주었으면 좋았을걸……."

목풍아는 해붕의 머리를 쓰다듬다가 일도에게 말했다.

"일도, 너는 지금부터 해붕이를 잘 보살피거라. 하녀를 불러 내실에 데려다가 씻기고 내 방에서 기다리고 있어. 알겠냐?"

"예."

일도가 목해붕에게 장난치듯 굽실거리며 말했다.

"도련님, 가시죠."

"알겠다."

목해붕은 어깨를 펴고 성큼성큼 일도를 따라 내실로 들어갔다.

"하는 짓이 대장이랑 똑같네. 피는 못 속인다더니……. 으허허허."

목풍아는 뒤뚱거리며 걷는 해붕의 뒷모습을 보고 빙그레 미소를 짓다가 사대호법에게 말했다.

"장가항에 다녀왔으면 보고를 해야지?"

백연이 꾸벅 목례를 하곤 입을 열었다.

"장가항에서 알아온 바에 의하면 서역에서 가장 강성한 나라는 사마르칸트라 합니다."

"사마르칸트?"

"예. 상인들의 말에 의하면 재작년 사마르칸트의 첩목아가 인도를 정벌하였다 합니다. 첩목아의 군대는 사로잡은 인도군 5만을 광장에서 참수시키고 살인과 약탈을 자행하였다고 합니다. 인도의 궁궐은 순식간에 폐허가 되었으며 인도의 우수한 기술자들을 데려가 사마르칸트 궁궐을 지었는데 엄청난 규모를 자랑한다고 들었습니다."

"인도를 정벌해? 대단하군. 인도에서 나는 향신료와 비단이 대부분 사마르칸트 군인들의 손아귀에 있겠군."

"그렇습니다. 상인들은 인도 상인과 무역을 하는 것보다 무식한 사마르칸트 군인들과 거래를 하는 것이 이득이 난다고 좋아하더군요."

"우두머리가 첩목아라면 원나라 몽고인의 후손인가?"

"그렇다고 들었습니다."

"빌어먹을……."

이것은 목풍아가 바라는 바가 아니다. 원대에 몽고족이 중원을 장악하였으니 그 후손이 영웅이라면 다시금 조상이 손아귀에 넣었던 중원을 차지하려고 할 것이다. 만일 어리석은 건문제가 중원을 되찾기 위해 사마르칸트의 첩목아의 힘을 빌리려 한다면 그것은 다시금 송宋이 금金의 힘을 빌리려다가 망한 것과 같은 전철을 밟게 되는 것이었다.

문제는 명분이었다. 만약 건문제가 명나라를 되찾으려는 명분으로 사마르칸트에 도움을 요청한다면 군사를 일으키는 것은 어려운 일이 아니었다. 사마르칸트가 건문제의 청을 받아들여 동정을 오게 된다면 이는 실로 심각한 문제가 되는 것이었다.

인도를 정벌할 정도의 강한 군사력이 있는 사마르칸트 군대가 동정한다면 가까스로 잡혀가는 명나라의 기초가 무너지고 백성들이 다시금 전란의 고통에 빠질 수 있었다.

첩목아의 군대는 무자비한 살인과 약탈에 익숙해 있으므로 죄없는 사람들의 희생도 간과할 수는 없다. 하지만 너무 멀리 있어 갑작스레 사마르칸트로 갈 수도 없었다. 만일의 사태를 대비하려면 미리미리 주변국의 상황을 체크하는 것이 중요하였다.

위로는 여진족이 문제였으며, 첩목아에게 힘이 될 수 있는 오이라트와 타타르도 문제였다. 홍무제 때에 명에 복속된 태녕泰寧, 타안朶顏, 복여福余의 삼위衛의 몽고족들이 있지만 이들만 믿고 있을 수는 없는 일이었다. 몽고족들은 그들보다 힘이 센 부락에 흡수되는 특성이 있기 때문에 안심할 수만은 없는 문제였다. 도처에 위험 요소들이 잠복하여 있었다.

천하의 안녕을 생각함에 하루도 편안한 날이 없는 목풍아였다. 무수한 일들이 눈앞에 놓여 있었고, 그것을 해결해야 하는 것이 목풍아의 과제였다. 한동안 정청에서 이야기를 나누던 목풍아는 늦은 밤 처소로 돌아왔다. 영단의 효험 때문인지 내력이 늘어나 몸은 힘들지 않았지만 생각할 것이 많아서인지 머리가 지끈거렸다.

탁자 앞에 놓인 양초의 불빛이 밝았다. 침상 위에서 새근거리는 숨소리가 들려왔다. 살금살금 다가가니 목해붕이 잠들어 있었다. 새근거리는 숨소리를 들으며 평온하게 잠이 든 아들의 얼굴을 바라보니 세상의 근심이 사라지는 것 같았다.

뽀얗고 예쁜 얼굴, 긴 눈썹에 오뚝한 콧날은 화옥을 닮았다. 정청에서 보았을 때는 목풍아를 그대로 박은 것 같았지만 침실 안에서 자세히 바라보니 화옥의 얼굴도 반쯤을 가져온 것 같았다.

새삼 조물주의 신비에 감탄이 절로 나왔다. 목풍아는 올망졸망하게 정기가 뭉친 것 같은 목해붕의 얼굴을 보고 웃음이 절로 나왔다. 목해붕에게 좋은 아버지가 되어야겠는데, 해붕에게 닥칠 시련들이 너무 많았다. 주소천과 주소희가 알게 되면 가만있지 않을 것이니 해붕을 위해서라도 장가항으로 돌려보내야만 했다.

'여자가 문제다, 해붕아. 너는 부디 끝을 조심하거라.'

목풍아는 아들의 머리를 쓰다듬으며 까만 밤을 하얗게 지새웠다.

다음 날, 목풍아는 사마르칸트 이외의 나라들에 관한 정보를 깊이 캐오라고 명을 내린 후 장강 나루에서 아들과 작별을 고하였다.

"해붕아, 다음에 어머니와 함께 오너라. 지금은 시기가 좋지 않아 너를 보내는 것이니 섭섭하게 생각하지 말거라."

"알겠습니다, 아버지."

또랑또랑한 목소리로 말하는 목해붕을 보니 마음이 든든하였다.

의지가 되는 것, 힘이 생기는 것, 자식이란 이런 것인지 모를 일이다.

장강을 내려가는 배에 아들과 사대호법을 태워 보낸 후 목풍아는 나루에서 배가 보이지 않을 때까지 서 있었다. 육친을 떠나보낸다는 것은 가슴 아픈 일이었다.

정치를 한다는 것은 소중한 것을 부득이하게 포기해야 하는 것인지도 몰랐다. 부모님과 떨어져야 하고, 자식과 떨어져야 하는 것. 목풍아는 기분이 침울하였다.

목풍아는 이 기분을 떨치기 위해 목표를 생각하였다. 천하를 안정시키는 것, 그리하여 사람들마다 배를 두드리며 즐겁게 살 수 있게 하는 것이 자신을 낳아준 부모님과 사랑스러운 자식을 위하는 일이라 생각하였다.

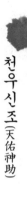

천우신조(天佑神助)

　목풍아는 그 길로 황궁으로 들어갔다. 휘몰아치듯 병조로 들어간
목풍아는 변방 국가의 상황을 캐물었다. 목풍아의 생각보다 더 국가
의 정보수집 능력이 형편없었다. 여진족은 물론이거니와 변방으로
쫓겨난 오이라트와 타타르, 조선과 왜국에 대한 최근의 정보를 찾아
볼 수가 없었다.

　"도대체 이따위밖에 못 하겠나? 봉록이 아깝다. 대국이라고 자만
하고 있다가는 큰코다친단 말이야. 적을 알고 나를 알면 백전백승이
라는 말도 못 들었나? 정보가 곧 생명이란 말이다. 다음번에 이따위
로 보고를 한다면 가만두지 않을 테다."

　보고를 하던 병부시랑이 목풍아에게 호되게 야단을 들었으며, 병
부상서 역시 마찬가지였다.

　"여러 외국의 동향을 잘 탐지하지 못하면 외교 교섭에서 우위에
설 수 없다는 것을 모르십니까? 적국의 산천 임야 소택 등의 지형을

잘 모르면 군대를 행군시킬 수 없습니다. 정보는 병법의 기본입니다. 이따위 정보력을 가지고 어떻게 미래를 대비하겠습니까? 정보수집에 모든 역량을 집중하셔야 합니다. 병부상서께서는 명심하십시오."

"명심하겠습니다."

병부상서가 굽실거렸다.

목풍아는 흠차대신을 마치고 돌아온 후 뒤늦게 좌익공신左翼功臣으로 추서되고 지낭공智囊公이라는 공작公爵을 하사받았다. 벼슬은 정이품 간의대부諫議大夫로서 보선창 거선 공사의 감독을 겸직하며, 조정의 말단 사무에까지 신경을 쓸 수 있었다.

황제와 황태자가 목풍아를 신임하고, 일 처리가 빈틈이 없이 꼼꼼한 터라 벼슬이 높은 자도 목풍아에게 하대하지 못할 정도였다. 목풍아는 병부상서에게 변방 국가들의 상황을 엄밀하게 알아내어 보고하도록 하였다. 이런 이야기들은 얼마 후 황제의 귀에까지 들어갔다.

황제는 목풍아를 불러들였다.

"풍아, 얼마 전 병부를 발칵 뒤집었다 하더니 대체 무슨 일이냐?"

"폐하, 건문제가 세외 세력들과 손을 잡을지도 모른다는 정보가 들어왔습니다."

"뭐라고?"

"건문제의 일이 아니더라도 명나라의 미래를 위해서 주위 세력의 움직임을 손바닥 보듯 하는 정보력은 필요합니다. 제가 병부에 가보니 새로운 정보는 하나도 없고 대부분 몇 년 전의 정보 외에는 없었습니다. 정보란 아는 것입니다. 아는 것이 있어야 백전백승을 할 수 있는 것입니다. 앞으로 명나라의 확고한 기반을 마련하시려면 다른 나라의 정보를 한눈에 알 수 있도록 정보망을 넓히시는 것이 필요할 줄로 압니다."

"네 말이 맞다. 미리 대비하지 않고서는 닥쳤을 때 손해를 보게 되지. 대안이 있다면 말해보라."

"이참에 외국의 정보를 캐내는 비밀 기관을 하나 만들어야겠습니다."

"좋은 생각이다. 네 생각대로 추진해봐."

황제의 윤허를 얻어 조직된 것은 조서청鳥鼠廳이라는 비밀 기관이었다. 조서청은 각 나라로 첩자를 파견하여 그 나라의 사회상과 정치 상황을 알아오도록 하는 것이 임무였다. 목풍아는 조서청의 책임자로 정화를 추천하였다. 정화는 목풍아의 추천이 뜻밖이었다.

조서청과 같은 비밀 기관은 정보를 좌지우지하는 만큼 큰 힘을 가질 수 있다. 그런 힘을 눈엣가시 같은 정화에게 주는 것은 정적이라 생각하면 할 수 없는 일인 것이다. 정화는 이 일을 계기로 목풍아에 대한 경계를 완전히 풀게 되었으며, 황제는 그런 목풍아의 마음 씀씀이에 대단히 만족하며 총애를 늦추지 않았다.

조서청의 요원들은 각 상단의 잡부부터 무사, 요리사, 점소이, 어부, 농부 등 각양각색의 사람들로 선발되었으며 기본적으로 그 나라의 말을 할 줄 아는 자들로 구성되었다. 첩자가 된 요원들은 정화의 명령에 따라 각국에서 정보를 취하였다.

하루는 정화가 목풍아를 찾아왔다. 갑작스러운 정화의 방문에 목풍아는 정전으로 안내하였다. 차를 마시며 담소를 나누면서 정화의 얼굴을 살피니 얼굴이 경직되어 있었다.

"무슨 근심이라도 있으신가요?"

정화가 길게 한숨을 내쉬었다.

"이 일을 어찌하면 좋겠소?"

"무슨 일입니까?"

"오늘 서역으로 정보를 캐러 갔던 요원 한 명이 엄청난 보고를 해왔소. 사마르칸트의 수장인 첩목아가 수백만의 대군을 이끌고 중원을 향해 진격해 오고 있다는 것이오."

"뭐라구요?"

"사마르칸트는 이란과 아라사, 최근에는 인도를 정벌하였다 하더군요. 이를 미루어보면 첩목아는 엄청난 군세를 가진 군대를 거느리고 있는 것이 틀림없소."

"큰일이군요."

"큰일이라니요? 목 대인이 조서청을 만든 것은 이런 일이 일어날 것이라 짐작한 때문이 아닙니까? 제가 황제에게 알리지 않고 먼저 대인을 찾아온 것은 사마르칸트의 침공을 타계하기 위한 방법을 듣기 위함입니다. 대인도 알다시피 때아닌 거선의 축조로 재정은 바닥을 드러내고 있습니다. 가을이 올 때까지는 아직도 서너 달이나 남았고, 추수가 얼마 남지 않았는데 군사를 일으키기에는 백성들의 부담이 너무 큽니다. 더구나 남방은 아직까지 황제 폐하를 지지하는 무리들이 적다는 부담이 있습니다. 이럴 때 사마르칸트가 침공해온다면, 더구나 첩목아가 건문제를 데리고 온다면 명나라는 내부에서부터 균열이 일어나 맥없이 무너져버리고 말 것입니다. 이것은 실로 심각한 문제입니다."

목풍아는 깊은 생각에 잠겼다. 사마르칸트의 세력이 크다는 것은 이미 알고 있었지만 군대가 급작스럽게 침입하리라고는 예상하지 못했다. 사마르칸트의 군대가 온다는 것은 건문제와 손을 잡았다는 의미였다.

보선창의 역사를 일으킨 까닭에 군대를 일으킬 만한 재정은 확보되지 않았다. 무리하게 세금을 거두었다가는 이제까지 잘 이끌어왔던 영락제의 체제가 붕괴될 위험에 직면하게 될 것이다. 명나라와 목풍아에게 직면한 대위기였다.

목풍아는 천천히 입을 열었다.

"이 일은 제가 책임을 지겠습니다."

"어떻게 할 생각이십니까?"

"제가 가욕관嘉欲關을 넘어 첩목아를 만나 담판을 벌이겠습니다."

"혼자서 말입니까?"

"남경에서부터 떠들고 다니기에는 사안이 너무 큽니다. 이 일이 알려지는 것도 좋지 않습니다. 건문제를 옹위하는 무리들이 내란을 일으킨다면 걷잡을 수가 없어집니다. 최대한 조용하게 처리하는 것이 상책입니다. 가욕관의 병권을 주시면 제가 막아보겠습니다."

"엄청난 군세라 들었습니다. 대인이 적은 병력으로 흉맹한 첩목아를 막을 수 있겠습니까?"

"할 수 없지 않습니까? 일단 순행어사의 직위를 주신다면 감숙으로 가서 조치를 취해보겠습니다."

"제가 할 일은 무엇입니까?"

"잘 아시겠지만 보안에 힘을 쓰시고 주변국의 동맹을 이끌어주십시오. 명나라의 힘이 약하게 보이면 주변국들은 즉시 이탈을 할 것입니다. 각별히 신경을 써주십시오."

"알겠습니다. 황제 폐하께는 뭐라고 말할까요?"

"감숙성에 도적이 출몰하여 근심인데 목 대인이 자청해서 도적을 토벌하러 간다고 말씀하십시오. 나머지는 제가 황궁에서 폐하를 만나 그럴듯하게 말씀드리겠습니다."

"알겠습니다."

정화는 자리에서 일어나 꾸벅 인사를 하곤 정청을 나갔다.

목풍아는 물을 마셨다. 입이 썼다. 사마르칸트가 동정을 하러 올 징후는 목풍아가 얼마 전 예조에 갔을 때 의심하던 바였다. 의심이 사실이 된 것은 목풍아에게 불행한 일이 아닐 수 없었다.

목풍아로서는 다른 방법이 없었다. 목숨이 소중하다 생각했다면 목풍아는 황제에게 진실을 고하고 대군을 동원하였을 것이다. 하지만 지금 대군을 동원한다면 영락제 즉위 이후 평온을 누리던 나라는 다시금 동요하게 될 것이다. 거선 축조를 통한 제정악화에 대군이 동원된다면 세금이 늘어날 것이고 사회는 불안에 휩싸이게 될 것이다. 이것은 스스로 자멸하는 길이었다.

목풍아가 천하백성의 안녕을 위해 할 수 있는 일이란 최소한의 병력으로 사마르칸트의 대군을 막는 일이었다.

"대장, 미쳤습니까? 가욕관의 적은 병력으로 사마르칸트의 대군을 막을 수 있다 생각하십니까?"

오괴가 물었다.

"막을 수 있다."

"뭐라구요?"

"방법이 없어. 일단 부딪히는 수밖에는…….. 부딪히다 보면 방법
이 보이겠지."

독돈이 말했다.

"대장답지 않습니다. 아무 생각 없이 부딪힌다니요? 입으로 상대
하시겠다는 말씀입니까? 상대는 전쟁터에서 평생을 살았던 최고의
정예 부대입니다. 산전수전 다 겪은 상대라 만만치 않을 텐데 대장은
너무 쉽게 생각하시는 것 같습니다."

"쉽게 생각하는 것 아니야. 내게 생각이 있어. 사마르칸트에서 이
곳까지의 거리는 몇십만 리가 넘는 멀고도 험난한 길이 이어진다. 비
단길은 험하고 어려운 길이다. 사막을 지나고 높은 산맥을 넘는 험하
디험한 길의 연속이지. 병력들을 데리고 온다는 것 자체가 무모한 짓
이라구. 험하고 먼 거리를 행군해오면 적군은 피로가 쌓이게 되지.
더구나 조금 있으면 겨울이 다가온다. 겨울이 되면 사마르칸트의 병
력들은 더욱 불리해지겠지. 길은 험난한 비단길, 시기는 겨울. 지세
와 천시가 내 편이니 어쩌면 상대할 수 있을 것 같아. 너희들 생각은
어때?"

오괴와 독돈이 서로의 얼굴을 바라보았다. 30만의 이경륭 군사도
물리친 목풍아가 아니던가. 두 사람은 목풍아의 능력을 믿기에 어깨
를 들썩거리며 동조할 수밖에 없었다.

이틀 후, 황제의 윤허가 떨어졌다. 목풍아는 두 명의 부하가 공을

세우고 싶어 한다고 황제에게 청을 올렸으며, 일찍이 오괴와 독돈의 무공에 감탄하던 황제는 기꺼이 윤허해주었다.

감숙성의 병력을 지휘할 수 있는 인장과 순행어사의 마패를 지니고 목풍아는 감숙성으로 향하였다. 장강을 거슬러 보름을 넘게 올라가고 다시 엿새를 말을 달려 도착한 곳은 가욕관이다. 옛 진시황이 건축하였다는 만리장성이 끝닿는 곳. 당唐대 교통의 요지로 실크로드 상업 문화의 번성을 자랑하는 이곳은 서역과 중원을 잇는 중요한 요새였다.

가욕관 성루에서 관리의 인수를 받은 후, 목풍아는 서역에서 이곳으로 간간이 찾아오는 상인들로부터 정보를 얻었다. 사마르칸트의 대부대가 오고 있다는 것은 공공연한 사실이었다. 실크로드의 길 곳곳에는 사마르칸트의 동정군이 야영하는 막사가 지어졌으며 수많은 군사들이 막북의 실크로드를 따라오고 있다는 것이었다. 추측건대 건문제가 사마르칸트 첩목아의 힘을 빌린 것이 틀림없었다. 뒤늦게 깨달은 사실이지만 가욕관 이북에는 회족이 많이 살고 있었다.

제갈문이 사마트칸트에 도움을 청하러 가기 위해서는 회족과 접촉이 있었을 것이다. 우각산에서 잡은 도적들 중에 상당수가 회족들이었던 것을 감안하면 제갈문은 이 길을 따라 서역으로 간 것이 분명해 보였다.

목풍아는 지도를 펴놓고 생각에 잠겼다. 길은 세 가지가 있었다. 모두 험한 산과 사막을 넘는 길이었으나 사마르칸트에서 가장 가까운 길은 오직 하나밖에 없었다. 천산산맥 이북을 따라오는 천산북로天山北路. 험지를 배경으로 삼아 막사를 지으며 다가오는 선발 부대를 초토화시키는 것이 목풍아가 할 수 있는 최선의 일이었다. 가욕관 병력은 오천. 먼 길을 가는 일이므로 쓰지 않기로 하였다.

목풍아가 가욕관에 도착한 지 얼마 되지 않아 백련교의 병력들이 속속들이 모여들었다. 사대호법이 데려온 병력은 통틀어 오백여 명 정도였다.

목풍아는 말과 군량을 챙긴 후 안내인을 앞세워 가욕관을 넘었다. 가욕관을 지나 멀리 동녘을 바라보니 한숨이 절로 나왔다. 정화를 멀리 보내려다가 도리어 멀리 떠나오게 되었다. 제 꾀에 스스로 빠졌다 생각하니 또다시 긴 한숨이 흘러나왔다. 계란으로 바위를 치는 격이었다. 방법은 두 가지밖에 없었다. 첩목아와 협상을 해서 돌려보내든가, 가욕관을 의지하여 싸우든가. 둘 다 부담이 되는 것은 어쩔 수 없지만 목풍아는 협상부터 시작하기로 하였다. 협상이 결렬되면 싸워도 늦지 않으니 말이다.

"에효효효……."

말을 타고 따라오던 오괴가 말했다.

"그렇게 군사들을 더 데리고 오지. 이 병력 가지고 막북의 병력을 막을 수 있겠습니까?"

"할 수 없어. 이것이 상책이야."

"상책이라굽쇼? 이게?"

"나는 이미 남경에서 엄청난 공사를 시작한 상황이란 말이야. 그런데 이번에 사마르칸트가 쳐들어온다고 수다를 떨면 천자께서 가만히 있을 것 같으냐? 즉시 병력을 이끌고 서쪽으로 진군하시겠지."

"그렇게 하면 어렵지 않게 적을 상대할 수 있지 않습니까?"

"천자가 병력을 한 번 진군시키면 국가 재정에 엄청난 타격이 오는지 몰라? 천자가 된 마당에 위엄을 한껏 드높이려 할 것이니 백성들에게서 세금을 더 거두려 할 거란 말이야. 이제 좀 살 만한데 나라에서 세금을 거두고 병력을 소집하면 백성들이 어떻게 되겠는가? 천자와 백성들을 생각하면 내가 나서는 것이 상책이야, 군사를 일으켜 아직 오지도 않은 사마르칸트를 상대하는 것은 하책이란 말이야. 내 말뜻 알겠어?"

"하지만 대장의 입만 가지고 상대하려 하다니 무모하지 않습니까?"

"무모하긴 사마르칸트의 첩목아도 마찬가지야. 늙은이가 노망이 들지 않았다면 무슨 욕심으로 수천만 리가 넘는 이곳까지 전쟁하러 온단 말이야?"

"으허허허. 대장처럼 정력이 출중한지도 모르지. 그놈 이름도 첩목아라며? 첩목아, 목풍아. 뭔가 비슷한 것 같기도 하네. 으허허허."

독돈이 웃었다.

"하긴, 그렇네. 비슷한 사람끼리 만나면 말이 통할지도 모르니 말이야."

오괴가 맞장구를 쳤다.

"제길, 빈정거리지 말라구. 나는 지금 사지로 가고 있으니 말이야."

"으허허허. 따라가는 우리도 사지로 가는 건 마찬가지 아닌가?"

"흥."

"그래, 고맙다. 이번만 잘해보자구. 내 그러면 오괴에게 참한 색시

하나 구해주고, 독돈에게는 절간 하나 차려줄게."

오괴와 독돈이 얼굴을 찡그렸다.

일도가 끼어들었다.

"일도는요? 일도도 있다구요."

"일도에게는 벼슬자리 하나 줄까?"

"무슨 벼슬이요?"

"태감 어때? 하나만 자른다면 인생이 바뀔 텐데 말이야."

오괴와 독돈이 크게 웃으며 한마디씩 거들었다.

"그거라면 내가 해줄 수 있어. 한 방에 해주지. 으허허허."

"나는 손가락으로도 할 수 있는데 말이야."

일도가 눈을 흘겼다.

"대장하고 형님들은 나만 미워해."

"와하하하. 너무 슬퍼 말거라. 인생이 뭐 별거냐? 자, 웃으면서 가자구."

목풍아 일행은 쓸데없는 한담을 나누며 몇 날 며칠을 행군하였다. 주천酒泉과 안서安西를 지나 보름간을 행군하니 그야말로 다른 세상이었다. 황폐한 산하, 붉은 산. 마치 불이 이글이글 타오르는 듯한 산의 모습이 황량함을 더하였다.

안내인은 그 산을 화염산火焰山이라 하였으며, 몇 년 전에 사절단으로 간 일행 중 하나가 남긴 시를 보여주었다.

한 가닥 푸른 연기, 한 조각의 붉은빛

훨훨 타오르는 불꽃은 하늘을 태우려 한다.

봄볕이 아직 반도 못 되는데 무덥기 한여름 같구나.

누가 말했는가, 서방에 축융祝融-불의 신이 있다고.

하단부에 진성陳誠이라는 이름이 쓰인 것으로 보아 부안과 함께 사마르칸트로 간 사절 일행이 남긴 것 같았다. 낮에는 찌는 듯 무덥고 밤에는 추운 날씨였다. 가을날이지만 날씨는 이미 겨울이었다. 아침저녁으로 찬바람이 불고 눈이 내려 행군이 느려졌다. 없는 나무를 구해 불을 피우느라 수선을 부리며 하루하루를 보내었다. 목풍아로서는 죽을 고생이라 할 수 있었다.

가욕관을 떠난 지 한 달 보름이 지날 즈음 목풍아 일행은 우루무치에 도착하였다. 이곳은 아침저녁으로 눈보라가 휘몰아쳤다. 오줌을 싸기 무섭게 얼 정도의 추위라 앞으로 사마르칸트를 향해 갈 생각을 하니 눈앞이 아찔하였다.

"이렇게 추운데 적들이 행군해서 온다니 정말 놀랍군."

목풍아는 절망에 빠졌다. 이날, 행군은 생각하지도 못하고 장막 안에서 불을 피우던 목풍아에게 희소식이 찾아들었다.

"대장, 좋은 소식이 있습니다."

일도가 상인 한 명을 데리고 장막으로 들어왔다.

목풍아는 불에 손을 쬐며 말했다.

"뭔데? 눈보라가 그쳤냐?"

"아뇨. 어제 이곳으로 온 후추 상인인데, 사마르칸트의 군대가 철수를 하고 있다 합니다."

"뭐야?"

목풍아는 일도의 말에 너무 놀라 벌떡 일어났다. 이것이 사실이라면 목풍아의 근심은 모두 사라지는 것이다. 목풍아는 천을 머리에 두른 상인에게 손짓을 했다.

"이리 가까이 오너라."

상인이 굽실거리며 다가왔다. 일도가 끼어들었다.

"대장, 우리말을 할 줄 압니다."

"우리말을 알아?"

"예."

목풍아는 일도를 물리고 상인에게 물었다.

"사마르칸트의 군대가 철수하고 있다고?"

"예."

"어떻게 된 일인지 자초지종을 설명해보라."

"제 이름은 핫산이라고 합니다. 사마르칸트의 어영청에 후추를 제공하고 있지요. 저는 이번 동정길에 후추를 팔아 볼 심산으로 군사들을 따라오던 중이었습니다."

일도가 갑갑증을 내며 끼어들었다.

"알았으니까 무엇 때문에 군대가 철수했는지 말하란 말이야."

"이 자식아, 대장이 말할 땐 끼어들지 말란 말이야."

오괴에게 이마를 호되게 얻어맞았다.

"끼잉!"

일도가 울상을 하며 찌그러들었다.

핫산이 눈치를 살피며 말했다.

"티무르는 이미 노쇠하였습니다."

"티무르가 누구냐?"

"사마르칸트의 왕입니다. 중국에서는 첩목아라고 부릅니다."

목풍아가 고개를 끄덕거렸다.

"알겠다. 말해보라."

상인이 목풍아의 눈치를 살피며 말했다.

"티무르는 이미 나이가 일흔이 넘었습니다. 수레에 탄 티무르의 눈꺼풀은 항상 처져 있어 눈을 떴는지도 모를 정도였습니다. 발열과 오한 때문에 항상 술을 마셨는데 기침을 많이 했습니다."

"그래서?"

"사마르칸트의 어가가 오트라르에 이르렀을 때 티무르는 기침을 많이 하였습니다. 기침을 진정시키려고 술을 먹다가 갑자기 몸이 축 늘어지더니 그것으로 끝이었습니다. 티무르는 그렇게 죽었습니다."

상인은 눈이 흰자위로 뒤집어지며 제법 비슷하게 행동까지 보여주었다.

목풍아는 팔짱을 끼고 타는 불길을 바라보았다.

"영웅의 죽음치고는 너무나 허무하군."

"그렇습니다. 죽음이란 원래 허무한 것이지요."

목풍아가 핫산을 노려보며 물었다.

"만약 네 이야기가 거짓이면 어쩔 테냐?"

핫산은 손을 내저으며 말했다.

"제 이야기가 거짓이라면 제 목을 잘라도 좋습니다. 알라께 맹세코 거짓말이 아닙니다."

핫산은 목풍아를 향해 큰절을 굽실굽실하였다. 눈빛과 행동거지를 보니 거짓은 아닌 것 같았다. 믿고 싶은 말이지만 쉽게 믿을 수 없는 말이었다. 목풍아는 일도를 불러 귓속말을 하였다. 일도가 얼른 바깥으로 나갔다가 상자 하나를 가지고 들어왔다.

"좋은 정보를 가져다줘서 고맙다. 네 이야기를 들어보니 너는 사마르칸트의 사정을 잘 알고 있는 것 같은데 나에게 속속들이 말해 준다면 큰 상을 내리겠다."

목풍아가 손을 까딱하자 일도가 상자를 열었다. 반짝거리는 은자가 가득 들어 있었다.

핫산의 얼굴에 생기가 돌았다. 핫산은 은자를 받기 위해 열심히 목풍아가 묻는 이야기에 답해주었다.

목풍아가 묻는 말은 대부분 티무르에 대한 것이었으며, 핫산 역시아는 것에 대해서는 열심히 대답하였다.

티무르는 이름 없는 목자의 집에서 태어났으며, 스물세 살 무렵 동챠가타이 국의 투글루크 티무르에게 귀순하여 영토를 갖게 되었다. 몇 년 후, 도글트 티무르의 아들 일리아스 호자에게 반기를 들고 일어났는데, 일리아스 호자의 끝없는 착취 때문이었다.

민중의 지지를 업고 항전을 벌였으나 초반에는 패배의 연속이었다. 토크로만 족의 포로가 되기도 하였으며, 다리에 중상을 입어 절름발이까지 된 티무르는 고생 끝에 일리아스 호자를 무찌르고, 다시금 맹우인 쿠사인을 죽인 후 사마르칸트의 패권을 잡았다.

패권을 잡은 티무르는 칭기즈칸의 혈통인 소율가트미슈라는 인물을 왕위에 세웠다. 서역에는 칭기즈칸의 혈통을 갖지 않은 자는 왕의 지위에 오를 수 없는 법도가 있기 때문이다. 자신은 이슬람교 군주를 의미하는 '술탄'이라고도 하고, 귀족을 의미하는 '아마르'라 하기도, 군주의 사위인 '큐레겐'이라 호칭하기도 하였다.

쿠사인을 타도한 뒤 호라므즈를 제압하고 동챠가타이에 진군한 티무르는 챠가타이 한국을 통일하였다. 당시 분열된 킵챠크 한국이 톡타미슈라는 걸출한 영웅에 의해 재통일되고 러시아를 정벌하였다. 이에 티무르는 톡타미슈와 결전을 벌여 홍무 이십팔 년 테레크 강가에서 톡타미슈를 쓰러뜨리고 동챠카타이와 킵챠크 한국을 통일하였다. 그리고 그해 삼월, 인도 원정을 단행하여 인도를 정벌하는 데 성공하였다.

티무르의 성공은 침략과 약탈의 역사였다. 그는 침략한 지역의 우수한 공예 기술자들을 연행하여 수도 사마르칸트를 지상에서 가장 아름다운 도시로 만들었다 하였다.

목풍아는 생각에 잠기었다. 티무르, 일세의 영웅이었다. 그러나 온전한 영웅이라고 할 수 없었다. 피의 강, 시체의 산을 넘어 천하를 가지는 것이 진정한 영웅의 삶이라 할 수 있을 것인가.

"명나라 사절들이 가지 않았나?"

"예, 온 적이 있습죠. 오륙 년 전에 천 명이 넘는 사절단이 왔었고, 작년에 백여 명 정도가 왔습니다."

"작년에 백여 명이나 왔다고?"

목풍아가 아는 바로는 작년에 사절을 보낸 적이 없었다. 이는 건문제의 소행이 분명하였다.

"확실히 작년에 사절이 온 것이 맞나?"

핫산이 고개를 굽실거리며 말했다.

"예, 명나라를 도와달라고 사절이 왔습지요. 제가 생생하게 기억하고 있습니다."

목풍아가 회심의 미소를 지었다. 제갈문이 건문제의 친서를 가지고 사마르칸트에 간 것이 틀림없었다.

"티무르가 명나라 황제의 친서를 보고 출정을 결심한 것인가?"

"예, 제가 아는 바는 그렇습니다."

명분이 확실한데 티무르 같은 영걸이 거절할 리 없다. 하지만 티무르의 생애를 보았을 때 그는 이미 명나라를 생각하고 있었는지도 몰랐다.

고난 속에서도 포기를 모르는 그의 기질, 톡타미슈를 무찌른 과단성, 인도인 포로 5만 명을 한꺼번에 죽여버린 잔인함. 그 같은 기질을 타고난 티무르이기에 일흔이라는 고령의 몸을 이끌고 험한 길을 원정할 마음을 품었으리라. 그가 무엇을 바라고 중원을 정벌하려 한 것일까? 칭기즈칸이 그러했던 것처럼 영웅들의 심장에는 만족을 모르는 끝없는 욕심이 숨어 맥박처럼 달리고 있는지도 모를 일이다.

목풍아는 다시 핫산에게 물었다.

"사절들은 어떻게 지내고 있지?"

"사절들은 모두 성 북쪽에 있는 장원에 유폐되어 있습니다."

"지금 사마르칸트의 상황은 어떤가?"

"어지럽습니다."

핫산은 머리를 설레설레 저었다.

"황태자 쟈한기르가 요절하고, 손자 무하마스 술탄으로 하여금 대를 잇게 하였는데 얼마 전에 술탄마저 죽고 말았습니다. 권력 투쟁이 시작되면 장사도 어려워질 것 같아서 저는 내친김에 명나라로 와버렸습지요."

"그러고 보니 네가 참으로 현명하구나."

"헤헤헤. 감사합니다."

목풍아는 일도에게 손짓을 하였다.

일도는 은자가 가득한 상자를 핫산에게 내밀었다.

"감사합니다, 정말 감사합니다."

은자를 받은 핫산은 목풍아에게 몇 번이고 인사를 하고 돌아갔다.

독돈이 웃으며 말했다.

"대장은 정말 운 좋은 사내요. 티무르라는 자가 죽었으니 손 안 대고 코 푼 것이나 마찬가지 아니오? 으허허허."

오괴가 코웃음을 치며 말했다.

"그걸 천우신조라 하는 거다. 손 안 대고 코 푼다니…… 더러운 늙은이 같으니라구."

"뭐야? 너 말 다 했냐?"

"어디가 근질근질한 모양이지?"

"네놈을 한동안 손보지 못해서 온몸이 근질거린다. 어쩔 테냐?"

"나가자."

"좋아, 매서운 맛을 보여주지."

두 사람은 소매를 걷고 장막 바깥으로 나가다가 목풍아를 바라보았다. 시끄럽다고 소리를 지르리라 예상하던 것과는 달리 목풍아는 타는 불을 멍하니 바라보고 있었다.

"대장, 뭐 하는 거예요?"

"그러게. 이렇게 좋은 때에 그러고 있으니 대장답지 않잖아."

목풍아는 장작불을 가리켰다.

"보라. 인생이란 얼마나 허무한 것이냐? 잠시 뜨겁게 타오르다가 허무하게 재가 되는 것이 인생이 아니더냐? 티무르, 일세를 풍미한 영웅이었지만 그 끝이 너무나 허무하다. 그렇지 않은가?"

오괴와 독돈은 목풍아의 말에 숙연해졌다. 끝없는 정복과 약탈, 수많은 사람들의 피와 눈물을 마시고 일어선 자. 사람들은 그를 영웅이라 하였다. 그러나 그 끝이 무엇인가. 사마르칸트에 이식된 찬란한 문화와 예술도 온전한 것인가? 아니다. 그가 꽃피운 영화는 단지 불꽃일 뿐이었다. 그가 이룬 업적은 불길에 힘없이 바스러지는 재와 같았다. 불길이 약해지는 것을 보고 일도가 얼른 나무를 올려놓았다.

타닥- 타닥-

불똥과 연기를 일으키며 나무에 불이 옮겨붙었다. 새로운 것은 타고 옛것은 사라진다. 장강의 앞 물결이 뒤 물결을 밀어내는 것처럼 인생의 공식이 이럴진대 인간은 무엇 때문에, 무엇을 얻으려 바득바득 살아가는 것일까?

"알 수 없다. 알 수 없는 일이다."

목풍아는 타는 불길을 바라보며 한숨을 내쉬었다.

정적(政敵)이여, 안녕

목풍아가 가욕관에서 돌아온 것은 다음 해 정월 무렵이었다. 벌써 남경에는 가뭇가뭇한 산과 들에 파릇파릇한 잎과 풀이 돋아나고 있었다. 남경으로 돌아온 목풍아는 도연을 찾아갔다. 갑작스러운 목풍아의 등장에 도연이 놀라 자리에서 일어났다.

"와하하하. 그동안 안녕하셨습니까? 제가 없는 동안 병환이 깨끗하게 나은 것을 보면 제가 지휘사의 병인이었나 봅니다. 와하하하."

"그런 말도 안 되는 말씀을……."

사실 그랬다. 목풍아가 자진하여 가욕관으로 간 여섯 달 동안 도연은 편안한 생활을 보냈다. 목풍아에게 신경을 쓸 일이 없었으므로 입맛도 돌아오고 살이 찐 건 사실이었다. 목풍아가 문안을 왔을 때 마음이 많이 풀어졌지만 천성적으로 도연은 목풍아를 경계했다. 정치 생리를 잘 알고 있는 도연이기에 어제의 적이 오늘의 동료가 되고, 오늘의 동료가 내일의 적이 되는 이치를 아는 까닭이었다.

도연은 웃는 낯으로 목풍아를 맞았다.

"가욕관에 도적을 토벌하러 간다더니 잘되었습니까?"

"말도 마십시오. 앞으로 대인께서는 조심하셔야겠습니다."

"왜 그러십니까?"

"사실 제가 가욕관에 간 것은 장앙태감 때문입니다. 아시지요?"

비밀 요원의 수장인 도연이 그것을 모를 리 없었다. 장앙태감이 목풍아의 집을 다녀간 다음 날 목풍아가 가욕관으로 가는 명을 받은 것은 도연이 더 잘 아는 일이다.

"듣기는 들었습니다만 제가 조심을 해야 한다는 것은 무슨 말씀이신지?"

"그날 장앙태감이 지낭부로 찾아와 서역의 사마르칸트에 사절로 가는 일을 저에게 상의하지 뭡니까?"

"서역에는 무슨 일로?"

"장앙태감께서 조서청의 수장을 겸직하신 것을 잘 알고 계시지요?"

"그렇습니다."

목풍아는 좌우를 살피더니 도연의 귀에 작은 목소리로 소곤거렸다.

"사마르칸트가 건문제와 손을 잡고 중원을 쳐들어온다는 정보가 입수되었다 합니다. 말을 하지 않으려 하였는데 그때 장앙태감께서는 황제 폐하의 명을 받고 사마르칸트로 갈 사절로 그대를 보내려 하였습니다."

"뭐라고요?"

"진정하십시오. 사람들이 들을지도 모르니까요."

도연이 다시금 목풍아를 바라보았다. 자신을 바라보는 목풍아의 두 눈이 반짝거렸다. 그 총명한 머릿속에 정화와 자신을 이간질하려는 교묘한 속셈이 숨어 있는지도 모를 일이었다.

도연은 숨을 가다듬었다. 목풍아의 이간계에 속지 말자 다짐하며 마음을 진정시켰다.

"저를 대신해서 목 대인께서 다녀오신 거란 말이지요?"

목풍아는 도연을 빤히 바라보며 말했다.

"그렇습니다. 그때 지휘사께서는 병상에 계셨습니다. 아픈 몸을 이끌고 멀고 먼 길을 다녀오실 수 있습니까? 하여 제가 다녀오겠다고 자청을 하였습니다."

조정의 역사를 맡은 목풍아가 갑작스럽게 가욕관으로 갈 일이 아니었다. 정이품 조정대관이 한낱 도적을 토벌하러 간다는 것은 아무리 생각해도 모양새가 좋지 않았다. 하지만 그런 내막이 숨어 있었다면 목풍아가 나서는 것이 무방하였다.

믿고 싶지 않아도 믿지 않을 수 없었다. 하지만 믿으려 하면 왠지 믿기 싫어지는 목풍아의 말이었다.

"정말 험하디 험한 길이었습니다. 가욕관을 지나 화염산까지 가는 길만 두 달이 훌쩍 걸렸으니 말입니다."

사마르칸트까지 다녀오는 데 일 년은 걸린다고 들었다. 하지만 목풍아는 반년도 안 되어 돌아왔으니 뭔가 미심쩍었다.

"생각보다 빨리 돌아오신 것 같은데 타타르의 왕은 만나신 겁니까?"

목풍아는 실망스러운 듯 고개를 내저었다.

"가는 도중에 타타르의 왕 첩목아가 죽었다는 비보를 들었습니다. 그래서 이렇게 즉각 돌아와 다른 곳으로 가지 않고 대인의 집에 들른 것이 아니겠습니까?"

"수고하셨습니다."

"대인 대신 제가 먼 길을 다녀왔으니 당연히 한턱 쓰셔야 합니다."

"당연한 일이지요. 당연히 먼 길 다녀온 노고를 보상해야 하지요."

'빌어먹을 목풍아. 아예 돌아오지 말 것이지.'

그날 밤, 도연은 목풍아를 따라 기루를 여섯 군데나 옮겨가며 새벽이 올 때까지 요란하게 놀 수밖에 없었다. 스님인 도연이 기녀들이 가득한 기루를 여섯 군데나 돌았으니, 목풍아에게는 천당이었던 반면 도연에게는 지옥이 따로 없었다. 그날 밤, 목풍아가 도연의 말없는 욕을 얼마나 들었는지 보지 않아도 알 수 있는 일이었다.

정오까지 기루에서 늘어지게 잔 목풍아는 술이 깨기 무섭게 황궁으로 들어가 황제를 알현하였다.

"폐하, 신 목풍아 가욕관에서 돌아왔습니다."

정화는 때아닌 목풍아의 등장에 놀랐다. 사마르칸트의 대군은 어찌하고 돌아왔단 말인가. 돌아오지 못할 거라는 예상은 완전히 깨어지고 말았다.

오늘 아침, 정화는 어젯밤 목풍아가 도연의 집을 찾아가 놀았다는 첩자의 정보를 들은 바 있었다. 사마르칸트의 군대를 처리한다고 갔던 사람이 당당하게 찾아온 것을 보면 원만히 처리했다는 의미인데 도연은 무엇 때문에 찾아간 것인지 알 수 없었다.

황제는 아무렇지 않은 얼굴로 농담을 했다.

"갑자기 가욕관에 도적을 토벌하러 간다더니 빨리도 왔구나. 그래, 도적들을 토벌하고 왔느냐?"

목풍아는 정색을 하며 말했다.

"폐하, 사람을 잠시 물려주십시오."

황제가 사람들을 물리고 입을 열었다.

"무슨 일이냐? 네가 그런 얼굴을 할 때가 다 있고 말이다."

"폐하, 소신을 용서하십시오."

목풍아는 갑자기 엎드려 바닥에 머리를 쿵쿵 찧기 시작하였다.

"그만. 무슨 일인지 말을 하라."

황제가 소리를 지르자 목풍아가 동작을 멈추고 고개를 들었다.

"소신이 가욕관으로 간 것은 도적을 토벌하러 간 것이 아닙니다."

"나도 네가 도적을 토벌하러 갔다고는 믿지 않았다. 건문제 때문인가?"

"그렇습니다."

"어떻게 된 것인지 자초지종을 말해보라."

"건문제와 손을 잡은 망극한 무리들이 작년 건문제의 문서를 가지고 사마르칸트로 건너가서는 티무르와 손을 잡고 동정을 계획하였습니다."

"뭐라?"

황제가 용상에서 벌떡 일어났다.

"티무르가 십만의 대군을 이끌고 비단길을 따라 동정하고 있다는 보고를 듣고 소신은 그냥 두고만 볼 수가 없어 죽음을 무릅쓰고 비단길을 건너 티무르를 만나러 간 것입니다."

황제가 천천히 용상에 앉았다.

"네가 티무르란 자를 만나 담판이라도 벌이려고 했단 말이냐?"

"예."

"너의 세 치 혀가 티무르란 자에게 통하리라 생각했느냐?"

"저는 황실의 천자는 지금 용상에 앉아 계시는 영락제이시고, 영락제는 용감무쌍하여 맞붙게 되면 서역까지 멸망하게 될 것이니, 되지도 않는 거짓 사절을 믿고 동정을 왔다가 낭패 보지 말고 조용히 돌아가라고 충고를 하려 하였습니다."

황제의 입가에 미소가 감돌았다.

"네놈의 말은 정말 얼토당토않구나."

"제 말이 얼토당토않다면 서역의 상인들에게 물어보셔도 무방할 줄로 압니다."

"그래, 네가 그를 만났느냐?"

"운 좋게도 티무르는 저를 만나보지도 못하고 동정 도중에 목숨을 잃고 말았다 합니다. 헤헤헤. 티무르는 정말 운이 좋았지요. 폐하를 건드렸다면 사마르칸트는 물론 서역까지 몰살을 당하고 말았을 테니까요."

"너는 그 사실을 알고도 어째서 나에게 알리지 않은 거냐?"

"폐하에 대한 충성심 때문입니다."

"나에 대한 충성심 때문이라고?"

"예, 폐하가 진노하셔서 군대를 일으키신다면 자리를 잡기 시작한 천하백성들이 불평을 시작할 겁니다. 천하가 혼란할 때 건문제를 추종하는 세력들이 여기저기 난립하여 일어난다면 이는 득보다 실이 많습니다. 지금은 전쟁을 피하시는 것이 상책입니다."

"음……."

황제는 용상을 탁- 하고 쳤다.

"폐하."

"왜 그러느냐?"

"지금이야말로 사마르칸트를 손아귀에 넣을 때입니다."

황제가 고개를 갸웃거렸다.

"전쟁을 하지 말라면서 사마르칸트를 손아귀에 넣을 때라니?"

"반드시 전쟁을 하지 않고 이기는 수도 있습니다."

"어떤 잔꾀인지 들어볼까?"

"사마르칸트의 군주인 티무르가 죽었습니다. 그 아들인 황태자 쟈한기르가 요절하였고, 또 손자 무하마스 술탄까지 목숨을 잃었다고 들었습니다. 지금 티무르는 후계자 문제로 시끄러울 것이니 이때 명나라가 사절을 보내어 한 사람을 지지한다면 그는 반드시 천자의 신하가 될 것입니다. 나라와 나라 사이에는 한 장의 문서로 이기고 지는 수가 생기지요."

"녀석, 너는 정말 머리가 잘 돌아가는구나."

"망극하옵니다."

"좋아, 그렇다면 사절로 누굴 보내면 좋을까?"

정화가 한 걸음 나오며 말했다.

"듣자 하니 목 대간이 사마르칸트에 대한 정보가 깊은 것 같습니다. 이미 알다시피 지략까지 출중하니 이 일은 목 대간이 적격인 것 같습니다."

"그도 그렇군."

황제가 머리를 끄덕였다.

'빌어먹을 내시 놈. 그동안 잘해줬는데도 자꾸 위험으로 모는구나. 저놈은 나를 완전히 떠나보낼 생각인가? 배은망덕한 놈.'

목풍아는 마음속으로 이를 갈았지만 얼굴에 미소를 가득 지으며 말했다.

"장앙태감의 말도 일리가 있습니다만 이 일에는 제가 적격이 아닌 것 같습니다."

황제가 물었다.

"어째서 그런가?"

"저는 이미 보선창의 일을 맡고 있습니다. 이제 얼마 후면 보선창의 거선이 만들어질 것이고, 바닷길을 여는 사업도 이루어질 것입니다. 저에게 쌓인 일이 많고 많은데 머나먼 서역으로 가라니요? 말이 되지 않습니다. 그래도 가라 하신다면 제가 가겠습니다만, 보선창의 일은 누가 맡을 겁니까? 장앙태감께서 맡으시겠다면 저는 당장에라도 사마르칸트로 가겠습니다."

목풍아는 득의양양하게 정화를 바라보았다. 정화는 목풍아의 뜻밖의 말에 가슴이 철렁하였다. 사마르칸트로 다녀오는 일과 거선을 타고 알지도 못하는 바닷길을 따라 먼 이국으로 가는 것 중에 어떤 것이 목풍아를 멀리 보내는 것인가. 한 가지 답밖에 없었다.

목풍아가 해로를 따라 멀리 떠나겠다는데 굳이 사마르칸트로 가라고 할 수는 없는 것이다. 그렇다면 누구를 보내야 할 것인가? 정화가 천자에게 말했다.

"목 대간의 말을 들어보니 보선창의 일도 무시 못할 일입니다. 폐하, 사마르칸트의 사절은 다른 사람을 보내는 게 좋겠습니다."

"목풍아가 아니면 누가 좋겠는가? 적임자가 있는가?"

황제는 다시금 고개를 돌려 목풍아를 바라보았다.

"풍아, 생각해 둔 사람이 있느냐?"

"……."

목풍아는 말없이 고개를 숙였다. 목풍아가 누군가를 지목하게 되면 공공연히 그의 적이 된다. 정화는 그를 이용하여 자신의 빈틈을 노리려 할 것이니 입을 다무는 것이 상수다. 목풍아는 느긋하게 시립하여 서 있을 따름이다. 정화는 목풍아가 말을 하지 않는 것을 보고 골몰히 생각에 잠기었다.

목풍아와 같은 지략을 갖추고 황제의 측근에 있는 자, 목풍아와 함께 정화의 적이 될 수 있는 자라면 금의위의 지휘사를 맡고 있는 도연밖에 없다. 그렇지 않아도 목풍아가 도연과 친하게 지낸다는 이야기를 듣고 있던 터였다. 어제는 가욕관에서 오자마자 도연과 밤늦게까지 놀았다는 보고를 들었던 터, 한 사람이라도 목풍아에게 힘이 되는 자를 제거해야만 정화는 안심이 되었다.

"한 사람 있습니다."

황제가 정화를 돌아보았다.

"누군가?"

"도연입니다. 지모와 담이 뛰어나며 목 대간을 대신하여 서역으로 갈 사람은 도연뿐이라 사료됩니다."

"도연."

"예, 도연이라면 능히 사마르칸트의 내분을 잠재우고 타타르의 왕으로 하여금 폐하의 신하가 되겠다는 국서를 보내게 할 수 있는 능력이 있습니다. 그를 사절단의 수장으로 임명하소서."

황제는 목풍아를 바라보며 말했다.

"풍아, 네 생각은 어떠냐?"

"저는 폐하의 생각을 따를 뿐입니다."

"도연이 마음에 들지 않는가?"

"아닙니다. 저는 금의위의 수장이 누가 될 것인지 생각했습니다."

"그것은 내가 알아서 결정하겠다. 좋아, 그렇다면 결정이 났다. 도연을 사마르칸트로 보내는 사절로 삼는다."

황제의 결정이 떨어졌다. 이것이야말로 목풍아가 바라는 바다. 목풍아가 한마디 하지 않고 정화로 하여금 정적인 도연을 멀리 보낼 수 있었으니 이것이야말로 일석이조—石二鳥였다. 모든 것이 정화가 꾸민 것이니 도연에게는 원수가 될 일이 없다. 목풍아가 말을 하지 않은 것은 그 때문이었다.

그날 밤, 황궁에서 나온 목풍아는 지낭부에도 들르지 않고 술병 하나를 들고 도연의 집으로 갔다. 전날 목풍아가 권하는 술을 마시다 탈이 난 도연은 침상에 누워 있다가 부랴부랴 목풍아를 맞았다.

"대인, 오늘 나와 함께 술을 마셔야겠습니다."

목풍아가 술병을 들이밀었다. 도연으로서는 기가 막힐 노릇이었다. 목풍아는 젊으니 매일매일 술을 마셔도 상관이 없겠지만 도연은 환갑에 가까운 사람이라 체력적으로 부담이 심하였다.

도연은 울상이 되어 말했다.

"나는 오늘 술을 마시지 못할 것 같소."

"안 됩니다. 마셔야 됩니다."

목풍아는 갑자기 땅바닥에 털썩 주저앉아 어린아이처럼 울기 시작하였다.

"엉-엉-."

도연은 목풍아가 또 무슨 속셈으로 이러는 것인지 알 길이 없어 난감할 따름이었다. 갑자기 머리가 욱신거리고 위장이 쓰렸다. 목풍아만 나타나면 생기는 증상이었다. 짐짓 얼굴을 풀며 위로하듯 목풍아에게 물었다.

"목 대간, 왜 우시는 거요? 무슨 일이라도 있소?"

"있지요."

목풍아는 풀 죽은 사람마냥 축 늘어져서 도연을 바라보았다. 뺨에 두 줄기 눈물이 흐르고 있었다. 심상찮았다.

"대체 무슨 일이기에 눈물까지?"

목풍아는 대답 대신 술병을 들어 벌컥벌컥 마시고는 소매로 눈물을 훔쳤다.

"왜 그러시오. 어서 이야기를 해보시오."

"……"

대답은 하지 않고 울고만 있으니 도연은 답답하다 못해 화가 치밀어 올랐다. 사연이 있어서 그러는 것인지, 일부러 약을 올리려는 것인지 알 수가 없었다. 목풍아가 술병을 번쩍 치켜들었다. 도연에게 마시라는 의미였다. 냄새만 맡아도 구토가 나올 것 같았지만 마시지 않으면 말을 하지 않을 것 같아서 술병을 들어 한 모금 마셨다.

"엉—엉—."

돌연 목풍아가 도연을 껴안고 대성통곡을 하였다.

"목공, 도대체 왜 그러시는 거요? 이유나 압시다."

"크윽— 오늘 황제 폐하를 만나서 가욕관에 다녀온 것을 보고하였습니다. 그런데… 그런데……."

목풍아는 다시금 도연을 껴안고 울음을 토하였다.

'이놈이 대체 무슨 말을 하려고 이러는 거야?'

도연은 치밀어 오르는 화를 참으며 차근차근 되물었다.

"그런데 어떻게 되었다는 말이오?"

"사마르칸트로 갈 사절을 뽑았습니다. 장앙태감이 뽑았습니다. 엉—엉—."

목풍아는 다시금 도연을 껴안고 통곡을 하였다. 뭔가 오는 것이 있었다. 목풍아가 이렇게 슬퍼할 만한 일이라면, 장앙태감이 뽑았다면 한 가지밖에 없었다. 사마르칸트로 갈 사절에 목풍아가 내정이 되었다는 말이 틀림없으리라. 그렇지 않고서는 목풍아가 이렇게 슬퍼할 리 없었다. 갑자기 가슴이 후련해지는 것 같았다.

정화라면 눈엣가시 같은 목풍아를 사마르칸트로 보내버릴 것이다. 이런 찰거머리를 떼어낸다는 것은 유쾌한 일이 아닐 수 없다. 정화가 한 일 중에 제일 잘한 일이 바로 이것이리라.

도연은 갑자기 기분이 좋아졌지만 침울한 인상으로 목풍아의 등을 다독거리며 말했다.

"너무 슬퍼 마시오. 관직에 있다는 것이 그런 것 아니겠소?"

"예?"

목풍아가 고개를 들었다. 도연이 목풍아의 어깨를 다독거리며 측은하게 말했다.

"너무 슬퍼 마시오. 사마르칸트로 가는 일이야말로 그대가 적격이 아니겠소. 목공의 능력이 출중한 것을 정화가 알아보았나 보오."

"그게 아닌데요?"

"그게 아니면 무엇 때문에 그리 슬퍼한단 말이오?"

"정화는 지휘사를 사마르칸트로 가는 사절로 추천하셨습니다. 제가 손쓸 사이도 없이 황제께서 그것을 윤허하셔서 내일이면 황제의 조서가 내릴 것입니다. 저는 그대가 떠나는 것이 슬퍼서 이렇게 술을 가지고 찾아왔건만 그대는 내가 갈 것으로 생각하다니, 아직도 나에 대한 미움이 남아 있는 모양이군요."

목풍아는 고개를 푹 숙였다.

'이게 무슨 말인가?'

도연은 정신이 황망하였다. 마른하늘에 날벼락도 아니고 갑자기 사마르칸트로 가는 사절이라니 기가 막히고 코가 막혔다.

도연은 목풍아를 이끌고 정청으로 들어가 자리에 앉게 한 후 차근차근 자초지종을 물었다.

"도대체 어떻게 된 것이오?"

목풍아가 눈물을 닦으며 말했다.

"저는 사마르칸트의 수장 첩목아가 죽었으니, 후계자 문제로 내분이 일어날 것이라 황제 폐하께 진언을 하였습니다. 명나라의 사절이 사마르칸트로 들어가 후계자의 편을 든다면 타타르는 쉽게 명나라의 신하로 종속시킬 수 있을 것이라 이야기하니 폐하께서 급히 사절을 정하라고 하명을 하셨습니다. 누가 적임자인가 물으시기에 저는 한동안 말없이 가만히 있었습니다. 당연히 제가 될 것이라 생각했기 때문입니다. 그런데 정화가 갑자기 지휘사를 추천하고 나선 것이 아니겠습니까?"

"정화가 무엇 때문에 나를 추천했다는 말이오?"

"정화의 말로는 지휘사께서 지모와 담력이 출중하기 때문에 막중한 임무를 감당할 수 있다고 하셨습니다."

듣기에는 좋았지만 거슬리는 말이었다. 정화가 무엇 때문에 자신을 추천한 것인가? 목풍아보다 자신이 더 두려운 존재라는 말인가? 모든 것이 목풍아의 농간처럼 느껴졌다. 목풍아는 술병을 들어 마시다가 탁자에 놓으며 흐느꼈다.

"이제 지휘사께서 서역으로 가시고 나면 저도 가게 되겠지요? 가시기 전에 석별의 정을 듬뿍 나눠야 될 것이 아니겠습니까?"

이건 무슨 소리인가. 도연의 귀가 솔깃하였다.

"차라리 제가 사마르칸트로 가는 것이 좋았을 것을……."

"목공, 멀리 간다는 것은 무슨 말이오?"

"아직도 모르십니까? 황제 폐하께서 저를 보선창의 거선을 만드는 감독관으로 임명하지 않았습니까? 장앙태감의 입김이라고 해야 하나요? 이제 몇 달 후면 보선창의 거선 건조가 완료될 것이고, 사상 유례가 없는 큰 항해가 시작될 것입니다. 지휘사께서는 그 임무가 누구에게 주어질 것 같습니까? 아! 배는 떠나고 말았습니다. 지난 일을 후회하면 무엇하나요? 힘을 합치지 못한 제 죄가 큽니다."

목풍아는 길게 한숨을 내쉬다가 술병을 들이켰다. 도연은 머리가 잘 돌아가는 사람이다. 목풍아의 이야기를 조합하던 도연은 목풍아의 한마디 말로 모든 정황이 이해가 되었다.

사냥개가 사냥을 마치면 잡아먹힌다더니 목풍아와 도연은 정화의 술책에 빠져 중원을 떠날 운명에 처하게 된 것이다. 목풍아는 이미 임무가 정해졌으니 도연이 서역으로 떠나가는 것은 지극히 당연한 일이었다.

'이것은 목풍아의 간계가 아니다.'

주먹이 불끈 쥐어졌다. 목풍아와 자신이 패자라면 모든 것이 장앙 태감 정화가 꾸민 일인 것이다. 그렇다면 목풍아가 자신에게 보여준 모든 행동은 정화를 견제하기 위해 꾸며낸 것이다. 이미 목풍아는 인상여의 고사를 인용하여 작년부터 꾸준하게 한배를 탔음을 도연에게 인식시키려 한 바가 있었다. 돌이켜 생각하니 그런 진심 어린 행동을 간계로만 생각했던 자신이 어리석게만 느껴졌다.

"아!"

도연은 탄식하며 목풍아의 손을 잡았다.

"목공, 내가 어리석었소. 내가 그대의 진심을 몰랐구려."

목풍아는 한숨을 쉬며 말했다.

"배는 떠난 지 오래입니다. 이제 우리 두 사람이 패자가 된 마당에 더 무슨 말이 필요하겠습니까? 술이나 마십시다."

술병을 치켜들었다. 도연이 술병을 잡으며 말했다.

"목공, 다른 수가 없겠소?"

"폐하의 결정이 내려졌으니 방법이 없습니다. 방법이 생각나지 않으니 슬픔이 복받쳐 오릅니다."

목풍아는 두 손으로 얼굴을 부여잡고 흐느껴 울었다.

"울지 마시오, 목공."

도연은 목풍아의 어깨를 다독거리며 입술을 깨물었다. 정화가 자신을 노리고 있으리라고는 생각하지 못하였다. 일이 돌아가는 정황으로 보아 모든 것이 목풍아가 말한 바대로 흘러가고 있었다. 목풍아의 말을 간계로 생각하고 흘려듣던 자신의 어리석음을 탓할 수밖에……

'정화, 이 불알 없는 놈. 내가 가만히 있을 사람처럼 보이더냐?'

도연은 이를 앙다물었다.

다음 날, 도연은 황제의 분부를 받고 조정에 입궐하였다. 무슨 일 때문인지는 말하지 않아도 짐작할 수 있었다.

"폐하, 부르셨습니까?"

도연의 눈길이 매섭게 정화를 노려보았다. 정화는 태연하게 시립하고 있었지만 도연의 눈길과 마주치지 않았다. 뭔가 꿀리는 것이 있기 때문이었다.

황제가 말했다.

"단도직입적으로 말하지. 사마르칸트에 사절로 가주어야겠다."

도연이 황급히 정청 바닥에 엎드려 머리를 조아렸다.

"황은이 망극하옵니다."

"좋아, 좋아. 관리는 그 기량에 따라 임무가 있는 거다. 사마르칸트의 사절로 그대를 보내는 것은 그만한 능력이 그대에게 있음을 아는 까닭이다."

"성은이 망극하옵니다."

"좋아."

말이 끝나기 무섭게 황제는 정청에 시립한 신하들을 물렸다. 신하
들이 물러나는데도 정화는 황제의 곁에 장승처럼 서 있었다. 오늘따
라 정화가 도연의 눈에 거슬렸다. 신하들이 썰물처럼 물러가자 황제
가 입을 열었다.

"내가 이번에 사마르칸트에 그대를 보내는 것은 세 가지 이유가
있다. 첫째, 후계자 문제로 혼란한 타타르를 바로잡아 명나라의 위엄
을 보이는 것, 둘째, 그곳에 억류된 홍무제 때의 사절들을 송환하는
일, 셋째, 사마르칸트에 도움을 요청한 건문제의 잔당들을 소탕하는
임무다."

그 역시 목풍아에게 들어 알고 있는 이야기다. 어느 것 하나 목풍
아의 말과 들어맞지 않는 것이 없었다. 황제가 말을 할수록 목풍아에
대한 신뢰는 더욱 커졌고, 상대적으로 정화에 대한 증오는 더욱 증폭
되었다.

"오늘 조서를 내릴 것이다. 사마르칸트까지는 먼 길이다. 맡은 바
임무를 수행하고 무사하게 돌아오길 바라노라."

"성은이 망극하옵니다. 맡은 바 임무를 수행하겠습니다."

도연이 땅바닥에 머리가 닿을 듯 큰절을 하였다. 이내 고개를 들어
말했다.

"신 도연, 가는 길에 폐하께 드릴 말씀이 있습니다."

"말해보라."

"장앙태감을 물려주십시오."

"그렇게 하라."

황제의 명이 떨어지자마자 장앙태감 정화가 다소곳하게 정청을 물러났다.

"그래, 나에게 할 이야기가 뭔가? 스스럼없이 말해보라."

"신 도연이 폐하를 만난 지 햇수로 이십여 년이 됩니다. 험난한 전쟁터와 진창길을 함께 뒹굴며 무수한 고난을 겪었던 순간을 생각하면 아직도 꿈만 같사옵니다."

황제의 입가에 미소가 피었다. 그랬다. 황제는 옛적을 반추하며 그리움에 잠겨 있는 것이다.

"이제 폐하의 그늘에서 벗어나 멀리 서역으로 가는 마당에 몇 가지 생각하는 바를 말할까 합니다."

"뭐든 말해보라."

"돌아가신 홍무제께서는 정치에 관한 한 환관의 참여를 엄금하셨습니다. 정화가 능력이 있음은 익히 잘 알고 있는 바이나 그 능력이 저는 사뭇 두렵습니다. 진나라의 망조가 조고로부터 비롯되었으며, 한실漢室이 십상시+常侍로 인해 무너졌습니다."

"알겠다."

"건성으로 드리는 말씀이 아니옵니다. 부디 숙고하십시오. 정화를 너무 가까이하면 황실에 해악을 끼칠 것입니다."

황제가 용상을 치며 근엄하게 말했다.

"오늘따라 정화에게 가시 돋친 말을 하는군."

"정화는 저와 목풍아를 두려워하고 있습니다. 저는 그와 함께 몇 번이나 목풍아를 위험에 빠뜨린 적이 있습니다. 되도록 황궁에서 멀리 보내려고 여러 번 계책을 쓴 적도 있었습니다. 정화는 계략을, 저는 실행에 옮기기를 여러 번이었습니다. 정화는 그런 사람입니다. 자신에게 이롭지 않다 생각하는 사람에게는 가차 없이 철퇴를 날리는 사람이 정화입니다. 그를 너무 가까이하지 마십시오. 충정에서 우러나오는 말이니 깊이 생각하십시오."

턱을 괴고 근심 있는 사람처럼 생각에 잠겨 있던 황제가 이윽고 입을 열었다.

"한 가지 물어보자. 너는 목풍아를 믿느냐?"

"믿지 않습니다만, 믿습니다."

"나는 믿느냐?"

한동안 생각하던 도연이 입을 열었다.

"믿고 있지만, 믿지 않습니다."

"믿는 것인가, 믿지 않는 것인가?"

"저도 모르겠습니다. 관직에 오른 후에 배운 것이라서 갈피를 잡기 어렵습니다. 아마도 천성인지도 모르겠습니다."

도연의 입가에 쓰디쓴 미소가 피어올랐다.

"천성이라……."

황제는 도연의 말을 되뇌었다. 가슴에 와 닿았다. 간계와 음모가 난무하는 궁정. 권좌를 차지하기 위해 숱한 추악한 짓을 서슴지 않고 행할 수 있는 자리. 그렇다. 황제라는 것, 용상에 오른다는 것은 추악한 자리에 앉는 것이다. 그러나 추악한 자리에 앉아 천하를 호령할 수밖에 없는 것은 그 역시 타고난 천성 때문인지도 모른다.

황제는 천천히 입을 열었다.

"그럼 나는 누구를 믿어야 할까?"

"자신을 믿으십시오. 선제가 그랬던 것처럼 자신과 핏줄을 믿으십시오. 정화는 능력이 있지만 너무나 욕심이 많고, 목풍아는 명석한 머리와 달변이 두렵습니다. 두 사람 모두 가까이 두시면 안 될 사람입니다."

"그럼 그대는?"

도연은 미소를 지었다.

"저 역시 마찬가지입니다. 저는 다만 폐하의 신하로서 사마르칸트에서 맡은 바 임무를 무사히 마칠 생각입니다."

"다시 돌아올 생각인가?"

잠시 생각하던 도연이 천천히 입을 열었다.

"돌아오지 않는 것이 폐하와 명나라를 위해 좋을 듯싶습니다."

"……."

황제는 고개를 끄덕였다.

도연은 황제의 의중을 알 것 같았다. 교활한 토끼가 죽고 나면 사냥개가 삶아지고, 높이 나는 새도 잡히고 나면 좋은 활 역시 창고에 들어가며, 적국이 타파되면 모신 역시 망하게 된다. 천하가 평정된 후 도연은 몸을 숙이고 조용하게 살아왔지만 권좌를 계승하기 위해서는 능력 있는 신하는 제거될 수밖에 없었다. 이것은 정화의 뜻이라기보다 황제의 의중일 것이다. 아니, 어쩌면 황제는 차례로 정화와 목풍아를 숙청할 생각을 하고 있는지도 모를 일이었다.

생각하니 인생이 허무하였다. 연왕을 도와 세상을 바꾸었지만 가슴에 남은 것은 영광이나 자랑스러움보다는 허무함뿐이다. 인생이 이런 것이라면 무엇 때문에 세상에 태어났는가. 알 수 없다. 알 수 없는 일이었다.

도연은 천천히 합장을 하며 말했다.

"저는 돌아오지 않으려 합니다. 폐하께서 맡기신 일을 무사히 마치면 인도로 들어가 수행을 하겠습니다. 다시 불자로 돌아가 명나라의 미래와 황제 폐하를 위해 기도를 올릴 생각입니다."

굳게 입을 다물고 도연을 바라보던 황제가 천천히 입을 열었다.

"도연, 그동안 수고 많았다."

말하지 않아도 알 수 있는 것이 있다. 도연을 바라보던 황제의 눈이 천천히 감기었다. 도연은 삼배를 마치고는 말없이 전각을 걸어 나왔다.

저녁 무렵, 도연이 지낭부로 찾아왔다. 이날 도연은 수레에 술 항아리를 싣고 목풍아를 찾았다. 마침 목풍아도 보선창에 다녀온 터라 관복을 벗지 않은 채로 도연을 맞이하였다.

"저는 통이 작아 한 병을 들고 찾았더니 지휘사께서는 말술을 가져오셨군요."

목풍아가 손짓을 하자 하인들이 부지런히 술통을 날랐다. 하인들에게 길을 슬쩍 비켜주며 도연이 말했다.

"먼저 떠나는 사람의 정이라 생각하시오. 그보다도 아직까지 관복을 입고 계신 것을 보니 바쁘신 모양이오."

"남경으로 돌아오니 여기저기 널린 일이 많습니다. 보선창의 거선 건조와 영락대전永樂大典의 간행 일로 뛰어다니다 보니 몸이 여러 개라도 부족할 지경입니다."

"좋을 때요. 한창 일할 시간에 내가 방해가 된 것은 아닌지 모르겠소."

"그럴 리가요? 지휘사 같은 영웅호걸을 만나는 것보다 중요한 일이 어디에 있겠습니까? 아무리 바쁜 일이라도 냉큼 달려와야지요."

도연의 입가에 미소가 피었다. 혀에 기름을 친 것처럼 얄미울 만큼 말을 잘하는 목풍아였다. 사람의 기분을 상하지 않게 하며 이야기를 잘 이끈다. 이런 재주는 후천적으로 배울 수 있는 것이 아니다. 타고난 천성인 것이다. 그런 면에서 목풍아는 타고난 유세가가 틀림없었다. 목풍아가 아니었던들 연왕의 전황을 어떻게 반전시켰을 것인가? 남경좌도독 서증수를 어떻게 죽일 수 있었을 것인가? 장강과 남경을 어찌 무혈로 입성할 수 있었겠는가?

모든 것을 내려놓은 지금 도연은 목풍아의 재주가 확연히 보였다. 목풍아가 간자로서 보이지 않게 공을 세우지 않았던들 연왕은 천자가 되지 못했을 것이다. 새삼 목풍아의 재주에 감탄이 절로 나왔다.

"이럴 게 아니라 저와 함께 가시지요. 지낭부에는 운치 있는 곳이 한군데 있습니다."

목풍아는 도연을 지낭부의 후원으로 안내하였다. 후원 연못 가운데 있는 섬에 작은 누각이 하나 있는데 여종들의 주안 준비가 한창이었다. 주안이 차려질 때까지 두 사람은 연못 앞에서 부지런히 움직이는 사람들과 한가롭게 연못 위를 떠다니는 연잎을 번갈아 바라보았다. 접시같이 둥글둥글한 연잎 위에 잠자리 한 마리가 태평스럽게 앉아 있었다.

무심코 정자를 바라보니 현판에 소요정逍遙亭이라는 글귀가 날아갈 듯이 쓰여 있다.

"목공께서 저 정자의 현판을 소요정이라고 쓰셨소?"

"그렇습니다. 내 집 안에서 느긋하게 여가를 보내는 데는 소요정이 최고지요."

목풍아는 빙그레 웃으며 엄지손가락을 치켜 올렸다.

"목공, 그렇다면 이 연못 이름이 명해冥海입니까?"

"역시 지휘사께서는 모르시는 것이 없으시군요."

주연 차려지자 목풍아는 도연을 소요정으로 안내하였다. 호젓하게 두 사람이 소요정에 자리하였다. 따뜻한 바람이 산들산들 불었다. 연못 옆에 서 있는 버드나무에는 제법 물이 올라 연녹빛을 띤 삼단 같은 가지들이 부는 바람에 살랑거리고 있었다.

도연이 입을 열었다.

"오늘 황제의 부르심을 받고 봉천전에 다녀왔소. 칙서가 나오는 대로 나는 남경을 떠날 작정이오."

"다시 돌아오실 겁니까?"

도연이 미소를 지으며 말했다.

"돌아오지 않을 생각이오. 생각해보면 난 너무 어리석게 살았소. 14세에 불학에 입문하여 오늘날까지 불법을 공부하였지만 항상 언저리만 맴돌았을 뿐이오. 문득 스스로를 돌아보니 내가 무엇을 했는지 알 수가 없었소."

"지휘사께서 한 일이 없으시다니요?"

도연이 쓸쓸하게 미소를 짓다가 고개를 저으며 목풍아에게 말했다.

"이제 떠나면 목공을 다시 볼 수 없을 것 같아서 이렇게 찾아왔어요. 목공에게 해주고 싶은 말도 있고 해서요."

"제게 무슨 말을 해주고 싶으십니까?"

"내가 처음에 원공이라는 관상쟁이와 함께 황제 폐하를 부추겨 거병을 하라고 하였지요. 내가 무엇 때문에 거병하라고 했겠소? 처음에는 백성을 위해 거병하자고 했었지요. 하지만 어느 순간 백성은 없었고 권력밖에는 보이지 않았소. 남경이 함락된 후, 전하께서 황제가 된 이후에, 저에게 환속을 하라고 저택과 미녀를 내려준 적이 있습니다. 나는 외면했지만 지금 생각해보니 황제께서는 내 눈 속에 있는 권력의 집착을 보았던 것이오. 나는 과연 어디서부터 잘못된 것이었겠소?"

'뭐야? 나보고 권력을 너무 가까이 하지 말라는 말인가? 황제에게 충격이 너무 컸던 모양이네.'

도연이 말을 이었다.

"『반야심경』에 이런 글이 있다지요? 心無罣碍 無罣碍故 無有恐怖 原理全道夢想심무괘애 무괘애고 무유공포 원리전도몽상 마음에 걸림이 없고 걸림이 없으므로 두려움이 없어서 뒤바뀐 헛된 생각을 아주 떠난다. 저는 이 글의 뜻을 오늘에야 깨달았소이다."

목풍아는 무슨 말뜻인지 짐작할 수가 없었다.

'갑자기 어울리지도 않게 도사 같은 말을 하고 야단이람? 최고의 권력에 있다가 개털이 되어서 사마르칸트로 가게 되니 인생이 허무

한가?'

목풍아가 공손하게 물었다.

"어떤 뜻인지 말씀해주실 수 있습니까?"

"불학을 배우는 이들은 영혼이 자유로운 사람이 되길 바라지요. 사물이 날 어쩌지 못하고, 사상도 날 어쩌지 못하는, 자유롭게 깨어난 사람이 되기 위해 공부하는 것입니다. 오랫동안 공부를 했지만 이제까지 내가 한 공부가 헛공부라는 것을 오늘에야 알았답니다. 나는 이제까지 외물에 구애를 받아 자유롭지 못하게 살았지요. 내 어깨에 무거운 짐을 짊어진 것도 모르고 살아왔던 거요. 깨달음을 얻은 후, 나는 내 어깨에 짊어진 짐을 내려놓을 수가 있었소."

'뭐야? 나보고 권력을 내려놓으라고? 아직 시작도 안 했는데 그럴 수는 없지.'

목풍아가 말했다.

"저는 아직 지휘사만큼 배우질 못해서 이해하기 어렵네요."

도연이 웃으며 말했다.

"목공의 머리가 좋으시니 곧 깨달을 날이 있겠지요. 참, 보선창의 거선 건조가 마무리 단계에 있다면서요?"

"네, 거의 끝나 갑니다."

도연이 고개를 끄덕였다.

"역사가 끝나면 갈 사람은 가겠군요."

"그렇겠지요."

오늘따라 도연이 달라보였다. 달관한 사람처럼 속내를 쉽게 읽을 수 없었다. 목풍아는 당황하였다.

도연이 목풍아에게 술을 따르며 말했다.

"목공, 내가 목공을 알게 된 것은 행운이오."

"행운이라니요?"

"목공 같은 천하의 영웅을 적이 아니라 친구로 만났으니 얼마나 운이 좋냔 말이오? 한때 나는 목공을 적이라 생각하였지만 그것 역시 얼마나 부질없는 일이었는지 내가 부끄럽소."

"왜 이러십니까? 오늘따라 지휘사답지 않습니다."

"하하하. 내가 너무 감상에 젖은 모양입니다. 고리타분한 세상일일랑 잊고 술이나 드십시다."

도연과 목풍아는 밤이 샐 때까지 술을 마시며 석별의 정을 표시하였다.

사흘 후, 조정에서 사절로 갈 모든 준비가 끝이 나고 도연은 황제에게 작별을 고한 후 사마르칸트로 머나먼 길을 떠났다. 목풍아는 장강 나루까지 나와 마지막 가는 도연을 배웅하였다. 도연이 목풍아의 손을 잡고 말했다.

"목공, 내가 이야기했던 『반야심경』의 글귀를 명심하세요."

"네, 네. 도연 지휘사님. 모두가 천하백성들을 위하는 일이라 생각하시고 맡은 바 임무를 무사히 마치시기를 기원하겠습니다. 사마르칸트에 가시면 제갈문이라는 자가 있는데 머리가 상당히 좋은 자입니다. 건문제의 명을 받고 사절로 간 자인데 도망치지 못하고 아직도 억류가 되어 있다면 잴 것 없이 베어버리십시오. 그놈을 베지 못하면 대인의 임무를 수행하는 데 차질이 많을 것입니다."

"알겠소, 시키는 대로 하겠소."

"감사합니다, 대인의 장도를 다시 한 번 기원하겠습니다."

목풍아는 정중하게 포권을 취하였다.

도연은 무슨 말을 하려다가 길게 한숨을 쉬곤 몸을 굽혀 정중히 포권으로 답례하였다. 도연은 처연히 배에 올랐다. 사공들의 행동이 요란스럽게 바빠지더니 닻이 오르고, 돛이 펼쳐졌다. 이내 도연과 사절단을 실은 배는 나루를 벗어나 넓디넓은 장강으로 미끄러지듯 흘러가기 시작하였다.

도연은 뱃머리에서 나루에 석상처럼 서 있는 목풍아를 바라보았다.

'내가 사마르칸트로 떠나는 것은 목풍아가 꾸민 일인지도 모른다. 아니, 정화가 꾸몄건 목풍아가 꾸민 일이건 이제 와서 무슨 상관인가? 부질없는 일이지.'

出家塵土觀　출가진토관

脫執眞理現　탈집진리현

英雄慾不捨　영웅욕불사

輪廻火宅門　윤회화택문

세상을 나가니 진토가 보이고

집착을 벗으니 진리가 나타나네.

영웅은 욕심을 버리지 못하니

불타는 집에서 벗어나지 못하리라.

정난군의 군사로 연왕을 도발하여 명나라의 황제로 만들어놓은 일대의 영웅은 시 한 수를 남기곤 처연히 머나먼 서역으로 떠나가버리고 말았다.

목풍아는 도연을 태운 배가 사라질 때까지 강변에 서 있었다. 석상이 된 것처럼 멀어져 가는 배를 바라보던 목풍아는 도연의 슬픈 모습에 가슴이 뭉클하였다. 목풍아는 그것이 도연에 대한 연민인지 동정인지 알 수 없었다.

영락 3년1405 3월, 남경에 완연한 봄이 찾아왔을 무렵이었다. 보선창에서 만들던 거선 예순두 척이 완성되었다는 보고가 들어왔다. 목풍아는 뛸 듯이 기뻐하며 소리쳤다.

"드디어 때가 되었다."

오괴가 물었다.

"대장, 때가 되었다니요?"

"드디어 정화를 보낼 때가 왔단 말이다."

독돈이 입술을 삐죽 내밀며 말했다.

"대장, 세간에서는 대장이 멀리 떠날 거라는 소문이 자자하던데요?"

"모르는 소리. 내가 무엇 때문에 이 짓을 했는데…… 모두가 얄미운 정화를 보내려고 한 짓이라구."

"대장, 자신 있습니까?"

"뭐야?"

"제가 대장을 못 믿어서 하는 말이 아니라 세간에서는 도연이 떠난 후로 다음 차례가 대장이라는 소문이 퍼져 있으니 하는 말 아닙니까?"

오괴가 말했다.

"그러게, 도연이 있던 자리에 정화의 심복인 왕진이라는 환관이 자리를 잡고 앉았으니 정화야말로 나는 새도 떨어뜨리는 권력의 중앙에 있는 것이 아니겠습니까? 그런 정화를 뜬금없이 멀리 보낸다니요? 아무리 대장이 지모가 뛰어나더라도 정화를 보내버린다는 것은 쉽지 않을 겁니다."

"와하하하. 그럴까? 하긴, 정화가 높이 올라가긴 했지. 그런데 말이야. 그것이 천자에게는 거슬리는 일이라 생각해보지 않았나?"

"거슬리는 일이라니요?"

"불알도 없는 환관 놈이 천자보다 높은 권력을 지닌 듯하잖아. 자존심 강한 천자가 그것을 웃으면서 보겠느냔 말이지."

독돈이 말했다.

"그것도 그렇군요."

"후후후. 화무십일홍花無十日紅이라 하였어. 몇 달 동안 권력을 마음껏 휘둘렀으니 질 때도 되었지. 때론 말이야, 절대 권력자 앞에서 너무 나서는 것도 좋지 않을 때가 있어. 모난 돌이 정 맞는다는 속담이 있지 않아. 와하하하. 이럴 때가 아니지. 보선창으로 가서 거선들이 잘 만들어졌는지 보고 오자."

목풍아는 관복을 차려입고 심복들과 함께 남경 외곽의 보선창으로 향하였다. 목풍아가 도착했다는 말을 듣고 거선 건조의 책임을 맡은 장인과 관리가 부랴부랴 달려왔다. 위용을 자랑하는 거선들을 돌아보며 목풍아는 흡족한 미소를 지었다.

길이 마흔네 장丈 폭 열여덟 장. 배 한 척에 사백여 명과 마소, 교역품들을 실을 수 있는 거대한 규모였다. 배를 잘 만든다는 중국의 장인들이라면 모두 동원된 거대한 역사였다. 이 배가 출항한다는 것, 그것은 당대 이후 불모지였던 해로를 개척하는 일과 왜와 조선, 서역 등지의 여러 나라에 명의 위엄을 알림과 동시에 무역을 활발하게 전개하여 국가 재정을 확충시키는 여러 가지 효과를 동시에 건질 수 있는 사업이었다.

한꺼번에 여러 가지 효과를 거두어들이는 목풍아의 머릿속에서 나온 것이니만큼 이 역사가 가지는 의미는 이루 표현할 수 없을 정도였다.

"배를 잘 만드는 기술자가 일 년 동안 꼬박 배를 만들어 모두 예순두 척을 만들었습니다."

"예순두 척이라……."

"이만이 넘는 인원을 실을 수 있습니다. 대인께서 원하시는 인원이 아닙니까?"

"좋아, 좋아. 배를 띄우는 것은 어떻게 하지?"

"그것은 보선창과 장강의 물길을 통하게 하면 당장이라도 띄울 수 있습니다. 시험 삼아 하나를 띄워볼까요?"

"좋아, 좋아."

목풍아는 장인과 보선관을 따라 일―이라는 푯말이 쓰인 보선창으로 들어갔다. 건조가 끝난 보선창은 아직도 건조에 사용된 소나무 향이 그윽하였다. 땅을 널찍하게 파내고 나무들을 가로세로로 겹쳐서 거선을 지탱하도록 하였다. 넓게 파낸 땅에 장강의 물이 차면 거선이 자연히 뜰 수 있는 것이다.

수만의 인부가 동원되어 그 피와 땀으로 만들어진 거대한 해선의 위용을 보고 있으니 짜릿한 전율이 절로 일었다. 보선관은 거선 앞에 마련된 망루로 목풍아와 일행을 안내하였다. 멀리 보선관 저편에 막아놓은 둑과 둑을 터뜨리려고 모인 인부들이 보였다.

"물길을 터라."

보선관의 말이 떨어지자 흰 깃발이 펄럭거렸다. 그것을 신호로 한 듯 인부들이 좌우로 둘러서서 줄을 당겼다. 둑과 연결된 줄이 힘차게 당겨지자 둑이 터지며 물이 쏟아져 들어오기 시작하였다. 이내 그 물은 보선 창고로 들어와 서서히 고였다.

물이 서서히 차면서 거선이 두둥실 떠올랐다. 그와 동시에 거선을 받치던 나무들이 어지럽게 떠올랐다. 옆에서 갈고리를 끼운 장대를 들고 있던 인부들이 물에 뜬 나무들을 건져서 바깥에 차곡차곡 쌓았다. 모두가 숙련된 솜씨들이었다.

"잘 보셨습니까? 이제 배를 장강으로 가져가면 됩니다."

목풍아는 가슴이 들떠 박수를 치며 말했다.

"좋아, 좋아. 수고하였다. 나는 지금 당장 황제 폐하께 이 사실을 알리겠다. 그동안 수고가 많았다. 오늘은 내가 낼 것이니 마음껏 마시도록 하라."

목풍아는 수고한 인부들에게 각각 은자 한 냥씩을 상으로 내리고, 소와 돼지를 잡아 배부르게 먹고 마시도록 하였다. 그리고 가벼운 발걸음으로 황궁으로 향하였다.

뒤따르는 심복들은 썩 마음이 내키지 않았다. 하지만 목풍아의 능력을 익히 봐왔던 터라 목풍아의 자신감이 호기로 생각되지 않았다. 깊은 수읽기와 치밀한 책략을 숨기고 있을 게 틀림없어 목풍아의 행보를 지켜보기로 하였다.

위풍당당하게 봉천전에 입시한 목풍아는 명나라의 위상을 천하에 알릴 거선이 완성되었음을 고하였다.

"하하하. 드디어 때가 되었구나."

용상에 자리한 황제가 크게 기뻐하며 목풍아에게 물었다.

"이제 준비가 끝났으니 항해의 책임자를 뽑아야겠구나. 너는 누가 좋겠느냐?"

"장앙태감 정화가 적합하리라 생각합니다."

황제의 곁에 있던 정화의 두 눈이 휘둥그레졌다.

정화는 해외 원정을 계획한 사람이 목풍아였으니 당연히 목풍아가 항해의 총책임자가 될 것이라 예상하고 있었다. 그런데 황제가 항해의 책임자를 물어보는 것 하며 목풍아가 정화를 추천하는 것은 뜻밖이었다.

'천자께서 애초부터 목풍아를 항해의 책임자로 생각하지 않으셨단 말인가?'

이건 뭔가 착오가 있다. 천자의 이 같은 태도 변화는 정화로서는 예측 밖이었다. 정화는 창백한 얼굴로 목풍아와 천자를 바라보았다. 황제가 고개를 갸웃거리며 말했다.

"이상하구나. 나는 너를 생각했는데 뜻밖의 이야기가 아니냐? 어째서 정화를 총책임자로 생각하는지 이유를 말해보라."

정화는 천자의 얼굴을 힐끔 바라보았다. 앞서 말한 바라면 황제가 목풍아를 대항해의 책임자로 생각하지 않는다는 것인데 이번 물음은 엉큼하게도 목풍아를 책임자로 생각하고 있는데 정화가 가야 하는 이유를 묻고 있는 것이다.

'천자의 심중에는 항해의 책임자로 목풍아가 아니라 나를 두고 있다. 하지만 왜 내가 가야 하는가?'

정화는 목풍아에게 시선을 돌렸다.

'또한 황궁을 관장하는 내시가 대항해를 떠날 이유가 무엇이란 말인가?'

아무리 생각해보아도 납득할 만한 이유가 떠오르지 않았다.

목풍아가 입을 열었다.

"장앙태감이 대항해의 책임자가 되어야만 하는 첫 번째 이유는 그가 서역의 말과 글을 할 줄 안다는 것입니다."

아찔하였다. 언젠가 자신의 집으로 찾아와 페르시아어와 아라비아어를 물어보던 목풍아의 모습이 회상되었다. 그렇다면 대항해는 일 년 전부터 자신을 몰아내기 위해 목풍아가 치밀하게 계획한 것이라는 말이 되는 것이다.

"제가 듣기로는 아라비아어와 페르시아어를 안다고 들었습니다. 동시에 두 나라의 언어를 아는 사람은 많지 않습니다. 서역의 문화와 중국 문화에 대한 이해가 박식한 사람이어야만 이 일에 적합하다 생각했습니다."

"음, 일리가 있군."

"또한 장앙태감을 적격자로 생각한 것은 황제의 측근에서 오랫동안 살아온 까닭에 천자의 뜻을 받들 수 있다 생각했기 때문입니다.

각 나라에 도착하여 명나라 황제의 말씀을 전하는데 폐하의 위엄을 더욱 돋보이게 할 사람은 장앙태감밖에 없습니다."

정화의 얼굴이 새파랗게 질렸다. 당사자인 정화가 듣기에도 설득력이 있는 말이었으므로 꿀 먹은 벙어리마냥 대꾸 한마디 할 수 없었다. 마른침을 꿀꺽 삼켰다.

황제가 다시 물었다.

"또 다른 이유가 있나?"

"사람을 물려주십시오."

황제가 손을 저어 봉천전 안에 있던 사람들을 물렸다.

"작년에도 한번 이야기를 드린 적이 있지만, 건문제에 대한 문제입니다."

황제의 얼굴이 경직되었다.

"제가 거선 예순두 척을 건조한 것은 건문제 때문입니다. 건문제가 정난이 일어났을 때 중의 복색을 하고 도망친 후 중원의 불손한 무리들과 연합하려다가 실패를 하였습니다. 그 후에 갈 곳이 없어지자 외국으로 도망쳐서 기회를 노리고 있는 게 틀림없습니다."

"외세의 힘을 얻어 나를 치겠단 말이지."

"예. 명분은 있으나 힘이 약하니 때를 노리고 있는 것이지요. 건문제가 살아서 기회를 노린다는 것은 고약한 일입니다. 거선을 예순두 척이나 만든 것은 여러 나라를 돌면서 건문제의 옹립 세력을 색출하려는 뜻도 포함되어 있습니다."

"음… 치밀하군. 과연 목풍아구나."

목풍아는 사색이 되어 서 있는 정화를 바라보며 말했다.

"장앙태감, 나는 그대에게 아무런 사심이 없습니다. 조서청의 수장이 된 일 년 동안 해외의 돌아가는 일을 누구보다 잘 아시리라 생각됩니다. 그대의 용단이 필요합니다."

정화는 할 말을 잃었다.

'조서청을 맡긴 것이 이날을 위한 복선이었나? 모든 것이 나를 보내기 위한 계략이었단 말인가? 아! 외통수에 걸리고 말았군.'

정화는 머리를 내저으며 한 걸음 나아가 목풍아에게 말했다.

"목 대간, 이 일에 있어서 내가 그대보다 낫다고 생각하여 추천한 것이오?"

정화에게는 마지막 자존심이었다. 힘과 명분에 밀려 정적에게 쫓겨 나간다는 것은 정화에게 괴로운 일이었다. 그렇지 않기를 바라며 정화는 물었다.

목풍아가 말했다.

"이 일에 있어서는 그렇습니다. 나는 그대처럼 서역에 대하여 아는 바가 없고 외국의 언어도 모릅니다. 나는 그대가 자신의 역량을 마음껏 펼치기를 바랍니다. 사람은 누구나 쓰이는 그릇이 있는 법, 그대는 황실에서 장앙태감으로 살기에는 너무도 큰 그릇입니다. 이번 기회에 세상 밖으로 나가 그대의 기량을 펼쳐 보는 것은 어떻습니까?"

정화는 목풍아를 뚫어지게 바라보았다. 정화는 목풍아의 팔보시를 처음 접하였을 때 목풍아의 재량을 짐작한 바 있었다. 목풍아 역시 정화의 재량을 누구보다 잘 알고 있을 것이다. 천하에 목풍아가 있어 정화는 힘을 펴지 못한다.

두 용이 여의주 하나를 가지고 다투기엔 목풍아가 너무 강하다. 약한 자는 물러날 수밖에 없는 것이 이곳의 생리지만 왠지 기분이 나쁘지는 않았다.

'힘이 없어 쫓겨나는 것이 아니다.'

목풍아가 자신의 능력을 알아준다는 게 일말의 위안이 되었다. 황제는 사마르칸트로 떠나면서 남겼던 도연의 말을 떠올렸다. 환관을 조심하라는 도연의 충언을 생각하니 정화가 적격으로 생각되었다.

황제가 고개를 돌려 정화에게 말했다.

"정화, 어떤가? 네가 갈 테냐?"

다른 도리가 없었다. 목풍아의 정교한 수순에 완벽하게 당했다. 그렇지만 이상한 것은 황제의 마음이 무엇 때문에 자신에게서 돌아섰느냐는 것이다.

항상 황제와 함께 다녔던 정화는 그런 소리를 들은 적이 없었다. 목풍아가 참소한 기억도 없다. 문득 도연을 떠올렸다. 사마르칸트의 사절 문제로 황궁으로 왔던 도연이 황제에게 비밀 이야기를 한 적이 있었다.

'그때 천자의 마음이 돌아섰다는 말인가?'

아무리 생각해보아도 도연 이외에는 황제의 마음을 돌릴 사람이 없었다. 그런데 한 가지 이상한 점은 거선이 완성되었을 때 천자가 짠 것처럼 대항해의 책임자를 목풍아에게 물어보았던 것이다. 그런 문제라면 자신에게 물어볼 수도 있었다. 그런데도 굳이 목풍아에게 물어봤다는 것은 오랫동안 천자를 모신 정화로서도 이해하기 어려운 일이었다.

'비밀리에 천자가 목풍아와 접촉을 했단 말인가? 나도 모르게? 그럴 리가…… 그럴 리가 없는데……'

"어쩔 거냐? 네가 맡아주겠느냐?"

황제의 재촉이 이어졌다. 황제는 이미 정화를 책임자로 결정하고 있다는 뜻이다. 결정이 내려졌다면 거부할 수 없다.

정화는 읍을 하며 말했다.

"마땅히 제가 감당하겠습니다."

황제가 흡족하게 웃으며 고개를 끄덕였다.

목풍아는 공손하게 읍을 하며 말했다.

"장앙태감, 사심은 없습니다. 모든 것이 천하백성들을 위하는 일이라 생각해주시오."

"알고 있소, 목공. 알아줘서 고맙소."

정화가 끓어오르는 분노를 참으며 공손하게 읍을 하였다.

하루아침에 대항해의 책임자가 장앙태감 정화로 바뀐 사건은 궁궐과 도성을 소리 없이 뒤흔들었다.

나는 새도 떨어뜨린다는 정화가 떠나게 되면 목풍아가 권력의 핵심으로 부상하게 된다. 바야흐로 목풍아의 시대가 도래하는 것이다. 목풍아를 따라간 부하들은 정화가 대항해의 책임자가 되었다는 이야기를 전해 듣고는 자신의 귀를 의심하였다.

바깥에서 기다리고 있던 오괴와 독돈, 일도는 황궁을 나오는 목풍아를 보자마자 질문을 퍼붓기 시작하였다.

"대장, 어떻게 정화를 보낸 겁니까?"

"으허허허. 대장, 도대체 무슨 수요? 이야기나 들어봅시다."

"그래요, 대장. 이야기를 들려줘요."

목풍아는 일산안경을 걸치며 말했다.

"무슨 이야기? 모두 영명하신 천자 폐하의 결정이야. 나는 모르는 일이라구."

목풍아는 성큼성큼 앞장서서 대로를 걷기 시작하였다. 입가에 미소가 흘렀다. 정화는 한 가지 모르는 것이 있었다. 황제를 모시는 장앙태감으로서 조서청의 수장을 겸하고, 도연이 빠진 자리에 심복인 왕진을 앉혀놓아 권력의 중심에 올라선 정화를 황제가 경계할 것이라는 이치를 말이다.

황제로서도 홍무제 때의 경계문이 생각났을 것이다. 환관의 권력이 너무 강하면 부작용이 일어날 수 있다. 홍무제가 환관을 정치에서 멀어지게 한 것도 바로 그 때문이었다. 똑똑한 정화는 후대에 악영향을 끼칠 수 있었다. 도연이 떠난 후 금의위의 지휘사 자리를 정화의 심복이 맡게 된 후 황제의 불안감은 더욱 커질 수밖에 없었다.

황제의 불안감은 정화를 대항해의 책임자로 선택하게 한 결과를 낳았다. 말하자면 정화는 스스로 나락으로 떨어진 것이다. 이번에도 모난 돌이 정 맞는 관계의 법칙이 그대로 적용되었다. 그렇다면 목풍아는 어떤가? 상대적으로 목풍아는 정화에 비하여 황제에게 이용 가치가 대단한 사람이다.

대항해는 북경 천도의 한 부분이다. 북경 천도에 대한 모든 구상이 목풍아의 머리에서 나왔으므로 무사하게 천도를 할 때까지 목풍아는 이용 가치가 있었다. 황제가 북경 천도를 계획한 목풍아를 외국에 보낼리 만무하였다. 황제의 판단은 정화에게 돌아설 수밖에 없었다. 판세를 정확하게 보고 치밀하게 추진하는 목풍아의 능력이 만들어낸 결과라 할 수 있었다. 설렁설렁 걸어가던 목풍아의 뒤를 따르던 일도가 말했다.

"대장, 어딜 가시는 겁니까? 이 길은 집으로 가는 길이 아닌데요?"

목풍아가 말했다.

"미행하는 놈이 있지?"

오괴가 말했다.

"예, 두 놈입니다. 잡을까요?"

"아니. 왕진이란 놈이 자꾸만 나를 귀찮게 하는데?"

"그럼, 금의위의 비밀 장원으로 가시는 겁니까?"

"그래. 오늘 이놈에게 본때를 보여줘야겠어."

목풍아는 금의위의 비밀 장원으로 걸음을 옮겼다. 이윽고 길의 폭이 좁아지고 집이 늘어선 주택가에 도착하였다. 여기서 금의위의 비밀 장원까지는 그리 멀지 않았다.

목풍아가 걷던 걸음을 멈추었다.

"잡아와라."

말이 끝나기 무섭게 오괴와 독돈이 땅을 차고 기와지붕 위로 올라갔다. 잠시 후, 두 사람이 각각 오괴와 독돈에게 잡혀 굴비처럼 묶여왔다.

"앞장서라."

목풍아는 두 사람을 앞장세워 위풍당당하게 비밀 장원으로 들이닥쳤다.

와지끈 –

커다란 문짝이 종잇장처럼 부서지며 낙엽처럼 날려 계단에 널브러졌다. 놀란 제기들이 쏟아져 나왔지만 어찌할 바를 모르고 주위를 둘러설 따름이었다.

남경 일대에 일산안경을 끼고 다니는 목 대인을 모르는 사람이 없으며, 더구나 도연이 지휘사를 할 때 몇 번을 들락거린 탓에 제기들도 이미 목풍아의 존재를 알고 있는 바였다. 빠른 정보력으로 장앙태감 정화가 목풍아에 의해 멀리 떠나갈 거라는 사실을 알고 있는 제기들로서는 권력의 중앙에 위치하게 될 목풍아를 건드릴 수 없었다.

목풍아는 묶여 있는 두 명의 제기를 발길질로 차 쓰러뜨리고 소리쳤다.

"빌어먹을 왕진을 데려와라."

목풍아는 성큼성큼 장원 안으로 들어갔다. 목풍아가 들이닥쳤다는 소리를 듣고 왕진이 허겁지겁 달려나왔다.

"모, 목 대간께서 무슨 일로?"

"몰라서 하는 말이냐?"

목풍아는 다짜고짜 발을 들어 왕진의 가슴을 내질렀다. 왕진이 낙엽처럼 나둥그러지며 비명을 질렀다.

"아이코."

목풍아는 그 자리에 멈추어 서서 입을 열었다.

"엄살떨지 말고 어서 일어나지 못해?"

왕진이 겁을 먹으며 일어서자 목풍아가 다시 발을 들어 왕진의 가슴을 내질렀다.

"어이쿠."

왕진이 가슴을 부여잡고 죽는소리를 하였다.

"일으켜 세워라."

오괴와 독돈이 왕진의 겨드랑이를 잡아 일으켰다.

"이 빌어먹을 고자 놈. 내가 우습게 보이더냐?"

목풍아는 왕진의 뺨을 내질렀다.

짝- 짝-

좌우로 한 번씩 때렸을 뿐인데 왕진의 몸이 흔들리며 두 뺨이 붉게 변했다.

"모, 목 대인. 도대체 왜 그러십니까?"

"빌어먹을 놈. 네가 감히 나에게 미행을 붙여? 도연도 나에게 미행을 붙이지 않았는데 불알도 없는 네까짓 게 나에게 미행을 붙여? 정화가 시키더냐? 너도 정화를 따라가고 싶은 거야?"

"아, 아닙니다."

"아니긴 뭐가 아니야? 나는 너같이 비열한 고자들이 싫어. 정말 싫단 말이야."

목풍아는 왕진의 뺨을 호되게 내질렀다.

"의자를 가져와라."

제기들이 얼른 의자를 가지고 와서 조심스레 내려놓았다.

목풍아가 털썩 의자에 앉았다. 마치 금의위 지휘사 왕진을 문초하는 모양새가 되었다. 우두머리가 맥없이 당하고 있으니, 모여든 제기들은 찍소리도 하지 못하고 목풍아의 눈치만 살필 따름이었다. 목풍아가 손가락을 까닥하자 오괴와 독돈이 왕진의 무릎을 꿇렸다.

"네놈의 임무가 뭐야?"

"궁정의 치안과 반역자의 감찰을 맡고 있습니다."

"내가 반역자인가?"

"아, 아닙니다."

"그럼. 내가 궁정의 치안을 해치는 자인가?"

"아닙니다."

"그럼 뭣 때문에 미행을 붙이는 거냐? 이 빌어먹을 놈아."

목풍아는 발을 들어 왕진의 가슴을 내질렀다. 왕진이 맥없이 나뒹굴었다.

"권력 맛을 보니 좋더냐?"

"아, 아닙니다."

왕진은 사색이 되었다. 이제 누가 목풍아와 대적할 수 있겠는가?

"하긴 사타구니가 허전하니 여자는 모를 것이고, 돈과 권력밖에 뭐가 있겠느냐? 그렇지 않느냐?"

"대, 대인, 살려주십시오."

왕진은 바닥에 머리를 찧기 시작하였다.

황궁에서 권력의 맛을 알고 자란 사람이기에 누구보다도 눈치가 빠른 왕진이었다.

"모, 모두 장앙태감께서 시키신 일입니다. 저는 힘이 없습니다."

"이 자식 봐라. 눈치가 장난이 아닌데?"

목풍아는 다시금 몸을 든 왕진의 가슴팍을 내질렀다.

"어이쿠."

벌러덩 뒤집어진 왕진의 몸이 발딱 일어나 다시금 머리를 찧으며 절을 하였다. 처절할 정도의 몸부림이라 할 수 있었다. 깨어진 이마에서 피가 흘러내려 왕진의 얼굴은 피투성이였다. 피투성이가 된 얼굴로 왕진은 애걸하듯 빌었으며, 목풍아는 그런 왕진을 매섭게 몰아붙였다. 일어나면 쓰러뜨리고 일어나면 쓰러뜨리는 목풍아는 오늘따라 무서울 정도로 잔인하게 보였다.

오괴와 독돈은 서로의 얼굴을 바라보았다.

'정화가 대항해를 떠나게 되고, 바야흐로 목풍아가 권력의 중앙에 올라가게 된 상황이라 사람이 바뀐 것인가?'

목풍아가 왕진에게 소리쳤다.

"왕진, 너도 장앙태감을 따라 보내주랴?"

"아, 아닙니다, 대인. 살려주십시오."

왕진은 두 손을 비비며 빌었다.

"내가 너를 살려주리라 생각하느냐?"

"살려만 주십시오. 대인이 시키는 일이라면 뭐든 하겠습니다."

목풍아는 왕진을 물끄러미 바라보다가 의자에서 일어났다.

"앞으로 나를 감시한다든가 하는 주제넘은 짓 하지 마라. 두고 보겠다. 네가 어떻게 하는지."

"가, 감사합니다, 대인."

왕진은 피투성이가 된 얼굴로 땅바닥에 머리를 쿵쿵 찧었다. 목풍아는 왕진을 본체만체 몸을 돌려 금의위의 비밀 장원을 나왔다. 뒤따라오던 오괴가 말했다.

"대장, 나는 새도 떨어뜨린다는 금의위의 지휘사를 그렇게 막 대해도 되는 겁니까?"

"정화에게 붙어 지휘사까지 오른 교활한 자다. 매섭게 밟아주지 않으면 정화가 없어지더라도 나에게 기어오를 거다."

문득 떠오르는 것이 있었다.

"그럼, 대장은 왕진을 그 자리에 둘 생각이십니까?"

"오괴도 똑똑하군. 그럴 생각이야."

볼수록 치밀한 목풍아였다. 왕진이 정화의 세력이라는 것쯤은 황
제도 알고 있을 것이다. 목풍아가 지휘사를 자신의 세력으로 바꾸게
되면 황제는 정화처럼 목풍아를 경계할지도 모를 일이다. 목풍아는
왕진을 자연스럽게 자신의 수하처럼 만들어버린 것이다. 그 수순이
절묘하기 이를 데 없어서 대항해의 책임자로 정화가 선택되고, 욱일
승천하는 기세가 꺾인 바로 오늘 목풍아는 나는 새도 떨어뜨린다는
왕진을 찾아간 것이다.

전임 지휘사가 목풍아도 어쩌지 못한 도연이라는 것을 감안하면
왕진은 목풍아가 밟기 어려운 위치에 있었으나 목풍아는 절묘한 수
순을 포착하여 어렵지 않게 왕진의 기세를 꺾어버렸다.

권력의 끈을 잡고 지휘사의 자리까지 오른 왕진으로서는 가장 확
실한 바람막이가 되어주던 정화가 없어지면서 누군가 바람막이가 될
권력자가 필요하였다. 때문에 조정의 실세가 된 목풍아에게 머리가
좋은 왕진은 비굴할 정도로 구차한 모습을 보이지 않을 수 없었던 것
이다.

'대단하군. 저 머릿속에 뭐가 들었기에……'

목풍아의 뒷모습을 바라보며 감탄을 하고 있으려니 옆에서 독돈이
물었다.

"뭐냐? 무슨 일인데? 까막아, 네가 뭘 알고 있는 게냐? 대장이 너

한테 똑똑하다는 말을 하는 걸 보니 내막을 아는 것 같은데 말해봐."

"흥."

오괴가 코웃음을 치며 목풍아를 바짝 따랐다.

"빌어먹을 까마귀."

"헤헤헤. 독돈 형님, 형님은 그것도 모르세요?"

옆에 있던 일도가 독돈에게 붙어 말했다.

"너는 대장이 왜 저러는지 알고 있는 거냐?"

"당연하죠."

"대장이 왜 그런 거냐?"

"기어오르는 놈들은 잔인하게 밟아버려야 다시는 고개를 들 생각을 못하거든요. 건달들의 세계에서는 그렇게 하고 있습지요. 대장이 소싯적에 승덕현을 주름잡고 살았는데 옛날 버릇이 나오는 거죠."

"야— 너 정말 대단하구나."

독돈이 어린애처럼 손뼉을 치며 기뻐하였다.

일도가 목에 힘을 주며 으스대듯이 말했다.

"뭘 그까짓 거 가지고…… 또 궁금한 것 있으면 물어보세요, 형님. 뭐든 대답해 드리지요."

"나는 네가 바보인 줄 알았는데, 오늘 나의 시야가 달라졌다. 나는 왜 그런 쉬운 이치를 몰랐을까?"

"형님도 참… 서당 개 삼 년이면 풍월을 읊는다는데 제가 대장을 따라다닌 지가 형님들의 두 배가 넘습니다. 저도 알고 보면 머리가 좋은 사람이라구요."

"알았다. 앞으로 대장이 이상한 짓을 하면 네게 물어봐야겠다."

"아! 형님, 이제야 형님이 저의 진가를 알아주시는군요."

일도가 어깨를 으쓱거렸다.

"아무튼 너를 다시 봤다."

앞서 걸어가던 오괴가 두 사람이 나누는 이야기를 들으며 코웃음을 쳤다.

"흥, 두 바보가 쌍으로 놀고 있네."

"뭐라고? 이 자식, 너 지금 우리에게 하는 말이냐?"

독돈이 콧구멍을 벌렁거리며 오괴를 노려보았다.

"그래, 바보들아."

"형님, 너무하신 것 아니에요?"

일도가 팔을 걷고 나왔다.

오괴가 일도의 모습을 보고 기가 차다는 듯이 눈을 부라렸다.

"너 지금 팔 걷었냐?"

일도가 재빨리 걷었던 소매를 풀었다.

"더워서 걷었더니 갑자기 추워지네."

옆에 있던 독돈이 일도의 머리를 쥐어박았다.

"에라, 이 지조 없는 놈아."

"이씨, 왜 그래요?"

"에라, 이 빌어먹을 놈. 네가 너를 믿었으니…… 캬아악-."

독돈은 길게 끌어모았던 가래침을 바닥에 뱉고는 목풍아의 뒤를 따라 걸었다. 머리를 감싸 안으며 울상이 된 일도가 중얼거렸다.

"힉… 형님들은 나만 가지고 그래."

"일도야, 일도야, 빌어먹을 일도야. 이 자식, 언제 철이 들지? 대장간에 보내버릴 수도 없고. 어렵다, 어려워."

기다리고 있던 오괴는 일도가 다가오기 무섭게 머리를 쥐어박고는 앞서 가는 목풍아의 뒤를 바람처럼 따랐다.

"아! 일도의 인생에 언제나 꽃이 피려나? 우중충한 두 인간이 앞길을 가로막고 있으니 일도의 인생이 가시밭길이구나. 아! 불쌍한 내 인생……."

입만 산 일도가 터벅터벅 그 뒤를 따랐다. 목풍아의 발걸음은 다시금 대로에서 서편으로 향하였다. 이곳은 지낭부로 가는 길이 아니다. 그렇다고 하소선이 있는 곳도 아니었다.

"대장, 어딜 가십니까? 이 길은 지낭부로 가는 길이 아닌데요?"

"정화를 위로해 줘야지."

"예? 정화의 집으로 가신다구요?"

오괴가 발걸음을 멈추었다. 그 뒤를 따라 독돈과 일도도 발걸음을 딱 멈추었다. 목풍아가 걸음을 멈추어 고개를 돌렸다.

"왜 그래?"

"대장, 정신이 있는 겁니까? 정화가 대장이 찾아온 것을 좋아하리라 보십니까?"

독돈도 거들었다.

"그러게요. 나 같아도 대장이 찾아오면 당장 찢어 죽여버릴 기분이겠다."

일도도 지지 않고 나섰다.

"그래요. 정화의 집은 안 돼요."

목풍아가 말했다.

"도연에게도 그랬는데?"

오괴가 대답했다.

"도연은 기껏 지휘사의 자리에 있던 사람입니다. 그에 비해 정화는 황제의 심복으로 오늘 낮까지 황궁의 실권을 움켜쥐고 있던 사람이라고요. 그런 사람이 대장 때문에 하루아침에 정상에서 바닥으로 떨어졌는데 그 속이 어떻겠습니까? 안 됩니다. 정화의 집은 절대 안 됩니다."

"그래요. 도연하고 비교하면 안 되죠."

"맞아요. 맞아요."

세 사람이 쌍수를 들고 반대를 하였다.

"와하하하하."

목풍아는 배를 잡고 크게 웃었다. 잠시 후 목풍아는 웃음을 딱 멈췄다.

"이봐. 오괴, 독돈, 일도. 내가 누구야?"

"대장이죠."

"내가 정화와 도연하고 같은 사람으로 보이나?"

"그건 아니죠."

"왜 그렇게 생각하지?"

"그, 그건, 대장은 정화와 도연하고는 생각 자체가 다르잖아요."

"맞아. 엉뚱하기만 하고…… 하지만 문제는 잘 해결하지."

"와하하하. 내가 그들과 다른 이유가 뭔지 아는가?"

"뭡니까?"

"그들은 나를 적으로 생각하지만 나는 그들을 적으로 생각하지 않는 데 있어. 원래부터 그들은 내 상대가 아니었거든? 나는 목풍아라고. 나는 일류모사, 정화와 도연은 이류모사. 이류는 일을 하는 데 있어서 약간의 빈틈이 있지만 일류는 흔적도 징후도 없이 일을 처리하지. 그 때문에 내가 그들을 쫓아버렸지만 상대방은 내가 그랬는지조차 모른단 말이야. 어쩌면 눈치챘을지도 모르지만 정화는 나보다 도연에 대한 원망이 더 크겠지. 나에게도 약간의 원망이 있겠지만 그런 것쯤이야 오늘 풀어버리면 되는 거지. 자, 나를 따르라."

목풍아는 성큼성큼 대로를 걸었다.

한편 정화는 후원의 정자 안에서 술잔을 앞에 놓고 깊은 시름에 잠겨 있었다. 낮에 황궁에서 결정된 청천벽력 같은 이야기가 아직도 믿겨지지 않았다.

'도대체 무엇이 잘못되었단 말인가? 목풍아가 꾸민 일이란 말인가? 아니야. 나는 언제나 천자와 함께하는 시간이 많은데 목풍아가 그런 모략을 꾸미기에는 시간이 너무 없어. 그렇다면 거선을 만들 때 이미 천자와 목풍아가 나를 염두에 두고 있었단 말인가? 그럴 리 없어. 아니야. 만일 그렇다면 왜 나를? 목풍아를 놔두고 왜 나를 보내려 하신단 말인가.'

스스로에게 물어보던 정화가 길게 탄식을 하며 탁자에 놓인 술을 마셨다. 하녀 하나가 급하게 뛰어와 꾸벅 인사를 하고 말했다.

"나리, 전에 찾아왔던 목 대인이 대감이 안 계신다는데도 막무가내로 들어오시지 뭡니까?"

"뭣이?"

그렇지 않아도 화가 머리끝까지 솟구치던 판이라 정화가 자리에서 벌떡 일어났다.

"장앙태감 계십니까?"

이미 목풍아의 신형이 연못 앞에 들이닥쳐 있었다. 까만 일산안경을 쓰고 손을 흔드는 목풍아의 뒤편에 일산안경을 쓴 부하 세 명이 우두커니 서 있었다.

"상심하셔서 술을 드시지나 않을까 해서 왔더니 과연 제 짐작이 맞았군요."

목풍아는 연못에 걸친 다리를 성큼성큼 건너오기 시작하였다.

"무슨 짓이오. 당장 내 집에서 나가주시오."

"무슨 소립니까? 술친구가 필요할 것 같아서 찾아왔더니 이렇게 문전박대하시깁니까?"

목풍아는 능글맞게 웃으며 정자 안으로 들어와 맞은편 의자에 털썩 앉았다.

"자, 자. 그렇게 계시지만 말고 저도 술 한잔 주십시오."

익히 목풍아의 성질을 잘 알고 있는 정화이기에 더 소리를 지르지도 못하고 의자에 털썩 앉아 술을 따랐다.

목풍아는 받은 술을 홀짝 마시고는 얼굴을 찡그렸다.

"아이코, 맛있는 술입니다만 제가 가져온 술만 못한 것 같습니다."

목풍아는 고개를 돌려 소리쳤다.

"일도야, 어서 가져오너라."

"예."

연못 바깥에 있던 일도가 다리를 건너와 들고 있던 술병을 의자에 올려놓았다.

"앞으로 하실 일이 많으신데 술도 골라서 드셔야지요."

목풍아는 탁자 위에 있던 술병을 들어 연못으로 내던지고는 새로 가져온 술병의 마개를 땄다. 향긋한 내음이 일시 정자 안을 가득 메웠다.

"자, 자. 제 술 한잔 받으십시오."

목풍아가 술병을 들어 정화의 잔에 따랐다.

꼴꼴꼴꼴 −

까만 술이 흘러나와 잔을 메웠다.

"무슨 술이오?"

"헤헤헤. 독약은 아니니 염려 말고 드십시오."

정화가 노기 띤 얼굴로 말했다.

"그대는 나를 놀리시는 거요?"

"와하하하. 그럴 리가요? 놀린 것 같았다면 말씀드리지요. 제가 가져온 술은 복분자로 만든 술인데 남자들에게 대단히 좋은 술이지요."

목풍아가 엄지손가락을 치켜들었다.

"그, 그대는 정말……."

정화는 기가 막혔다. 환관인 자신에게 복분자주를 가져왔다면 목풍아가 대놓고 정화를 놀리러 온 것이다. 작년에 적멸암에 남겨놓았던 목풍아의 조롱시가 생각났다. 화가 불같이 치밀어 올랐다.

정화는 들었던 잔을 탁자에 내려놓고 고개를 돌리며 소리쳤다.

"나는 그대와 한시라도 함께 있고 싶지 않으니 어서 돌아가시오."

"싫은데요?"

정화가 자리에서 벌떡 일어났다.

"이 버릇없는 놈, 썩 꺼지지 못할까?"

목풍아도 벌떡 일어나 큰 소리를 질렀다.

"이 쓸모없는 고자 놈. 작은 놀림도 참지 못하는 소인배 놈이 천자를 등에 업고 천하를 주무르려고 하였나?"

"뭐라구?"

"흥, 이까짓 일로 화를 내는 소인배. 내가 그대의 능력을 일찍이 알아보고 대항해의 책임자로 추천했건만 이제 보니 속이 좁은 소인배였군. 내가 선택을 잘못했어. 보초사寶鈔司가 제일 적합했는데…… 쯧쯧쯧."

목풍아는 냉소하며 혀를 찼다.

정화는 정신이 번쩍 들었다. 보초사라면 환관용 화장실의 휴지를 제조하는 곳이다. 목풍아가 그런 생각을 하고 있었다면 이미 오래전부터 자신을 밀어내려고 작정을 하고 있었단 말이다. 그것이 황제의 생각인가? 아니면 목풍아의 생각인가? 목풍아가 추천을 하였다면, 과거에 자신의 거취에 대해 논의가 있었다는 말이다.

"잠깐."

정화가 재빨리 목풍아를 막았다.

"뭐요?"

"할 말이 있소."

"나는 그대와 할 말이 없는데?"

"물어볼 것이 있소. 그러니 화를 푸시고 앉으시오."

목풍아가 자리에 털썩 앉았다.

"목공, 보선창의 거선 건조를 목공에게 맡길 때 이미 천자께서 나를 대항해의 책임자로 생각하신 거요?"

"천자의 측근에 계셨으면서 눈치가 느리시군. 천자께서는 도연과 그대같이 머리 좋은 공신들이 높은 자리에서 권력을 휘두르는 것을 좋아하지 않으시는 거요."

정화의 입가에 쓸쓸한 미소가 감돌았다.

"그럼 내가 삶겨지는 것이오?"

"그렇다고 할 수 있소. 이미 역사는 환관의 폐해에 대해 너무나 많은 교훈을 주었소. 황태자와 황태손이 정해진 마당에 그대와 도연을 권력에서 멀어지게 하는 것은 천자께서 선택하실 수 있는 당연한 수순일 것이오."

"왠지 배신당한 기분이 드는군요."

"권력이란 본래 냉정한 것이 아니겠습니까? 홍무제와 달리 천자께서는 의리가 있으신 분이라 그대를 죽이지 않고 막중한 임무를 맡겨 능력을 마음껏 발휘하시도록 하신 것이니 도리어 고맙다고 하셔야 할 거요."

"고맙다고 하란 말이지요? 하하하하."

정화는 가슴이 뻥 뚫린 듯 허무하여 헛웃음을 웃었다.

"천자는 끝까지 저를 이용하려 하시는군요."

"그렇게 생각하지 마시오. 남아 일생에 매일매일 삭막한 황궁에서 덧없이 시간을 보내는 것보다는 넓은 세계를 돌아다니며 큰일을 하는 것이 그대에게는 더욱 보람과 의미가 있으리라 생각합니다. 많은 문물을 보고 듣고 배우며, 바다 저편에 명나라의 위엄을 높이 세우는 것이야말로 진정한 사내대장부가 해야 할 일이 아니겠습니까?"

"그렇게 좋은 일이라면 목 대간이 하실 일이지……."

"와하하하. 그러게 말입니다. 남경을 떠나 돌아다니는 일이 일과처럼 되어버려서 이번에 천자께 대항해의 책임자로 저를 써달라고 주청을 올렸습니다. 그런데 도연이 사마르칸트로 가기 전에 뭔가 손을 써둔 것 같았습니다. 제가 대항해의 책임자로 이 나라를 떠나게 되면 그대는 좌천되거나 심하면 목숨을 잃게 될 것 같더군요. 할 수 없이 그대가 적임자라는 것을 추천하게 된 것입니다."

"말씀대로라면 목 대간이야말로 제 생명의 은인이로군요."

"그렇습니까? 와하하하."

목풍아는 술잔을 들어 한입에 비웠다.

정화가 말했다.

"장차 목 대간 역시 나와 같은 처지가 될 것인데 걱정이 되지 않으십니까?"

목풍아가 정화를 바라보며 말했다.

"정말로 제가 걱정되십니까?"

정화가 고개를 내저으며 한숨을 내쉬었다.

"지금에 와서 이런 소릴 해봐야 무엇하겠소."

목풍아는 정화의 잔에 술을 따르며 말했다.

"태어날 때가 있으면 죽을 때가 있는 것이 인생이니 저 역시 언젠가 물러날 때가 있겠지요."

담담하게 이야기하는 목풍아의 눈빛이 이전과는 다르다. 간계가 가득 담긴 듯한 반들반들한 눈빛이 아니라 마치 득도한 고승이나 부처가 선정에 들어간 듯한 부드러운 눈빛이었다.

"스스로 물러나실 생각입니까?"

"네, 언젠가는……."

정화는 목풍아가 황태자의 심복임을 잘 알고 있다. 대항해의 책임자로 목풍아가 빠진 이유 중의 하나일 것이다.

천자가 물러나고 주고치가 차기 황제가 되더라도 목풍아는 향후 삼십 년 이상은 권력의 중앙에 설 수 있는 것이다. 아니, 그보다 더 많은 시간을 권력의 중앙에서 명을 이끌어갈 것이다. 그런데 자신과 도연이 빠진 지금 욱일승천하려는 이때에 스스로 물러난다는 말은 무슨 뜻인가?

목풍아는 정화의 궁금증을 풀어주기라도 하려는 듯 술잔을 들며 입을 열었다.

"돌아보면 천자 폐하에게 출사한 이래로 쉬지 않고 달려온 것 같습니다. 생각해보면 권력이란 쉬지 않고 달려가지 않으면 안 되는 것이 아닐까요? 쉬지 않고 달려가다 보면 제아무리 강철 같은 사람이라도 쓰러지는 이치처럼, 도연과 그대의 모습을 바라보면 권력의 무상함이 절로 느껴집니다."

정화는 고개를 끄덕끄덕하였다. 맞고도 맞는 말이었다. 권력과 인생을 모르는 얄팍한 사람이라면 이러한 이야기가 나올 수 있겠는가.

"저는 그동안 천자 폐하를 보위하며 앞으로 명의 미래를 열어갈 것입니다. 이제 그 미래를 위해 태감께서 나를 도와주어야 할 것입니다."

"내가 어떻게 도와주면 되겠소?"

"천자께서 북경으로의 천도를 생각하고 계신 것 잘 알고 계시지요?"

정화가 고개를 끄덕였다.

"대항해로 만들어진 무역의 이익으로 북경 천도에 드는 재화를 충당할 생각입니다. 건문제의 잔당을 수색하는 임무도 있지만 그보다는 명나라 경제를 활성화시키는 것이 중요한 임무입니다. 그런 점에서 보면 태감의 일은 결코 작은 일이 아닙니다. 제가 오늘 찾아온 것은 그것을 말씀드리기 위함입니다. 저는 권력을 추구할 생각은 추호도 없습니다. 오직 천하백성들의 안녕을 위해 목풍아는 있습니다. 장앙태감, 두 사람 사이의 은원은 모두 잊어버립시다. 그리고 우리 함께 천하백성들을 위해 힘을 합칩시다."

정화는 고개를 끄덕였다. 생각해보면 자신은 황제를 대신하여 목풍아를 제거하려고 온 힘을 쏟았다. 주제넘은 짓이었다. 황제가 자신을 견제하고 있는지도 모르고 목풍아와 도연의 세력이 커지는 것을 경계하였다니…….

어쩌면 권력에 맛이 들어버렸기 때문인지 모른다. 목풍아의 이야기를 듣고 정화는 정신이 번쩍 들었다. 목풍아와 자신과의 차이는 여기에 있었던 것이다. 목풍아는 정적들을 제거하려는 것이 아니라 그 능력을 발전적 방향으로 돌리고 있었다. 천하백성들의 안녕이라는 목표를 향해서. 처음부터 상대가 아니었던 것이다.

정화는 빙그레 웃으며 술잔을 들었다.

"내가 그대의 하수라는 것을 확실히 증명하는 것밖에 안 되는군요, 하하하."

목풍아는 웃으며 술잔을 들었다.

"와하하하. 과찬이십니다. 대항해를 멋지게 성공하셔서 상수라는 것을 보여주십시오."

"좋습니다. 함께 힘을 합쳐 보십시다."

쨍-

두 사람이 한입에 술잔을 비웠다.

연못 바깥에서 두 사람의 이야기를 듣고 있던 오괴와 독돈은 서로의 얼굴을 바라보았다. 청각이 좋은 두 사람은 목풍아와 정화가 나누는 이야기를 한마디도 놓치지 않았기 때문에, 정화가 목풍아에게 설득되는 과정을 들으며 감탄하지 않을 수 없었다.

"정말 대장의 입심은 대단하단 말이야. 자신이 꾸민 일을 황제가 생각한 것처럼 이야기하여 원수로 만들지 않고 설득시키다니, 정말 대단히 잘 돌아가는 머리와 입심이야."

오괴가 고개를 끄덕이며 말했다.

"그러게 말이다. 초반에는 상대방의 감정을 흔드는 흔들기, 중반에는 냉정한 현실을 보여주어 상대방의 마음을 가라앉힌 후 후반에는 대의를 들어 인정에 호소하고 마음을 누그러뜨릴 수 있는 음주로 마무리를 짓는다. 정말 기가 막힌 수순이지 않냐?"

"와! 오괴야, 너는 대장의 입심까지 분석을 하냐?"

"워낙 알 수 없는 대장이라서 말이다. 이렇게 분석하다 보면 대장의 의도를 조금은 파악할 수 있지."

"그런데 어째서 나를 설득시키지 못하는 건데?"

"그건… 그건……."

"그래서 너는 안 되는 거야. 되지도 않는 놈이 분석은 무슨? 으허 허허."

"너 이 자식, 해보자는 거냐?"

오괴가 소매를 접었다.

독돈이 손을 내저으며 말했다.

"아서라. 대장이 가까스로 만들어놓은 좋은 분위기 다 깨어진다. 이렇게 분위기를 몰라서야…… 똑똑한 척은 혼자 다 하더니만. 쯧쯧 쯧."

"빌어먹을……."

오괴는 입맛을 다시며 멍하니 중천에 뜬 달을 바라보았다. 정자 안에서 두 사람이 주고받는 술잔 소리와 웃음소리가 쉴 새 없이 들려오고 있었다.

다음 날부터 정화는 본격적으로 출항 준비에 박차를 가하였다. 목풍아에게서 인수를 받은 후 거선을 돌아보고 물자의 선적을 확인하는 등 정화는 마치 자신의 일이 된 것처럼 대항해의 준비를 하였다. 이윽고 한 달 후 거선 예순두 척에 이만 칠천여 명의 인원을 싣고 함대는 보선창을 출발하였다.

국위 선양과 교역, 건문제의 수색이라는 임무를 띤 정화의 함대를 환송하기 위해 이날 황제와 문무백관이 장강 가에 나와 떠나는 정화를 위해 술잔을 기울였다. 이날 장강 가에 마련된 어가에서 천자가 떠나는 정화에게 술을 내렸다.

"정화, 잘 다녀오라."

내시의 복장을 벗고 화려한 관복을 입은 정화가 다소곳이 용주를 받았다.

"나에게 할 말이 없는가?"

"목풍아를 중용하십시오. 그를 중용하신다면 명나라는 크게 부흥할 것입니다."

천자가 머리를 갸웃거리며 말했다.

"목풍아에 대해서 항상 경계하던 네가 갑자기 그렇게 말하는 이유가 무언가?"

"아뢰옵기 황송하오나 제 소견이 좁고 어리석었다는 것을 얼마 전에 알았습니다. 목풍아는 지모와 담략이 원대하고 출중한 자입니다. 그를 중용하시면 폐하께서 원하시는 것은 무엇이든 얻을 수 있을 것입니다."

"알겠노라, 짐이 참작하겠노라."

정화는 술잔을 받아 마시고는 황제에게 삼배를 하곤 뒷걸음질쳐 거선으로 발걸음을 옮겼다. 시립한 신하들 가운데 목풍아가 눈에 들어왔다.

정화는 다가가서 목풍아의 손을 잡았다.

"목공, 황제 폐하를 부탁하오. 타고난 무인이시라 고집을 꺾기 쉽지 않을 것이오. 나는 그대만 믿고 가오."

목풍아는 정화의 손을 꼭 잡았다. 잡았던 손이 풀리며 정화의 몸이 거선으로 옮겨갔다. 정화가 강바람을 시원하게 맞으며 거선의 뱃머리에 서 있었다. 정화가 품속에서 무언가를 꺼내 썼다. 까만 일산안경이었다.

멀리서 바라보던 목풍아의 두 눈이 휘둥그레졌다. 정화가 목풍아를 닮고 싶었던 것일까? 목풍아처럼 위풍당당한 모습으로 뱃머리에 서 있던 정화는 허리에 찬 칼을 뽑아 태산처럼 소리쳤다.

"출항하라."

선원들의 복창 소리가 요란하게 들리더니, 요란한 포성이 여기저기에서 울렸다.

쾅– 쾅–

선원들이 부지런하게 사방으로 움직이자 커다란 돛이 올라가고, 동시에 강물 속에서 거대한 닻이 올라왔다. 이내 바람을 받은 돛이 임신한 여인의 배처럼 불룩거리더니 거선이 장강을 따라 내려가기 시작하였다.

거선의 대항해를 축하하려는 듯 강변에는 축포와 음악 소리가 진동하였다. 거선들의 장대한 행렬을 구경 온 사람들로 강변에 모인 사람은 수십만 명이 넘었다. 그들의 열렬한 환송을 뒤로하고 장강을 가득 메운 거선들의 행렬이 하나둘 사라지고, 날은 저물어 서산에 붉은 노을이 가득하게 깔릴 때 목풍아는 강변에 위치한 주루에 앉아 홀로 술잔을 기울였다.

일생일대의 정적인 도연과 정화를 떠나보냈는데, 기뻐서 잔치라도 해야 하는데, 어째서 우울해지고 쓸쓸해지는 것인지 목풍아는 알 수 없었다.

정화를 떠나보낸 것은 강력한 정적이 없어진 일이지만, 상대적으로 목풍아가 막강한 권력을 가지게 되었다는 것을 의미하는 것이었다. 황궁 내에서 목풍아에 대한 견제를 시작할 것이니 정화를 보낸 것이 그리 유쾌한 일만은 아니었다.

하지만 정화를 보내는 것이 이 나라를 위해 할 수 있는 가장 뛰어 난 방책임을 잘 알기에 목풍아는 쓰디쓴 술잔을 기울이며 정화의 장 도를 멀리서나마 기원할 수밖에 없었다.

이 해에 1차 항해를 떠난 정화는 총 일곱 차례의 항해를 떠났으며, 평생을 바다와 외국에서 보내었다. 정화가 사망한 것은 선덕 팔 년 1433으로 향년 육십삼 세였으니, 7차의 항해에서 돌아온 지 얼마 되 지 않아서였다.

와호장룡(臥虎藏龍)

정화를 떠나보낸 날, 목풍아는 강변에 있는 주루에서 고락을 함께
한 세 명의 심복과 술을 거나하게 마셨다.

"대장, 이제 대장을 괴롭히던 적이 모두 사라졌으니 속 시원하시
죠?"

"속 시원해 보이느냐?"

"아뇨. 얼굴에 근심이 가득한데요? 눈엣가시 같은 정화와 도연이
멀리 떠났는데 왜 그러시는지 모르겠네요."

독돈이 일도의 머리를 딱 하고 때리고는 말했다.

"분위기도 모르는 놈이 무슨 심복이야?"

독돈이 고개를 돌려 물었다.

"대장, 한 가지 물어볼 것이 있습니다. 언젠가 대장이 자신의 상대
가 없다고 하셨잖습니까?"

"그랬지."

"그럼 대장의 상대는 누굽니까?"

목풍아는 빙그레 웃다가 씁쓸하게 자신을 가리켰다.

"나. 내 상대는 바로 나다. 내 안에 있는 욕심. 부글부글 끓어오르는 권력욕이 바로 내 상대다. 나는 나를 상대하는 것이 어렵다."

독돈과 오괴, 일도가 서로의 얼굴을 바라보았다. 그도 그럴 것이 자신들이 봐온 목풍아의 능력이라면 충분히 명나라 최고의 권력자가 될 수 있으리라. 아니, 천자를 갈아엎고 새로운 왕조를 만들어낼 수도 있으리라.

오괴와 독돈은 목풍아의 고뇌가 충분히 짐작되었다.

"그런데 대장, 도연과 정화와 이야기할 때 스스로 물러난다는 말씀을 하시던데 도대체 무슨 뜻입니까?"

"권력에 연연하지 않는다는 말이다."

"이미 대장이야 비밀리에 권력을 손에 잡지 않았습니까?"

목풍아는 피식 웃었다.

정화나 도연 모르게 목풍아는 조정의 요직을 대부분 자신의 사람으로 만들어놓았다. 정책의 수뇌부가 되는 한림원까지 목풍아의 사람들이다. 연왕이 남경을 함락한 이후부터 아주 은밀하고 치밀하게 준비한 까닭에 목풍아를 따라다니는 심복들 이외는 누구도 모르는 이야기였다.

"내가 권력을 잡았기 때문에 나는 내가 무섭다. 그런 나에게 너희 같은 부하들이 있어서 다행이다. 왜냐하면 내가 권력을 탐하게 되면 너희가 나를 가만두지 않을 것 같으니까 말이야."

"으허허허. 그렇게 생각해주시다니 너무너무 감사한데, 대장? 으허허허."

오괴는 코웃음을 쳤으나 목풍아의 말에 기분이 좋은 것은 마찬가지였다. 명나라 제일의 권력자를 좌지우지할 수 있다는 것은 매력적인 이야기다. 부하지만 부하가 아닌 것. 그 미묘한 차이가 오괴와 독돈이 변함없이 목풍아를 굳게 믿고 섬기는 이유다.

"대장, 여기 계셨습니까?"

고개를 돌려보니 청빛 비단 장포를 입은 조기가 근심 어린 얼굴로 목풍아에게 꾸벅 인사를 하였다.

"무슨 일이야? 이곳까지 나를 찾아온 걸 보면 급한 일 같은데?"

"승덕현에서 연락이 왔습니다. 갑작스레 대장의 부친께서 위급하시다는 전갈이 왔습니다."

"뭐라구?"

목풍아는 자리에서 벌떡 일어났다. 청천벽력 같은 말이었다. 정정하시던 아버님이 갑자기 위급하시다는 말이 믿기질 않았다. 하지만 목풍아가 집을 떠나온 지도 벌써 육 년이 훌쩍 지났으니 그럴 수도 있었다.

"대장, 어떡하실 겁니까?"

"어떡하긴 아버님께 가야지."

"아버님께서는 대장이 입신출세하신 것을 알고 계신다 하더군요. 번잡하지 않게, 되도록 조용하게 돌아오라고 말씀하셨다 합니다."

"……."

목풍아는 더 이상 술을 마시지 않고 자리를 떴다.

며칠 후, 목풍아는 순행어사의 직함을 얻어 북경 감찰을 떠났다.

목적은 아버님을 만나는 것이었으나 천자에게는 천도할 대상지인 북경과 산동 일대를 순행한다는 명분이었다. 북경 천도에 관심이 높은 천자는 목풍아의 청을 흔쾌히 수락하였다.

목풍아는 천자에게서 교지를 받아 그날 장강을 건너 북경으로 향하였다. 보름 남짓 마차를 갈아타고 북경에 도착한 목풍아는 그곳에서 이틀간을 달린 끝에 승덕현에 도착하였다.

변방 마을인 승덕현은 옛날과 다름없었다. 저녁 무렵 승덕현에 도착한 목풍아는 부랴부랴 자신의 옛집으로 달려갔다. 온화하던 어머님과 엄격한 아버님을 생각하며 목풍아는 눈시울을 붉혔다.

혈혈단신으로 세상에 나가 천하를 손아귀에 쥔 모습을 제일 보여주고 싶었던 아버지였다. 목풍아의 능력을 인정하지 않은 아버지에게 지금의 모습을 보여주며 응석이라도 부리고 싶건만 이미 돌아가셨을지 모른다는 생각에 목풍아는 눈물이 절로 나왔다.

"이놈들아, 목풍아다. 문 열어라."

눈물을 닦으며 대문을 두드리자 하인들이 문을 열었다.

"누구십니까? 목풍아라니요?"

훌쩍 커버린 모습에 하인들도 멍한 모습이었다.

"이 집에 목풍아란 사람은 없습니다요."

목풍아는 가슴을 두드리며 말했다.

"이 자식아, 나를 모르겠느냐? 목몽룡이다, 목몽룡. 잘 보거라."

목풍아는 답답하다는 듯 자신의 얼굴을 하인에게 가까이 가져갔다. 목풍아를 요모조모 뚫어지게 바라보던 하인의 두 눈이 휘둥그레졌다. 키가 훌쩍 커지고 몸이 불어났지만 얼굴과 눈매는 어릴 적과 크게 달라진 것이 없었던 것이다.

"아이코, 도련님 아니십니까?"

하인이 목풍아의 손을 덥석 잡고 반가움을 표시하였다. 급한 마음에 대문을 들어서며 물었다.

"알았으면 되었다. 아버님은 어떻게 되셨느냐? 벌써 돌아가셨느냐?"

"예? 나리께서 돌아가시다니요?"

"무슨 소리야? 아버님이 위급하시다는 전갈을 받고 부랴부랴 달려왔는데?"

"도련님, 나리는 무탈하신데요?"

"뭐라고? 그럼 어머님은?"

"마님도 무탈하시죠. 나리께서 위급하시다는 말씀이 뭔가요?"

하인이 도리어 목풍아에게 물었다.

'이상한데?'

목풍아는 머리를 갸웃거렸다. 그때였다.

"몽룡이 왔느냐?"

정청 한가운데서 목원유의 목소리가 들려왔다. 고개를 돌려보니 아버지 목원유가 뒷짐을 진 채 당당한 모습으로 서 있었다. 그 눈에 불빛이 이글거리는 것이 위급한 사람과는 거리가 멀었다.

"아, 아버님."

"이 불효막심한 놈. 어서 이리 오지 못하겠느냐?"

'내가 속았구나.'

목풍아는 기가 죽어 천천히 목원유에게 다가갔다.

"불효막심한 놈, 너는 인사하는 법도 잊었느냐?"

"아버님, 그동안 안녕하셨습니까? 소자 목풍아, 인사드립니다."

목풍아는 그 자리에서 넙죽 큰절을 하였다.

"몽룡아."

이때 쪽문에서 어머니 유 부인이 버선발로 뛰어나와 목풍아를 껴안았다.

"이놈아, 그렇게 무심히 떠날 게 무어야? 이 어미가 얼마나 걱정했는지 아느냐?"

어머니의 눈물을 보니 가슴이 찡하였다. 눈물이 저도 모르게 흘러내려 손등으로 눈물을 훔치며 말했다.

"어머니, 소자가 큰 죄를 지었습니다."

"이놈, 큰 죄를 지은 것은 아느냐?"

목원유가 크게 호통을 쳤다.

"당신은 오랜만에 돌아온 몽룡이에게 그게 무슨 말이오?"

"긴히 할 말이 있으니 몽룡이는 따라오너라."

목원유는 그대로 몸을 돌려 방 안으로 들어가 버렸다.

유 부인은 목풍아의 뺨을 비비며 말했다.

"몽룡아, 네 아버지가 너를 얼마나 걱정하였는지 아느냐? 모두 너를 걱정하기 때문에 그런 것이니 네가 이해하거라."

"어머니, 저도 잘 알고 있습니다."

목풍아는 유 부인을 바라보며 씽긋 미소를 지었다. 이내 몸을 일으킨 목풍아는 목원유를 따라 방 안으로 들어갔다.

목원유는 후원의 내실 안에 정좌하여 있었다. 그 앞에 목침이 덩그러니 놓여 있었는데 목원유의 손에는 긴 회초리가 들려 있었다.

"네 죄를 안다면 목침 위에 오르거라."

목풍아는 엄한 얼굴의 목원유를 바라보더니 바지를 걷고 목침 위에 올라섰다.

붕 –

회초리가 바람 소리를 일으켰다.

짝 –

회초리가 종아리에 달라붙으며 긴 생채기를 만들었다.

목풍아는 입술을 깨물며 고통을 참았다.

"네 죄를 알겠느냐?"

목원유의 회초리가 바람을 갈랐다.

짝 –

"말씀드리지 않고 가출한 죄는 알겠습니다."

목원유가 다시금 손을 휘둘렀다.

짝 –

"네 죄를 모르겠느냐?"

"그 밖에는 모르겠습니다."

짝 –

"소자는 천하백성들을 평안하게 하기 위해 천자를 도운 죄밖에는 없습니다. 그것도 죄가 된다면 소자를 치십시오. 아니, 소자를 죽이셔도 할 말이 없습니다."

목풍아는 눈물을 뚝뚝 흘렸다.

"몽룡이 아버지, 몽룡이를 죽이실 작정이세요? 6년 만에 돌아온 아이를 당신은 때리기부터 하시는 거요? 당신 때문에 몽룡이가 나간 것은 생각하지 않고 다 큰 아이를 때린단 말이오? 아이를 때리려거든 나를 때리세요. 차라리 나를 죽이시오."

문 바깥에서 유 부인의 절규가 들려왔다.

목원유는 휘두르던 회초리를 멈추더니 고개를 들어 길게 탄식을 하였다.

"아! 모든 것이 내 불찰이구나. 자식을 제대로 가르치지 못한 내 불찰이야."

목풍아는 목원유를 원망스럽게 바라보았다.

"아버님, 장부 태어나 입신출세하여 가문의 명예를 드날리는 것은 누구나 바라는 바인데 어째서 아버님은 제가 입신하는 것을 못마땅하게 생각하시는 것입니까?"

"몽룡아, 장부가 태어나 입신출세하는 것은 누구나 바라는 바이지만 그것은 천하가 태평할 때의 이야기지 난세의 이야기는 아니다."

목풍아는 바닥에 무릎을 꿇었다.

"아버님, 황하의 물이 맑아지면 천하에 태평이 온다고 하였습니다. 현명한 군주가 뛰어난 신하를 만나는 것은 천 년에 한 번 있을까 말까 하다 하였습니다. 만약 그렇다면 대체 태평한 세상은 언제 찾아온단 말입니까? 아버님, 저는 스스로 세상을 태평스럽게 하고자 노력하였습니다."

"전고의 영웅들은 모두가 한목소리로 그렇게 떠들었다. 세상을 태평스럽게 하겠노라고. 백성들을 행복하게 해주겠노라고. 하지만 그 말이 지켜진 것이 몇이나 되더냐? 얼마였더냐? 너는 과연 백성들을 태평스럽게 하였다고 생각하느냐?"

"저는 혼란한 나라를 하나로 만들었습니다. 이제 시작입니다. 앞으로 백성들을 태평하게 만들 것입니다."

목원유가 고개를 저었다.

"네 생각일 뿐이다. 태공망 여상은 팔십 평생을 나서지 않고 스스로 때를 기다렸다. 그가 왜 때를 기다렸다고 생각하느냐?"

"아버님, 기다리는 것만이 능사가 아닙니다. 사람은 때를 만들어야지 기다려서는 안 됩니다."

"기다림이 무엇을 의미하는 것인지 아느냐? 기다림이란 순리를 말함이다. 너는 조급한 마음에 순리를 거스르는 죄를 저질렀다는 말이다. 너는 세상을 태평스럽게 한다는 명분으로 하늘을 거스르는 짓을 하였단 말이다. 순리를 어겼단 말이다."

"아버님께 묻고 싶습니다. 대체, 대체 순리가 무엇입니까?"

"너는 학문을 가슴이 아닌 머리로만 배웠구나. 순리란 봄에 씨를 뿌리고 가을에 거두는 것을 말한다. 수확을 봄에 거둘 수 없는 것이 자연의 이치다. 그것이 순리다."

"정치는 자연의 이치가 아니라 사람의 이치입니다. 사람의 일을 어찌 순리로 말할 수 있단 말입니까?"

"네가 그렇게 물으니 묻겠다. 너는 아비가 마음에 들지 않는다고 네 마음대로 아비를 바꿀 수 있느냐?"

목풍아는 숨이 탁 막히는 것 같았다.

"……."

"너는 아비가 마음에 들지 않는다고 아비를 죽이고 양아비를 아비로 삼았다. 이것이 순리인가? 역리인가?"

　목풍아는 아무런 대꾸도 할 수 없었다. 부모에 효도하고 나라에 충성하고 친구 간에 신의를 지키는 의리는 역리가 아니라 순리라는 유학의 절대 철학 속에 존재하는 것이다. 유학의 틀에서 바라보면 천자를 바꾼다는 것, 그것은 아버지를 죽이고 양아버지를 삼은 것과 같은 것이었다. 그것은 순리가 아니고 역리였으며 유학의 사상과는 배치되는 것이었다.

　목원유의 말이 이어졌다.

　"자신을 죽이려는 양어머님을 미워하지 않고 지극 정성으로 감화시킨 순임금의 행동이 순리다. 시간이 오래 걸리더라도 마음으로 감화시키는 것, 따뜻한 햇살에 잎이 돋아나고 여름의 햇살과 가을의 볕을 쐰 후에 열매가 영글어 수확하는 것, 모든 사람이 당연하게 생각하여 고개를 끄덕일 수 있는 것, 그것이 바로 순리다. 너는 스스로 급한 마음에 네 마음대로 순리를 착각하여 행동하였다. 네 학문을 자랑하여 궤변을 일삼았다. 보아라. 네가 스스로 떨쳐 일어나 영락제를 돕지 않았던들 수백만의 사람들이 전쟁으로 피를 흘렸겠느냐? 네가 영락제를 돕지 않았다면 천자가 바뀌었겠느냐? 지금 네 손에 있는 피, 그것이 지금 네 눈에는 보이지는 않겠지만 나는 알 수 있다. 네가 얼마나 세상에 큰 잘못을 했는지 말이다."

　"아버님. 제 잘못은 인정하겠습니다. 하지만 이제 세상은 달라졌습니다. 머지않아 백성들이 편히 살 수 있는 세상이 올 것입니다."

　"마치 네가 황제가 된 것처럼 말하는구나."

　"아, 아버님……."

목풍아는 이마에 땀이 송골송골 맺혔다.

"한 가지 물어보마. 백성들이 평화롭기 위해서 없어져야 할 한 가지가 무엇이라 생각하느냐?"

"전쟁입니다."

"내가 알기로 천자는 전쟁을 좋아한다 들었다. 내 짐작이 맞다면 머지않은 장래에 연경으로 천도를 하겠지. 그렇다면 앞으로 백성들의 삶이 어떻게 되리라 생각하느냐? 너는 백성들의 삶을 태평하게 만들고 싶겠지만 실상은 크게 벗어나 버렸다. 얼마나 많은 사람들이 천도로 인해 고생을 하겠느냐? 북경에 황실이 놓이면 천하의 정세 역시 크게 바뀔 것이다.

영락제는 자신의 위엄을 높이기 위해 무수한 전쟁을 하겠지. 일이 이렇게 된다면 백성들이 생업에 열중할 수 있겠느냐? 너는 장사를 장려하기 위해 해로를 선택했다. 하지만 상공업에 열중하면 국토가 개발되지 못한다. 곡식은 먹는 것이니 먹는 것이 바탕이 되지 않으면 장사라는 것은 모래 위에 쌓은 성에 불과하다. 곡식의 소출이 줄어들면 곡식의 가격은 높아질 것이고 백성들은 주리게 될 것이다. 국력 역시 약해질 수밖에 없다. 네가 하는 일은 모두 미봉책에 불과한 것이니 이런 정책으로 어찌 국가와 백성을 유익하게 한단 말이냐?

백성들을 행복하게 만들기 위해서는 대도로써 행해야 한다. 천자가 인의 덕을 실천한다면 백성들은 풍요로워지고 주변국들 역시 감화가 될 것이다. 거지에게 밥을 주는 것도 예의가 필요한 법이다. 오직 덕으로만 가능한 일인거야."

"……."

목풍아는 고개를 들지 못했다. 미관말직인 역관을 하고 있었지만 아버지 목원유의 예측은 정확하였다. 백성이 행복하게 살기 위해서는 전쟁이 없어야 한다. 전쟁이 없으려면 천자가 인仁의 덕으로 주변국을 감화시켜야 하지만 요순우탕 이래로 인의 덕을 실현한 천자가 몇이었던가.

"아! 태평성대란 참으로 요원한 일이다. 요원한 일이야."

목원유가 길게 한숨을 내쉬다가 목풍아를 바라보며 말했다.

"하지만 일이 이렇게 되었으니 어쩌겠느냐?"

"저를 믿어주시겠다는 말씀입니까?"

"나는 본래 너를 믿는다. 네가 조정의 큰 벼슬아치가 되었지만 네가 네 가지 강령 가운데 하나라도 어긋남이 있다면 너는 관직에서 물러나야 할 것이다."

"그것이 무엇입니까?"

목원유가 말했다.

"예禮 · 의義 · 염廉 · 치恥다. 예란 절도를 넘지 않음이고, 의란 스스로 온갖 수단을 써서 벼슬에 나가려고 하는 것이다. 염이란 잘못을 은폐하지 않음이고, 치란 그릇된 것을 따르지 않음이다. 이 가운데 한 가지라도 어긋남이 없다면, 이 아비는 네가 벼슬하는 것을 말리지 않겠다."

목풍아는 머리를 푹 숙였다.

목풍아는 완벽하게 예의염치에 어긋났다. 절도를 넘어섰으며, 수단을 써서 벼슬에 나아갔으며, 잘못은 은폐하였고, 법을 지키지 않고 그릇된 것만 골라서 했다.

목원유가 말했다.

"목룡아, 법구경에 이런 말이 있다. 三界無安 猶如火宅삼계무안 유여화택 : 삼계에 편안함이 없으니 불타는 집에 있는 것과 같다. 이 말뜻이 무슨 의미인지 아느냐?"

"불교에 관해서는 공부한 적이 없어서……."

"우리가 사는 세계를 사바세상이라고 부른다. 사바세상이란 어렵고 힘들어서 참고 견디며 살아가는 세상이란 말이지. 인간의 삶이란 마치 불에 타고 있는 집에 살고 있는 것과 같다는 말이다. 즉 우리 눈에는 보이지 않지만 불타는 집에서 살고 있다는 말이다. 이 집에서 벗어나기 위해서는 어떻게 해야 하느냐?"

"집을 나와야지요."

"어떻게 나와야 하느냐?"

"그건 잘 모르겠습니다."

"첫째는 욕심을 버리면 된다. 둘째는 깨닫는 것이다. 네가 불타는 집에 있다는 것을 깨달으면 지체 말고 나오면 되는 것이다. 내가 왜 이런 말을 하는지 알겠느냐?"

목풍아는 고개를 들어 목원유를 올려다보았다.

"아버님께서는 제가 불타는 집에 있는 것처럼 보이십니까?"

"누구나 불타는 집에서 살지만 내 눈에는 네가 더욱 심해 보이는구나. 예의염치 가운데 어긋나지 않은 것이 몇 개였느냐?"

"하나도 없었습니다."

"하나도 없어? 역시 그랬구나."

목원유가 길게 한숨을 쉬다가 말했다.

"고금의 역사를 상고하면 권력을 쥔 이후에 온전히 천명을 누린 공신들이 몇이나 되더냐? 세상에 비밀은 없다. 나는 네가 높은 벼슬에 오를수록, 더 많은 권력을 가질수록 더욱더 걱정스럽구나. 네가 만길 낭떠러지 위에서 홀로 외줄을 타고 있음을 알기에, 뒤로 물러설 수 없음을 알기에, 앞으로만 가야 한다는 것을 알기에 이 아비는 네가 걱정스럽구나."

고금에 수많은 영웅들이 사슴을 쫓아 천자의 자리에 올랐지만 공신들의 말로는 처참하기 그지없었다. 진시황 이후 한나라를 세운 유방의 공신들 가운데 천명을 온전히 보전한 이가 몇이었던가?

명을 건국한 주원장을 보더라도 공신들의 말로未路가 명확하게 드러나지 않았던가. 호유용과 남옥, 유기, 진녕, 도절, 이선장, 육중형, 남옥, 부우덕, 왕필, 빙승, 왕박, 구양륜 등 건국의 기반을 다졌던 수많은 공신들을 주원장은 역모로 엮어 삼족까지 주살하였다. 그것도 모자라 자신의 핏줄인 아들들까지도 차례로 처단하려 하였으니, 권력이라는 것은 참으로 달콤하면서 허망하고 잔인하기 그지없는 것인지도 몰랐다.

아버지의 고뇌를 이해할 것 같았다. 하지만 여기까지 오기 위해 얼마나 수많은 가시밭길을 걸었던가. 목풍아는 마음을 굳게 먹었다.

"아버님, 아버님의 말뜻을 잘 알겠습니다. 소자가 각별히 조심하겠습니다. 소자가 각별히 유념하여 백성들을 평안하게 하도록 노력하겠습니다."

목원유가 고개를 절레절레 젓다가 한숨을 쉬며 말했다.

"아들아, 아직도 내 말뜻을 이해하지 못했구나."

"예?"

"넌 이미 멈출 수 없는 궤도에 서 있다. 너와 천자의 꿈과 이상이 다른 이상, 네가 백성들을 평안하게 하겠다는 뜻을 온전히 펴기 위해서는 천자와 적이 되어야 한다. 천자를 죽이고 새로운 왕조를 여는 것만이 네가 살 수 있는 길이고, 네 뜻을 온전히 펼 수 있는 길이다. 네가 그 일을 할 수 있겠느냐?"

목풍아는 모골이 송연하였다. 이제야 아버지의 말뜻을 알 것 같았다. 고래로 중원의 수많은 왕조가 바뀐 이면에는 멈출 수 없는 이상과 권력의 상관관계가 존재하고 있었다. 무력을 배경으로 가지지 않는다는 것은, 힘을 가지지 않는다는 것은, 진정한 권력을 가지고 있다고 할 수 없었다.

권력은 견제를 낳고, 견제는 피를 불렀다. 황제에게 힘이 있다면 신하가 제거되기 마련이고, 신하가 힘이 있다면 황제가 물러나기 마련이었다. 권좌에 있다는 것은 끊임없이 정적을 제거하며 살아남는 것이었다. 제거당하지 않으려면 제거해야 하는 것이었다.

목풍아의 꿈과 영락제의 이상은 너무도 달랐다. 이상이 부딪히면 충돌이 일어나는 것은 당연한 일이다. 목풍아가 자신의 꿈을 이루기 위해서, 천자로부터 살아남기 위해서는 필연적으로 천자의 적이 되어야 했다. 천자의 적이 된다는 것은 주고치와도 적이 되어야 하는 것이다. 목풍아의 뇌리에 동탁과 조조, 사마의가 떠올랐다. 모두가 황제에게 권력을 빼앗은 권력자들이었다. 목풍아가 자신의 뜻을 이루기 위해서는 조조와 사마의가 되어야 하는 것이다. 자신의 뜻과는 다른 길을 가야만 하는 것이다. 목풍아는 마치 깊은 수렁에 빠져버린 것 같았다. 목원유가 부드럽게 말했다.

"아들아, 권도에 있는 이상, 네가 가야 할 종착지는 하나다. 하지만 그 길을 가기 위해서는 수많은 백성들의 희생이 따르겠지. 너는 피의 강과 시체의 산을 넘어야 한다. 그렇게 해서 청사에 부끄럽지 않은 사람이 될 수 있다면 나는 네 편이다. 하지만 할 수 없다면 조용히 물러서는 것이 좋겠구나."

'아! 나의 배움이 이렇듯 보잘 것 없는 것이었던가?'

목풍아는 고개를 들어 목원유를 올려다보았다. 어릴 적 무심한 듯 어리석게만 보였던 아버지 목원유의 존재가 이렇게 크게 느껴진 적은 처음이었다. 어쩌면 목풍아의 그릇이 너무 작아 목원유의 존재감을 몰랐던 것일 수도 있었다.

문득 도연이 사마르칸트로 떠나기 전에 했던 말이 떠올랐다.

心無罣碍 無罣碍故 無有恐怖 原理全道夢想
심무괘애 무괘애고 무유공포 원리전도몽상
마음에 걸림이 없고 걸림이 없으므로 두려움이 없어서 뒤바뀐 헛된 생각을 아주 떠난다.

당시 도연은 사마르칸트의 사절로 가라는 천자의 명을 받고 목풍아를 찾아왔었다. 그리고 반야심경의 구절을 들어 권력의 정점이 되는 것을 경계하는 말을 해주었다. 그때는 목풍아의 가슴에 와 닿지 않았지만 지금은 심장에 화살촉이 박힌 것처럼 와 닿았다.

권력에 이끌려 권력을 탐하고, 권력에 취해서 권력을 잡으려다, 권력에 눈이 가려 권력의 희생양이 되는 것이다. 권력의 희생양이 되지 않기 위해서는 권력에 구애받지 않는 사람이 될 수밖에 없었다. 도연은 사마르칸트로 떠나며 이런 이치를 목풍아에게 말해주고 싶었던 것이다.

목풍아는 비로소 자신이 권력이라는 호랑이의 등을 타고 있다는 것을 깨달았다. 목풍아가 진정으로 두려운 것은 천하를 이롭게 하지 못하고 영락제의 신하로서 백성들을 고통 속으로 내모는 일을 계속해야만 하는 것이다. 그렇다고 천자를 제거하고 권력의 정점에 서려는 것도 아니었다. 목풍아의 정인인 주소천과 주소희, 그리고 형제 같은 친구인 주고치를 권력을 위해 죽인다는 것은 생각할 수도 없는 일이었다.

"아버님, 이제 알겠습니다. 제가 어떤 처지에 있는지 말입니다. 저는 결코 천자의 적이 될 수 없습니다. 이제 어떡하면 좋겠습니까?"

목원유가 무겁게 입을 열었다.

"호랑이 등에 타고 있어도 정신만 차리면 사는 수가 생기는 법이다. 네가 불타는 집 안에 있다는 것을 깨달았다면 나오는 길도 알 수 있을 것이다. 네 스스로 찾거라. 현자들이 천수를 누리며 살 수 있었던 것이 무엇이었는가, 고금의 역사를 상고해보거라. 그럼, 답을 찾을 수 있을 것이다."

옛말에 벼슬길에 오른다는 것은 호랑이 등에 타고 있는 것이라고 했다. 호랑이 등에 매달린 사람은 죽임을 당하지 않기 위해 죽을힘을 다해 매달려 있어야만 하는 것이다.

극심한 두려움을 가진 이가 주변의 것이 보일 리 만무하였다. 그것이 바로 권력의 속성이며, 호랑이 등에 매달린 것처럼 한번 시작하면 멈출 수 없는 길이 권력이었다.

조카를 죽이고 황위를 빼앗는 일을 서슴지 않고 할 수 있으며, 권력을 위해서라면 자식을 죽이고 어버이를 살해하는 일까지 할 수 있는 것이 권력이 가진 힘이었다. 그것은 마력이었다. 일단 맛을 보면 헤어날 길이 없는 마약과도 같은 무서운 힘. 목풍아는 그 속에서 정신없이 달려왔던 것이다.

'아! 이제는 더 멀리 생각할 때다. 더 맑은 정신으로 더 깊게 사고해야 한다.'

목풍아는 정신이 맑게 깨어나는 것 같았다.

"아버님, 어리석은 소자를 깨우쳐 주셔서 감사합니다. 소자, 이제야 정신이 번쩍 드는 것 같습니다. 아버님의 말씀 마음 깊이 새기겠습니다."

목풍아는 목원유에게 큰 절을 하였다.

"이리 오너라, 목룡아."

목원유가 목풍아에게 손짓하였다. 목풍아가 다가가자 목원유가 눈시울을 글썽이며 줄이 선 종아리를 쓰다듬었다.

"아프지? 목룡아, 때리는 이 아비도 아프기는 매한가지였다."

가슴이 찡하더니 속절없는 눈물이 뺨을 타고 흘러내렸다.

'이 포근한 기분 좋은 느낌. 이것이 순리인가? 정말 기분 좋다.'

아버지의 따스한 체온 때문인지 화끈거리던 종아리가 하나도 아프지 않은 것 같았다.

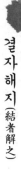

결자해지(結者解之)

승덕현의 집에서 이틀을 머무른 목풍아는 북경으로 발걸음을 돌렸다. 등잔 밑이 어둡다더니 목풍아는 아버지 목원유의 높은 학문적 소양에 크게 놀란 것이 사실이었다.

'와호장룡이라더니, 이 커다란 세상에 얼마나 많은 현자들이 나를 비웃고 있을까? 우물 안 개구리 같은 목풍아야. 참으로 부끄럽구나.'

목풍아는 찬찬히 앞으로의 일을 생각했다. 천자의 뜻이 북경으로의 천도라면 이미 그의 뜻은 중원에 있는 것이 아니었다. 남경을 버린다는 것은 원나라의 칭기즈칸처럼 더 넓고 거대한 명을 세운다는 것을 의미했다. 북방의 세력 강화가 의미하는 바는 조선과 몽고족들은 물론 서역까지 지배력을 강화시키겠다는 것이었다.

지배력의 강화는 전쟁과 같은 물리력을 동반하는 것이다. 전쟁은 백성들의 고통을 수반하는 것이다. 전쟁으로 인한 인력과 물자의 낭비는 튼튼한 나라를 한순간에 기울어버릴 수 있는 힘이 있었다. 천도로 인한 엄청난 인력과 물자의 소비에 전쟁으로 인한 이중의 소비는 백성들에게 몇 배의 고통을 가져올 것이다. 그것은 목풍아가 생각하는 태평성대와는 거리가 먼 것이었다.

천자가 백성을 사랑하는 마음이 있다면 천도 따윈 처음부터 생각하지 않았어야 했다.

'아무리 생각해도 아버님의 말씀이 지당하다. 인군仁君과는 거리가 먼 천자. 천자는 분명히 나에게 피를 묻히는 일을 맡길 것이 분명하다. 나는 천자를 대신해서 끝없이 전장으로 동분서주해야겠지? 그럼, 도박도 못하고 여자들과 놀지도 못하는데 이것이야말로 목풍아에게 있어서 죽음보다 괴로운 일이 아니고 무엇이겠는가? 더구나 난 잘못한 것이 많아서 천자가 마음만 먹는다면 얼마든지 내 목을 가져갈 수 있을거야. 아! 완전히 코 꿰었다. 아무리 생각해봐도 이즈음에서 구렁이 담 넘어가듯 물러나는 게 좋겠다. 하지만 그 전에 마무리를 해야겠지?'

목풍아는 생각을 정리하였다. 정화와 도연 같은 모사들이 없어진 마당에 자신까지 없어지면 이제까지 쌓아놓았던 명나라의 기반이 무너질 염려가 있었다. 그것은 아주 오랜만에 찾아온 평화를 깨뜨리는 일이나 다름없었다. 그렇다고 천자를 죽이고 왕조를 세울 수도 없는 일이었다. 그렇게 되면 이 땅에 또 다른 혼란이 시작될 것이다. 생각하기도 싫었다. 처음부터 잘못된 길을 갔던 것이다. 아버지의 말을 들었다면 이렇듯 먼 길을 돌아가지 않아도 될 것이었는데 후회가 남았다.

"나같이 예의염치가 없는 사람이 높은 자리에서 국정을 돌본다면 사기와 계략이 만연할 것이 아닌가. 만백성들의 평화와 행복을 위해 물러나는 것이 최선의 선택이다."

목풍아는 자신을 대신할 청렴하고 올바르며 머리 좋은 학자를 찾기로 마음먹었다. 목풍아가 제일 먼저 찾아간 곳은 양사기楊士奇의 집이었다. 양사기는 황태자 주고치의 어릴 적 스승으로 학문이 깊고 사람됨이 온화한 인물이었다.

목풍아가 처음 출사하였을 때 양사기는 목풍아를 소인배로 보았으나 주고치와 함께 연경을 막을 때 목풍아의 능력에 반하여 친분을 쌓았다. 때아닌 목풍아의 등장에 놀란 것은 양사기였다.

"조정에서 중책을 맡고 계시다고 들었습니다. 북경에는 어떻게?"

"태사 어르신을 만나러 왔습니다."

양사기는 천자가 연왕이었을 무렵 왕자 주고치를 가르쳤다. 그때 벼슬이 보덕輔德으로 양 보덕이라 불렸으나 정난의 변 이후 편수編修라는 관직에 올랐다. 그러나 목풍아는 지금 그 왕자가 황태자가 되었으므로 일부러 태사太師라 호칭한 것이다.

"태사라니…… 외람된 말씀이오, 목공."

손을 설레설레 젓고 있지만 기분은 나쁘지 않은 모양이었다. 마흔에 갓 들어선 양사기의 희끗한 새치가 언뜻언뜻 눈에 들어왔다. 하인이 차를 내왔다.

차 한 잔을 마신 후 양사기가 입을 열었다.

"도연과 정화가 사절로 먼 나라로 떠났다는 소문은 들었습니다. 예부터 공의 기지와 담력이 남다르다 생각하고는 있었지만 저는 실로 탄복하였습니다."

"모두 천자께서 하신 일이지 저와는 하등 관계없는 말입니다. 그들이 권력에 너무 깊이 개입하여 빚어진 일인데 저를 염두에 두신다면 저는 정말 억울합니다."

"하하하하. 과연 그럴까요?"

목풍아가 고개를 돌려보니 뜰 가운데 두 사람이 서 있었다. 자세히 얼굴을 들여다보니 바로 양영楊榮과 양부楊溥였다. 두 사람 모두 양사기와 마찬가지로 주고치의 스승으로 학문을 가르쳤으며 목풍아와 안면이 있었다.

"양수찬 아니십니까?"

목풍아가 일어나 포권을 취하며 양영을 맞이하였다.

양영은 양사기보다 여섯 살 어렸지만 담이 크고 기지가 좋은 사람이었다. 양영은 과거에 이경륭이 연경으로 쳐들어왔을 때 군기감을 자청해서 맡았던 인물로 목풍아와 일면식이 있었으며 정난의 변 이후에 수찬修撰의 벼슬을 얻었다. 양부는 양영보다 한 살 어렸는데 곡식의 출납 장부를 맡았던 인물이었다.

"날도 덥고 갑갑하여 양 형을 찾아왔더니 반가운 사람이 먼저 와서 계셨군요."

양영이 포권을 취하여 답례하곤 목풍아의 옆에 앉았고, 양부는 부끄러운 듯 슬그머니 양사기의 옆에 자리하였다.

하녀가 부산하게 움직이며 차를 내왔다.

차를 마시던 양영이 말했다.

"정난 공신 중에 문관이라 할 만한 사람은 이제 목공밖에 남지 않았습니다. 목공께서 아직까지 조정에 남아 있다는 것은 처세를 잘하신 때문이 아니겠습니까?"

"그건 그렇지요. 하지만 저는 언제 목이 달아날까 하루하루가 두렵습니다."

목풍아는 너스레를 떨며 자신의 목을 치는 시늉을 하였다.

"목공은 농담도 잘하십니다."

옆에 있던 세 사람이 웃었다.

'너희들이 내 맘을 어찌 알겠느냐? 수많은 잘못 가운데에서 내가 공주에게 한 짓을 알기라도 하는 날이면 내 목은 몸과 영영 이별이란다.'

목풍아가 헛웃음으로 답례하였다.

양사기가 말했다.

"천자께서 이곳을 북경으로 명칭을 바꾸고, 목공께서 뜬금없이 찾아주시니 필시 천자께서 천도를 생각하고 계신 게 아닙니까?"

목풍아가 감탄을 하며 말했다.

"오! 역시 대단하십니다. 그렇지 않아도 그 점에 대해서 여쭐까 하여 양 편수를 찾아왔습니다."

양영이 손바닥을 펼치며 나섰다.

"불가不可요."

"양 수찬께서는 어째서 그렇게 생각하십니까?"

"첫째, 북경으로 천도하게 되면 천자께서는 건문제의 그림자를 떨쳐버리지 못했다는 것을 스스로 인정하시는 겁니다. 그것은 이제 막 안정을 찾아가는 분위기에 찬물을 끼얹는 격이지요. 둘째, 천자의 성격상 팽창 정책을 펴시려는 모양인데 지금의 나라 꼴로는 재정 상황을 악화시킬 뿐입니다. 천도에 드는 비용을 백성들에게 부담시킨다면 진秦, 수隋의 전철을 밟아가는 것일 뿐 나라에 하등 이득이 되지 않을 것입니다. 그런 점에서 나는 불가요."

양사기가 말했다.

"저도 양영의 생각과 같습니다. 지금으로서는 천도란 시기상조입니다."

양부도 고개를 끄덕였다.

"저도 같은 생각입니다."

목풍아는 양사기를 잘 찾아왔다 생각하였다. 이들은 학문이 뛰어난 만큼 전체를 바라보는 시각이 뛰어났다. 천 리 밖에 있을지언정 나라가 돌아가는 상황을 예측하는 능력이 좋은 인재인 것이다.

목풍아는 얼굴을 찌푸리며 말했다.

"하지만 천자의 의지가 굳건하시고 고집을 부리신다면 신하들인 우리가 거스를 수 없지 않겠습니까?"

"그건 그렇지요."

양사기가 고개를 끄덕였다.

목풍아가 말했다.

"제가 한 가지 물어볼 것이 있습니다. 만약 천자께서 북경을 수도로 삼고 주변국을 침범하실 생각이라면 그대들은 어떻게 하실 겁니까?"

양사기가 말했다.

"전쟁은 명분이 있어야 하는 겁니다. 무조건적인 침입은 명의 국력을 쇠하게 할 뿐이지요."

양영이 말했다.

"쓸데없는 전쟁은 왜 한단 말입니까? 원나라가 망한 지 얼마 되지 않았는데 다시 전쟁을 벌인다면 자멸하는 것이나 마찬가지니 되도록 전쟁을 벌이지 않도록 간하는 것이 신하의 도리지요."

양부가 말했다.

"무릇 천자는 덕으로 천하를 다스리는 사람입니다. 나라가 잘 다스려지고 백성들이 평안하게 잘살면 자연히 주변국이 머리를 숙일 텐데 전쟁이라니요? 그것처럼 어리석은 일이 어디에 있겠습니까? 저역시 덕을 쌓으라 간하겠습니다."

목풍아는 흡족하게 고개를 끄덕였다. 어려서부터 유학을 공부한 사람들이기에 목풍아가 요구한 답을 쉽게 도출하였다. 자신의 기질과는 다른 방효유와 같은 강직한 사람들이기에, 목풍아는 이런 사람이라면 황제의 보좌를 맡겨도 문제가 없을 것이라 생각하였다.

"사실대로 말씀드리겠습니다. 제가 북경으로 올라온 것은 그대들과 같은 인재를 찾기 위해서입니다. 그대들 세 분은 이미 제가 능력을 아는 바라 이번에 만나 여러 가지 이야기를 나눈 후 결정을 하려 했습니다만, 세 분 모두 뛰어나시니 천거를 할 생각입니다."

양사기가 손을 저으며 말했다.

"저는 벼슬에 마음이 없습니다."

"저는 아이들이나 가르치면서 살렵니다."

양영과 양부도 짠 것 마냥 거절하였다.

목풍아가 의자에서 일어나 정중하게 말했다.

"생각나십니까? 이경륭이 연경에 쳐들어왔을 때 누가 시키지도 않았는데 여러분은 저를 도와주시지 않았습니까? 그때 왜 저를 도와주셨습니까? 연경의 백성들이 이경륭의 군사들에게 도륙되는 것을 막기 위해 자진하여 나서주신 것이 아니었습니까?"

목풍아는 세 사람을 찬찬히 바라보다가 입을 열었다.

"여러분이 상을 바라지 않는다는 것쯤은 이미 잘 알고 있습니다. 너무 잘 알고 있기에 여러분을 천거하려고 생각한 것입니다. 모두 이 나라를 위해서 말입니다. 그대들이 가르치던 주고치 전하께서 황태자가 되셨습니다. 다음번 황제가 되실 전하지만 아직까지 조정에 이렇다 할 세력이 없습니다. 한왕이 야심을 가지고 호시탐탐 기회를 엿보는 이 마당에 그대들이 나서주어야 하는 것 아니겠습니까? 이 나라 사직과 황위를 이으실 황태자 전하를 위해서, 억조창생을 위해서 그대들의 힘을 빌려주십시오."

세 사람 모두 멍하게 목풍아를 바라보았다. 명나라의 미래가 세 사람의 어깨 위에 놓인 것만 같은 연설이었다. 한동안 침묵하던 세 사람 중 양영이 먼저 입을 열었다.

"그렇게까지 정중하게 이야기하시는 데야 거절하기 어렵군요."

잇달아 양사기와 양부가 흔쾌히 승낙을 하였다.

"이왕 뽑으실 거라면 한 사람 더 뽑아 가십시오."

"어떤 사람입니까?"

"판관 오중吳中입니다. 소신을 위해서라면 목에 칼이 들어와도 움직이지 않을 사람입니다. 만나보시겠다면 당장에라도 불러오겠습니다."

목풍아가 빙그레 웃었다.

"보지 않아도 알 것 같습니다. 제가 천거를 할 것이니 염려 마시고 남경으로 내려갈 준비나 하십시오."

"그렇게 빨리 내려가려 하십니까?"

"관원이 노는 시간이 있어서 어찌합니까? 일각이 여삼추처럼 움직여야 천하백성들이 편할 수 있는 것 아니겠습니까?"

"하하하. 천하의 관원들이 목공처럼만 움직인다면 천하백성들이 마음 놓고 평화롭게 살 수 있을 텐데 말입니다."

"과찬이십니다. 자, 자, 차가 식었습니다. 냉차라도 한잔하시며 이야기를 나누십시다."

목풍아는 그날 저녁 세 사람의 양 태사와 함께 시간 가는 줄 모르고 이야기를 나누었다.

보름 후 목풍아는 양사기楊士奇, 양영楊榮, 양부楊溥와 판관 오중吳中을 데리고 남경으로 내려와 이들을 천거하였다. 천자 역시 일찍이 연왕부에서 그들의 능력에 대해 알고 있던 까닭에 양사기, 양영, 양부는 한림학사로, 오중은 형조시랑에 임명하였다. 그러나 이 당시 한림학사는 오품관으로 학문은 뛰어나지만 정계에 영향력을 가지지 못하는 황제의 보좌관 수준이었으며, 형조시랑 역시 오중의 경력과 인품에 비추어 낮은 관직이었다.

미루어보면 천자가 정화와 마찬가지로 목풍아가 세력을 끌어모아 권력을 쥐게 될까 의식적으로 견제하는 것이 분명하였다.

목풍아가 공식적으로 천거한 사람은 단지 네 사람뿐이었다. 천거란 것도 인재를 뽑는 이전에 목풍아가 천자를 시험한 것이다. 그런데 뻔히 보이는 직위로 목풍아를 견제하는 것을 보면 아버지의 충고가 틀림없었다.

목풍아가 강력한 힘을 가지게 된다면 천자는 목풍아를 제거할 것이다. 이미 목풍아는 정난 후 방효유의 처형을 통해 천자의 포악한 일면을 본 적이 있었다. 더구나 목풍아는 여자 문제로 인한 약점이 너무도 많았다. 목풍아에게 앙심을 가진 자가 고발한다면 목풍아는 황실을 능욕한 죄로 살아남기 어려웠다.

'끝을 조심해야 하는데……'

목풍아가 씁쓸한 마음을 안고 퇴궐하다가 조기의 객점을 찾았다.

"대장, 오랜만에 찾으셨습니다."

조기가 목풍아를 반겨 맞이하였다.

"잘 지냈나?"

"힘이 없어 보이십니다."

"음, 약간 피곤하군."

"참, 긴히 말씀드릴 정보가 하나 있습니다. 제갈문이 돌아왔다는군요."

"뭐? 언제?"

"돌아온 지 한 달 정도 됐다고 합니다."

"어딜 다녀왔는데?"

"천하를 유랑했다고 합니다. 제갈가문의 전통이라고 하는군요. 옛날 춘추시대 세객처럼 천하를 유랑하면서 견문을 넓히는 그런 것 말입니다."

제갈문이라면 사마르칸트의 장원에 유배되어 있어야 하는데 이상한 일이었다. 제갈세가가 아니라면 대체 누가 사마르칸트로 건문제의 사절을 보냈단 말인가? 갑자기 머릿속이 어지러웠다. 뭔가 목풍아가 모르는 세력이 건문제의 복위를 꿈꾸고 있다는 말이 되었다.

'골치 아프군. 다 끝난 줄 알았는데……'

목풍아가 차를 마신 후 지낭부로 돌아오니 하인이 손님이 찾아왔음을 고하였다. 정청으로 들어가니 사대호법 중 세 사람이 꾸벅 인사를 하며 목풍아를 맞이하였다.

"어쩐 일이냐?"

"여사제께서 교주님을 만나시겠다고 하기에 남경으로 돌아왔습니다."

"그래? 월랑은 어디에 있느냐?"

"설연 사제와 함께 후원 소요정에서 교주님을 기다리고 계십니다."

"그래? 그런데 백연은 어디가고 너희 세 사람뿐이냐?"

"사, 사제님의 심부름을 갔습니다."

목풍아는 관복을 벗지도 않고 소요정으로 발걸음을 돌렸다.

저무는 노을빛에 소요정의 유리기와가 반짝거렸다. 정자 안에 두 명의 여인이 있었는데 난간에 기대어 정원의 연꽃을 바라보는 이는 설연이요, 무심하게 석양을 바라보는 이는 월랑이었다. 설연은 못 본 사이에 더욱 예뻐진 듯 청초하고 호기심 어린 눈으로 연꽃을 바라보고 있었으며, 월랑은 석상처럼 앉아 저물어가는 노을을 바라보고 있었다.

목풍아가 다리를 건너가니 두 사람이 자리에서 일어나 인사를 하였다.

"교주님, 그동안 옥체 평안하셨습니까?"

설연이 방긋 웃으며 안부를 전하였다.

"예쁜 것, 그동안 잘 지냈느냐?"

"네."

설연이 방긋 웃으며 추파를 던졌다. 옆에 있던 월랑이 정중하게 인사를 하였다.

"정적을 몰아내신 것 감축드립니다."

월랑의 어조가 차분하게 가라앉아 있었다. 뭔가 심상찮은 기분이 들었다.

"오랜만이오, 월랑. 그보다 무슨 일인데 갑자기 나를 찾아온 것이오?"

월랑의 얼굴에 미소가 사라졌다. 뭔가 결심한 말을 내뱉을 모양이었다.

"교주는 백련교의 교주님이십니다."

"그런데요?"

"이제 때가 되었다 생각했습니다."

"무슨 때가 되었다는 겁니까?"

"교주께서 조정의 정적들을 몰아내시고 심복들로 채웠다는 것쯤은 저도 알고 있습니다. 이제 명실상부하게 조정의 실권자가 되셨으니 백련교를 위해 힘써주셔야 하지 않겠습니까?"

"와하하하. 그게 무슨 말이오? 나는 잘 알아듣지 못하겠소."

월랑은 싸늘한 눈빛으로 목풍아를 바라보았다.

"백련교는 주씨들과 깊은 원한이 있습니다."

"그래서요?"

"조정의 실권을 장악하셨으니 마땅히 교주께서 주씨들을 몰아내고 천자가 되어야 하지 않겠습니까?"

"뭐라구? 와하하하하."

목풍아는 목을 젖혀 크게 웃었다. 처음부터 명나라를 몰아내고 백련교의 세상을 만들기 위해 목풍아를 교주로 추대하였다면 목풍아의 생각 이상으로 월랑은 무서운 사람이다. 이런 뜻이 숨어 있었음을 생각하지 못한 목풍아는 웃음으로 당황됨을 감추며 머리를 굴렸다.

월랑이 말했다.

"교주, 제 말이 터무니없다고 생각하십니까?"

"그것이 터무니없는 말이 아니고 무엇이겠소? 명나라를 백련교의 세상으로 만들라는 말이오?"

"그렇습니다. 무능하고 싸움을 좋아하는 잔인한 천자보다는 교주님께서 새로운 세상을 만드는 것이 천하백성들에게 더 낫지 않을까요?"

"천하의 주인이 되는 것을 장난처럼 생각하시는군, 월랑."

"제 생각으로는 교주께서 마음만 먹으신다면 천하의 주인이 될 수 있으리라 생각합니다."

"닥치시오."

목풍아는 몸을 휙 돌렸다. 차갑게 행동하였지만 가슴이 두근거리며 뛰었다. 월랑의 말은 악마의 속삭임처럼 목풍아의 가슴속에 잠자고 있는 열망을 두드렸다. 용상에 앉아 천하를 호령하는 것, 목풍아

같은 큰 뜻과 재주가 있는 장부라면 누구나 한 번쯤 꿈꾸는 대망이
아니겠는가.

천하를 발아래 두고 천하의 일이 한마디로 모두 이루어질 수 있는
자리. 그 자리에 앉아 있는 목풍아의 모습은 매력적인 것이었다. 더
구나 그렇게만 된다면 세상만사를 내 멋대로 할 수 있고 토사구팽당
하지 않아도 될 것이 아닌가.

하지만 있을 수 없는 일임을 목풍아는 통감하였다. 또 다른 왕조를
세우기 위해 얼마나 많은 사람들의 피가 산천을 적실 것인가? 끝없
는 시신의 산 위에 고독하게 군림하는 것. 그것은 목풍아가 처음부터
꿈꾸었던 천하백성들을 위한 일이 아니었다.

"불가요."

목풍아는 고개를 설레설레 저었다.

월랑이 다가와 말했다.

"교주님, 제 이야기를 들어주십시오. 교주님의 능력과 백련교도들
의 힘이 있다면 어렵지 않은 일입니다. 저는 확신하고 있습니다."

"가까스로 안정된 이 나라를 다시 혼란에 빠뜨리라는 말이오?"

"주씨들에게 속아 억울하게 죽어간 백련교도들의 원한을 생각하
십시오. 이 나라를 일구기 위해 억울하게 흘린 교도들의 피를 생각하
신다면 어려운 일도 아니지요."

"미친 소리."

"미친 소리가 아닙니다. 권력에는 피가 따르는 것. 그러나 한 번의
피를 흘려 천하백성들이 평등하게 살아갈 수 있다면 그도 한번 해볼
만한 일이 아니겠습니까?"

"멀고도 먼 이야기요. 그것은 현실과는 거리가 먼 이야기일 따름이오."

"교주, 다시 한 번 생각해주십시오. 삼십여 년간 복수의 칼을 갈아온 백련교 교인들은 교주께서 천하의 주인이 되시길 누구보다 바라고 있습니다."

"아! 권력이란… 모두 부질없는 짓이오."

목풍아가 길게 탄식하였다.

월랑이 고개를 저으며 말했다.

"그렇지 않습니다. 제 말을 들어주세요. 저에게 계책이 있습니다."

목풍아가 월랑을 바라보았다. 월랑 역시 목풍아 못지않게 심모가 깊은 여인이다. 철벽과 같은 명을 어떻게 무너뜨릴 것인지 그녀의 심계가 궁금하였다.

"교주, 영락제는 불의不義하게 황제가 된 인물입니다. 교주의 수고로 강남과 하북 일대의 들끓던 민심이 가라앉았지만 아직도 불씨가 완전히 꺼진 것은 아닙니다."

"불씨가 꺼지지 않았다면 건문제가 살아 있다는 말이오?"

"그렇습니다. 건문제가 저희 수중에 있습니다."

"뭐, 뭐라구?"

머리를 커다란 망치로 얻어맞은 것 같았다. 그렇게 찾아도 찾을 수 없던 건문제가 월랑의 수중의 있다니 믿어지지 않았다. 믿을 수 없었다. 아니, 어쩌면 모든 것이 월랑이 꾸민 일인지도 몰랐다.

"월랑, 의성에서 나를 습격했던 사람이 당신이었소?"

"네."

월랑이 담담하게 대답했다.

"사마르칸트로 사절을 보낸 것도 당신이었소?"

"이제야 눈치를 채셨군요. 모두 제가 꾸민 일입니다."

"내가 백련교를 의심할까봐 날 교주로 만든 것인가?"

"반은 그렇고, 반은 아닙니다."

"정말 대단하군."

"교주님에 비하면 아무것도 아닙니다."

월랑은 품속에서 작은 지도를 꺼내었다.

"이게 뭔가?"

"황궁의 비밀지도입니다."

"비밀지도?"

목풍아가 지도를 펼쳤다. 황궁의 위치가 자세하게 그려진 지도였다. 건물의 전각 아래로 붉은 줄이 그려져 있었는데 황궁의 비밀 통로가 틀림없었다. 들리는 말로 건문제가 황궁의 비밀 통로를 빠져나갔다는 이야기가 있었는데 이로써 확실하게 확인이 되었다. 건문제는 백련교에서 데리고 있었던 것이다.

"교주, 명나라를 무너뜨리기 위한 모든 수단들이 교주 덕분에 무너져버렸습니다. 이제 교주가 마지막 저희들의 희망입니다. 건문제가 저희 수중에 있는 이상 교주님이 승낙만 하신다면 교주께서 염원하시는 새로운 세상을 만들 수 있습니다. 교주, 결정을 해주십시오."

목풍아는 월랑의 의도를 짐작할 수 있었다.

정통성을 이어받은 건문제가 손아귀에 있으니 대의명분의 우위에 설 수 있는 것이다. 건문제를 옹립하여 반란을 일으킨다면 천자와 건

곤일척을 다투는 한판 싸움을 벌일 수도 있었다. 그것은 바른 것과 그른 것의 싸움이 될 것이고, 사람들은 바른 것을 위해 몰려들 것이다. 그렇다면 싸움은 승산이 있었다. 목풍아가 나선다면 말이다.

목풍아가 월랑을 바라보며 말했다.

"내가 승낙만 하면 모든 일이 이루어진단 말이지?"

"그렇습니다. 모든 것은 교주님께 달렸습니다. 교주께서 마음만 먹으신다면 영락제의 시대를 끝낼 수 있습니다."

"와하하하. 내 능력으로 이 나라를 한 번 더 뒤집어란 말인가?"

"그렇습니다, 교주. 천자의 생각대로 무리하게 북경 천도를 강행하시는 것도 좋은 방법이 되겠지요. 한편으로 한왕 주고후를 꼬드겨 내부 분열을 일으키고, 아직도 세가 왕성한 군부 세력들의 분열을 초래하는 것도 좋은 방법이겠지요. 황실이 백성들의 원성을 사게 되고 조정이 분열되었을 때 건문제를 옹립하여 일어선다면 명나라를 망하게 하는 것쯤은 식은 죽 먹기 아니겠습니까?"

목풍아의 눈썹이 꿈틀거렸다.

"월랑, 당신은 정말 무서운 사람이군."

"명나라를 무너뜨리는 일은 백련교의 가장 큰 사명입니다."

목풍아는 월랑을 노려보았다.

"정도를 걷지 못하는 자, 크게 되지 못할 것이오. 피는 또 다른 피를 부를 뿐. 나는 그런 식으로 세상을 혼란에 빠뜨리고 싶지 않소."

"교주, 그것은 세상을 혼란에 빠뜨리는 것이 아니라 천하백성들에게 새로운 세상을 열어주는 일입니다. 천하백성들 모두가 행복하게 살 수 있는 세상이 열리기를 교주께서는 바라신 것이 아니었습니까?

저는 교주께서 조정의 실권을 장악하게 되시는 이날을 오랫동안 기다렸습니다. 교주, 이제 세상을 바꿀 때가 왔는데 무엇을 망설이시는 겁니까?"

월랑의 모습에서 자신의 옛 모습이 연상되었다. 그때는 역리가 순리인줄만 알았다. 그래서 정신없이 그 길을 달려왔지만 뒤를 돌아보니 나는 다른 길에 서 있었다. 내가 있는 자리도 그 자리가 아니었다. 모든 것이 삐뚤어져서 혼란스러웠다. 이 모든 것이 아버지가 아니었다면 죽어도 깨닫지 못했을 일이었다.

목풍아는 씁쓸하게 웃었다.

"언젠가 백련교는 흰 연꽃을 상징한다고 그대가 말한 바 있소. 그렇소. 연꽃은 진창처럼 더러운 곳에서 피어나는 고귀한 꽃이오. 연꽃은 아름다운 연못을 더럽히는 미꾸라지가 아니라 진창처럼 더러운 세상을 밝게 하는 고귀한 꽃이란 말이오. 나는 백련교가 그렇다고 생각하였소. 더러운 세상에 피어난 아름다운 연꽃처럼 말이오."

"맞습니다. 백련교는 더러운 세상에 피어난 아름다운 연꽃입니다. 교주님께서 연꽃이 되어주십시오."

목풍아는 월랑을 노려보았다.

"나는 전쟁이 없는 세상을 만들고 싶었소. 이민족의 침략에 고통당하지 않는 그런 나라를 만들고 싶었소. 오랫동안 백성들은 고통당하며 살았소. 백련교도 이 땅의 백성들도 모두가 처자식을 잃는 고통 속에 살았소. 나는 더 이상 피 흘리는 세상을 만들기 싫었던 것이오. 그런데 그대는 그런 사람들의 피로써 세상을 바꾸려 하고 있소. 피는 피를 부를 뿐이오. 이 땅의 백성들은 얼마나 더 고통당해야 하는 거요? 그대는 더러운 입으로 백련교를 더럽히지 마시오. 나는 고귀한 연꽃을 피로 더럽히고 싶지 않은 사람이오. 그대가 하려는 것은 천하 백성들과 백련교인들을 진창으로 몰아넣는 일이오. 천하백성들을 피의 늪으로 빠뜨리는 일이오. 나는 할 수 없소. 절대 할 수 없소."

"교주!"

월랑이 원망스런 어조로 부르짖었다.

목풍아가 손을 펼치며 월랑의 말을 막았다.

"월랑, 천하백성들은 이제 쉴 때가 되었소. 백성들도 교도들도 과거의 원한을 잊고 새로운 세상에서 호흡할 수 있도록 하는 것이 그들을 진정으로 사랑하고 돕는 길이오."

월랑의 두 눈이 매섭게 변하였다.

"이렇게 나오신다면 저도 가만있지 않겠습니다."

"가만있지 않겠다면 어떻게 할 거요?"

"그대를 협박해서라도 내 뜻을 이루고 말 거요."

월랑이 기둥 앞에 서 있는 호법들을 바라보았다. 순간 세 호법이 목풍아를 향해 달려들었다. 미리 계획했던 것처럼 세 호법은 목풍아를 노리고 있었다.

"어딜."

오괴가 번개같이 청호의 멱살을 잡고 혈도를 봉쇄하였다.

"안 되지."

독돈 역시 홍경의 팔을 붙잡아 쓰러뜨리곤 혈도를 막았다.

"그럴 줄 알았지."

이 틈에 흑수가 번개처럼 목풍아에게 달려들었다. 흑수의 손아귀가 목풍아를 잡으려는 순간 일도가 달려들었다. 고산벽에 적중한 흑수가 연못으로 떨어졌다.

"일도가 있다."

일도가 목풍아의 앞을 막아서며 큰소리를 쳤다. 갑자기 연못에서 흑수가 물을 차고 뛰어나왔다.

"헉."

흑수의 칼날이 일도를 노리고 들어왔다.

"어림없다."

오괴가 좌장을 휘둘렀다. 강한 경풍이 일어나며 펑- 하는 굉음과 함께 흑수가 허공에서 튕겨 호수로 떨어졌다.

"일도야, 건져라."

일도가 축 늘어진 흑수를 연못에서 건져 올렸다. 생각지도 못한 광경에 놀란 것은 월랑과 설연, 오괴와 독돈에게 사로잡힌 청호와 홍경 역시 마찬가지였다.

사대호법 중 한 사람만이라도 목풍아를 사로잡는다면 오괴와 독돈을 협박하여 모든 일이 순조롭게 풀리리라 생각하였다. 그런데 생각도 않던 일도 때문에 월랑의 치밀한 계획이 어긋나고 말았다.

목풍아가 다리 가운데 서서 말했다.

"월랑, 백련교주가 되어달라고 사정할 때는 언제고 이제 와서 배신을 하는 건가? 이용 가치가 없어지면 교주고 뭐고 없는 것인가? 이것이 그대들의 믿음인가?"

독돈이 상기된 얼굴로 월랑에게 말했다.

"월랑, 나는 그대가 이럴 줄은 몰랐어. 그는 내가 모시는 상전이고 교주란 말이야. 그런데 교주님을 이렇게 배신할 수 있어?"

"모르면 잠자코 있어요. 나는 백련교의 몰락을 두 눈으로 지켜본 사람이에요. 몰락한 백련교를 일으키기 위해 얼마나 많은 사람들이 희생되었는지 그대는 몰라요. 주씨들에게 이용되어 억울하게 죽은 사람들, 그들의 영혼이 밤마다 찾아와 나는 잠도 이루지 못하고 미륵불 아래에서 기도를 했어요. 명나라와 주씨들에게 복수할 수 있다면 뭐든 하겠다고. 그런데 교주라는 자는 황제와의 의리 때문에 교인들의 원한을 풀어줄 생각조차 하지 않고 있어요. 그런 자를 백련교주라고 인정할 수 있단 말인가요? 그는 백련교주가 아니에요."

월랑이 목풍아를 노려보며 손을 번쩍 치켜들었다.

"이것 놓지 못해? 아버지, 아버지."

연못 저편에서 귀에 익은 목소리가 들렸다. 잠시 후 검은 그림자가 모습을 드러냈다. 백연이 어린아이를 잡고 목에 비수를 겨누고 있었는데 사로잡힌 소년이 바로 해붕이었다.

"아들아!"

"아버지!"

목풍아가 난간을 차고 화살처럼 백연에게 다가갔다.

"백연, 뭣 하는 짓인가? 내 아들 놓지 못해?"

"그럴 수는 없습니다."

백연은 목풍아와 눈을 마주치지 못하고 굳은 어조로 대답하였다. 목풍아는 분노에 찬 목소리로 월랑에게 소리쳤다.

"흥, 나를 설득시키려는 방법이 겨우 아들을 사로잡아 협박하는 것이었나? 그런 치졸한 방법이 나에게 통할 줄 알았나?"

월랑이 소리쳤다.

"자식을 희생시키는 아비는 없는 법이지. 잔말 말고 내 말에 따르겠다고 하시오."

목풍아는 고개를 돌려 백연에게 말했다.

"백연, 너는 정말 내 아들을 죽일 테냐?"

백연은 눈을 마주치지 못하고 고개를 끄덕였다.

목풍아는 매섭게 백연을 노려보았다.

"네 마음이 옳다고 생각한다면 나를 보고 말하라. 아무런 죄도 없는 선량한 아이를 이용하려는 자, 내가 그런 비열한 자들과 함께하였다니 믿을 수 없다. 백연, 나를 보라. 나를 보고 네 스스로 옳고 그른 것이 무엇인지 판단하라."

백연이 천천히 고개를 들었다. 온몸을 부들부들 떨던 백연이 천천히 고개를 숙이며 들고 있던 비수를 내려놓았다.

"아버지."

해붕이 달려와 목풍아의 품에 안기었다. 정자에 있던 월랑이 비수를 꺼내어 달려들었다.

"안 돼요."

설연이 월랑의 앞을 막아섰다.

"비, 비켜라."

"사부님, 저는 그럴 수 없어요."

"비키지 않겠다면 너를 죽여버리겠다."

"차라리 저를 죽이세요. 저는 교주님의 말씀이 맞다고 생각해요. 피는 피를 부를 뿐이에요."

"뭐라고? 네가 뭘 안다고 지껄이는 게야?"

핏발 선 월랑의 눈에 살기가 돌았다.

"오냐, 죽여주마. 네 소원이라면 내가 죽여주마."

월랑이 시퍼런 비수를 쳐들었다.

"월랑."

독돈이 월랑의 손목을 움켜잡았다. 월랑이 독돈의 얼굴을 노려보았다.

"흑면독왕, 너도 교주의 편이냐?"

독돈이 복수심에 불타는 월랑의 얼굴을 바라보았다. 무엇이 아름답고 착하기만 하던 여인을 이렇게 만들어놓은 것인가. 복스럽고 예쁘기만 하던 월랑의 젊을 적 모습이 눈앞에 교차하였다. 복숭아 같은 뺨에 하얀 이를 드러내며 웃을 때면 독돈은 가슴이 두근거렸다.

"너도 교주의 편이냐 물었다."

너무도 변해버린, 집착의 끈을 놓지 않으려는 불쌍한 여인의 모습에 독돈은 힘없이 고개를 끄덕였다.

"나쁜 놈, 나쁜 놈."

월랑의 좌장이 독돈의 가슴을 강타하였다.

퍼펑—

독돈의 커다란 몸이 흔들거렸다.

"독돈아."

옆에 서 있던 오괴가 다가오자 독돈이 손을 번쩍 치켜들었다. 오괴가 걸음을 멈추었다. 말하지 않아도 무슨 생각을 하는지 오괴는 알고 있었다. 오괴를 바라보며 미소를 짓던 허옇기만 하던 독돈의 얼굴이 점점 붉어지더니 입가에 붉은 선혈이 주르르 흘러내렸다.

오괴의 얼굴이 밀랍처럼 창백해졌다. 흰 얼굴과 붉은 피를 보니 내상을 입은 것이 틀림없었다.

"이래도 비키지 않을 테냐? 죽기 전에 어서 비켜라."

월랑이 손사래를 하며 앙탈을 부렸다. 측은하게 월랑을 바라보던 독돈의 눈에서 눈물이 주르르 흘러내렸다. 무엇이 순진한 여인을 이렇게 만들었을까? 지아비가 될 한림아의 죽음에 대한 복수 때문인가? 억울하게 죽어간 교인들의 원한 때문인가? 무엇 때문에 집착의 끈을 이렇게 악착같이 잡고 있는 것인가.

'불쌍한 여자.'

독돈은 와락 월랑을 껴안았다.

"정신 차려, 제발 정신 좀 차리라구! 꿈에서 깨란 말이야."

독돈이 월랑을 껴안은 채 발을 굴려 허공으로 솟구쳤다. 이내 두 사람의 신형이 허공에 잠시 떠 있다가 연못으로 떨어졌다. 연못 가운데에 물보라가 튀고 두 사람의 모습이 연못으로 사라졌다.

해붕을 껴안고 있던 목풍아가 소리쳤다.

"뭣 하는 거야? 어서 두 사람을 꺼내라."

말이 끝나기도 전에 독돈의 신형이 연못에서 불쑥 튀어나왔다. 독돈은 두 팔로 월랑을 감싸 안고 연못가로 성큼성큼 걸어갔다. 물이 뚝뚝 떨어지는 월랑을 바닥에 뉘인 후 독돈은 월랑을 바라보았다. 월랑은 말없이 눈물을 흘리고 있었다.

"월랑, 나와 함께 가자. 뜬구름 같은 생각은 모두 버리고 나와 함께 가자. 사실 나는 예전부터 그대를 사모하고 있었다. 그동안 얼마나 너에게 고백하고 싶었는지 아는가? 월랑, 모두 버리고 함께 떠나자."

월랑이 물끄러미 독돈을 바라보다 피식 웃었다. 월랑의 나이 예순이 넘었다. 독돈의 나이 역시 아흔을 바라보는데 함께 떠나자니 웃음이 나오지 않을 수 없었다. 그야말로 주책이었다. 독돈이야말로 뜬구름을 잡으려는 것이다.

"으허허허. 웃었다. 역시 월랑은 웃을 때가 예쁘다니까. 으허허허헉─."

독돈이 웃다가 피를 토하였다.

"괜찮아요, 독왕?"

월랑이 몸을 일으켜 독돈의 가슴을 쓰다듬었다.

"으허허허. 괜찮아, 괜찮아. 네 손이 닿으니 하나도 아프지 않은데. 으허허허헉. 으허허허."

독돈의 웃음소리가 연못가를 가득 메웠다.

"빌어먹을 돼지 녀석."

정자에 서 있던 오괴가 갑자기 욕을 하였다. 밝은 청각으로 멀리서 독돈과 월랑이 나누는 말을 들었던 것이다. 왠지 모를 배신감에 몸이 떨렸다. 다 늙은 처지에 예쁜 월랑을 차지한 독돈의 모습을 보니 부러움보다는 배신감이 더 크게 작용하였다.

"형님, 부러우시면 내가 예쁜 여자 하나 소개시켜 드릴까요?"

"이 자식이. 불난 데 부채질하고 있어."

일도의 머리에 꿀밤을 놓았다.

"이… 씨… 하기 싫으면 말 거지. 만날 때리고 야단이야."

오괴는 심술이 나는지 팔짱을 끼며 콧방귀를 연신 뀌었다. 목풍아는 월랑과 독돈의 모습을 바라보며 중얼거렸다.

"역시 사랑의 힘이란 무서운 것이군."

의외의 사건이 해결이 되었다. 월랑의 무서운 집념이 독돈의 우직한 사랑 앞에서 허무하게 무너져버릴 줄이야 누가 알았겠는가. 어쩌면 월랑 자신도 목풍아의 이야기에 명분과 정당성이라는 가치관을 잃어버린지도 모를 일이었다. 어지러운 월랑의 탈출구가 독돈의 사랑이 되어주었으니 목풍아로서는 독돈이 고마울 따름이었다. 이제는 백련교 내부 갈등을 봉합할 차례다.

목풍아가 고개를 돌려 사대호법을 일일이 노려보았다. 사대호법은 목풍아와 눈을 마주치지 못하였다.

"나는 너희를 믿었는데 이렇게 배신할 줄은 몰랐다. 그렇지만 나는 너희를 여전히 믿는다. 믿는 너희에게 물어보겠다. 월랑과 내 이야기 중에 무엇이 옳은지는 너희가 판단하라. 백련교도들의 피로써 명나라는 만들어졌다. 이제 그렇게 만들어진 명나라를 너희가 피로써 다시 무너뜨리려 하는 것이 좋은 것인가? 다시 천하백성들과 백련교인들의 피를 흘려야 한단 말인가? 내 말이 옳지 않다 생각한다면 나를 죽여도 좋다."

"교주, 저희를 죽여주십시오."

사대호법이 엎드려 사죄하였다.

"일어나라. 모두 월랑의 명령 때문이었겠지. 보지 않아도 안다. 흑수의 공격에 위력이 없었어. 백연 역시 내 아들을 죽일 마음이 없었던 거야. 모두 나를 생각하기 때문이겠지."

"교주."

백연과 흑수의 눈에서 닭똥 같은 눈물이 뚝뚝 떨어졌다.

"좋아, 이번 일은 모두 잊어버릴 것이다. 그러니 너희가 앞으로 나를 많이 도와주기 바란다."

"존명."

사대호법이 일제히 무릎을 꿇었다.

"좋았어. 와하하하. 아이코, 예쁜 내 아들."

목풍아가 해붕을 껴안고 얼굴을 비볐다. 목풍아를 바라보는 사대호법의 입가에 미소가 피어났다. 월랑이 자신의 뜻을 포기하고 사대호법과 같이 자운곡으로 떠난 후 황궁에 입궐한 목풍아는 오랜만에 동궁을 찾았다.

황태자가 된 주고치가 목풍아를 반갑게 맞이하였다.

"풍아, 북경에 다녀왔다면서? 오랫동안 너를 보지 못해서 갑갑증이 나는 줄 알았다."

목풍아는 환하게 미소를 짓는 주고치를 바라보았다.

'황태자는 나를 더 잘 아니까 나중에 천자가 되면 나를 더욱 꺼려하겠지?'

목풍아는 씁쓸하게 웃으며 말했다.

"후일에 황태자님께 도움이 될 인재를 데리러 갔습니다. 무릇 치국의 바탕에는 유능한 인재가 필요한 법입니다. 양사기, 양영, 양부, 오중과 같은 인물은 북경에서 제가 봐두었던 인물입니다."

"모두 내가 잘 아는 사람들이지. 매번 수고가 많구나."

황태자 주고치는 미소를 지으면서 연신 손수건으로 얼굴에 흐르는 땀을 닦았다.

"태자 전하, 그러게 살을 빼시라니까요. 운동을 열심히 하시던가, 아니면 식사량을 줄이시던가 택일을 하세요."

"그게 말처럼 쉬운 것이 아니다. 황제 폐하께서도 매번 내 몸에 대해 걱정을 하시고 살을 빼라고 하시지만 그게 말처럼 쉽지 않구나. 너는 머리가 똑똑하니 나에게 좋은 방법을 알려다오."

"그 문제에 대해서만은 이 목풍아도 방법이 없습니다. 에구, 소신은 그저 태자 전하의 건강이 걱정입니다."

"하하하. 할 수 없는 일이지. 모두 내 팔자소관인데 어찌할 테냐?"

"와하하하. 황태자 전하께서 농담을 다 하시네. 와하하하."

마음 놓은 웃음이라 소리가 동궁의 정청을 쩌렁쩌렁 울렸다. 그때였다.

"동궁전에서 누가 이렇게 크게 웃는 거야?"

발음이 서툴지만 또릿또릿한 음성이었다. 고개를 돌려 소리 나는 곳을 바라보니 노란 곤룡포를 입은 대여섯 살 된 소년이 목풍아를 노려보고 있었다. 별빛이 눈으로 들어간 것처럼 반짝거리는 눈빛이 인상적인 이 소년의 생긴 모습이 황태자보다 영락제를 더욱 흡사하게 닮았다.

주고치가 웃으며 말했다.

"풍아, 내 아들이다. 주첨기라고 하지."

목풍아는 불길이 일어나는 듯한 눈과 꽉 다문 입술을 바라보며 마음속으로 감탄을 하였다.

'정기가 빠져나갈 구멍 하나 없이 한곳으로 뭉쳐져 있다. 과연 제

왕의 기상이 담긴 얼굴이다.'

주첨기의 얼굴을 보고 진심으로 탄복하며 목풍아는 넙죽 엎드려 인사를 하였다.

"신 목풍아, 원자 전하께 인사드리겠습니다."

주고치가 손을 저으며 말했다.

"풍아, 그렇게 예의를 차릴 것까진 없다. 너답지 않구나."

촌수로 따져서는 목풍아가 주첨기에게 이모부가 된다. 그렇지만 공식적으로 말할 수 있는 성질이 아니기에 목풍아는 고개를 저으며 말했다.

"아닙니다, 신분이 달라지셨으니 앞으로 행동도 달라져야지요. 그렇지 않아도 오늘 제가 찾아온 이유 중의 하나가 원자 전하를 뵙기 위해서입니다."

목풍아는 고개를 돌려 오괴와 독돈을 바라보았다. 오괴는 커다란 목함을, 독돈은 품속에서 붉은 비단으로 싼 목함을 꺼내 목풍아에게 건네었다.

"원자 전하를 위한 제 선물입니다."

목풍아는 그것을 받아 공손하게 주고치에게 건네었다.

"이것이 무엇이냐?"

"작은 목함에 든 것은 백보갑이라 합니다. 화살도 막아낼 수 있는 옷이지요. 그리고 큰 목함에 든 것은 조자룡이 사용했다던 청홍검입니다. 연전에 이경륜이 저에게 주었던 것인데, 저는 필요가 없고 앞으로 원자 전하께서 필요할 것이라 생각되어 가지고 왔습니다."

"이렇게 귀한 것을?"

"그까짓 것이 귀해봐야 원자 전하의 목숨만 하겠습니까? 신은 진력을 다하여 전하와 원자 전하를 받들 생각이니 변하지 않는 그 마음만 받아주십시오."

"풍아."

주고치는 들고 있는 것을 하녀에게 건네고 목풍아의 손을 부드럽게 잡았다.

"나는 그저 고마울 따름이구나. 네가 아니었다면… 네가 아니었다면 내가 동궁전으로 올 수 있었겠느냐?"

사실 그랬다. 주고치가 황태자가 된 것은 목풍아가 은밀하고 치밀하게 준비한 결과였다. 형제들이 싸울 수밖에 없는 치열한 황실의 권력 싸움에서 승자가 된 것은 목풍아 때문이었다. 따지고 보면 목풍아는 주고치뿐 아니라 주첨기의 목숨까지 살린 것이다. 그럼에도 불구하고 겸손한 목풍아가 주고치는 고마울 따름이었다.

주고치는 아들 주첨기의 머리를 쓰다듬으며 말했다.

"첨기야, 너는 앞으로 목 대인을 대할 때 나를 대하듯 하거라."

주첨기가 목풍아와 주고치를 번갈아 바라보며 말했다.

"예? 그게 무슨 말씀이세요?"

"아버지의 명령이다. 목 대인은 나와 피를 나눈 형제보다 더 친한 사이란다. 그러니 목 대인을 보면 버릇없게 굴지 말거라. 알겠느냐?"

주첨기는 물끄러미 목풍아를 바라보다가 꾸벅 인사를 하였다.

"잘 부탁한다."

"잘 부탁한다가 아니야. 잘 부탁합니다라고 하거라. 정중하게."

주고치가 호통을 치자 주첨기가 두 손을 모으고 인사를 하였다.

"잘 부탁합니다, 목 대인."

"잘했다."

주고치가 주첨기의 머리를 쓰다듬으며 미소 띤 얼굴로 목풍아를 바라보았다.

"풍아, 앞으로 주첨기를 잘 부탁한다."

목풍아는 주고치의 미소에 가슴이 찡하였다. 주첨기의 인사에 가슴이 뭉클하며 눈물이 나올 것만 같았다. 믿음, 주고치의 변함없는 믿음 앞에서 목풍아는 초라한 존재일 수밖에 없었다. 황태자의 굳건한 믿음의 말 한마디는 목풍아에게 감동일 수밖에 없었다.

"자, 이제 가보거라. 공부할 시간이지?"

"예, 아버님."

주첨기는 주고치와 목풍아에게 꾸벅 인사를 하고 유모를 따라 동궁전을 나갔다. 후일 명을 이끌 황제의 뒷모습을 바라보며 목풍아는 흔들리는 마음을 다잡았다.

"태자 전하, 전하께서는 명나라의 힘이 강성해지면 어떻게 하실 겁니까?"

"글쎄. 그런 일은 나보다는 네가 더 잘 알 것이 아니냐? 갑자기 그것을 묻는 의도가 무엇이냐?"

주고치가 머리를 갸웃거렸다.

"전하, 고래로 권력을 가진 자들은 그 힘에 도취되어 스스로 멸망의 구렁텅이로 빠져들어 갔습니다. 힘은 더 큰 힘을 원하고, 지배자는 상대방에게 군림하기 위해 스스로를 돌아보지 못하고 힘을 키우고 전쟁을 벌입니다. 지배자들이 그렇게 자신의 욕심을 충족시키기 위해 힘을 키울 때, 백성들은 고단한 삶에 빠지게 되고 도탄에 빠진 나라는 서서히 자멸해 갑니다."

"풍아, 오늘따라 이상하구나. 도대체 왜 그러는 것이냐? 도연과 정화 같은 이들이 모두 사라졌는데 갑자기 나에게 그런 말을 하는 이유가 무엇이냐?"

"현명한 사람은 떠날 때를 안다고 하더군요. 저는 조정을 떠나려 합니다. 그 때문에 오늘 태자 전하를 찾아뵈었습니다."

주고치의 얼굴이 창백하게 변하였다.

"무슨 말이야, 나를 떠난다니? 거짓말하지 말거라."

주고치는 목풍아의 손을 덥석 잡았다. 목풍아의 뒤편에 서 있던 오괴와 독돈 역시 목풍아의 결정이 뜻밖이라 믿어지지 않아 서로의 얼굴을 바라보았다.

"풍아, 거짓말이지? 나를 떠보기 위해 하는 말이지?"

목풍아는 고개를 내저었다.

"진심으로 드리는 말씀입니다. 이제 명나라는 반석에 올랐습니다. 황제 폐하의 후계자도 정해졌으니 남은 것은 민생을 안정시키는 일뿐입니다."

"그것을 네가 해주면 되지 않느냐?"

"전하, 그런 것쯤은 이번에 불러들인 인재들과 하원길이 있지 않습니까? 제가 뽑아놓은 인재들이 조정에 적지 않으니 크게 어려울 것이 없을 것입니다."

"풍아, 나는 네가 없이는 나라를 이끌어갈 수 없을 것 같다. 그러니 제발 나를 떠나지 마라."

"약한 말씀 하지 마십시오. 전하는 차기 황제 폐하가 될 분입니다. 만인의 머리 위에 군림하여 천하백성들을 이끌어나가실 분께서 그렇게 약한 소리를 하셔서야 되겠습니까?"

주고치는 목풍아의 손을 더욱 굳게 잡았다.

"약한 소리가 아니다. 너도 알다시피 한왕 주고후는 시시때때로 천자의 자리를 노리고 있다. 무장들은 나보다 한왕이 후계자가 되는 것을 바라고 있으며, 천자께서도 나를 탐탁찮게 생각하고 있다는 것을 너도 잘 알고 있지 않느냐. 너는 후사가 안정되었다 하지만 내가 보기에는 아니다."

"황제 폐하께서 건장하신데 한왕이 무슨 짓을 벌일 수 있겠습니까? 설사 한왕이 무슨 짓을 벌인다 한들 제가 있는데 어찌 가능하겠습니까?"

"조정을 떠나지 않겠다고?"

"반드시 관직에 남아 있어야만 전하를 도와드릴 수 있는 것은 아닙니다. 재야에서 전하의 힘이 되어드릴 수도 있는 겁니다. 전하는 저의 하나뿐인 지기知己입니다. 제가 전하를 도와드리지 않는다면 누가 전하를 도와드리겠습니까? 바깥에서 그림자처럼 전하를 도와드리겠습니다."

"네가 조정을 떠나는 것은 천자께서 용납하시지 않을 것이다."

"그것은 제가 알아서 하겠습니다. 전하, 부디 인仁과 덕德으로 다스리십시오. 백성들이 원하는 것이 무엇인가 먼저 생각하신다면 천하는 자연히 전하에게 복종할 것입니다."

"푸, 풍아."

"전하께 드리는 마지막 인사가 될지 모르겠습니다. 부디 옥체 보존하십시오."

목풍아는 주고치에게 큰절을 하였다.

주고치가 눈물을 흘리며 목풍아의 손을 잡았다.

"풍아, 가지 마라. 나를 두고 가지 마라. 나는 네가 필요하다."

목풍아는 빙그레 웃었다.

"전하, 바람은 어느 곳에나 있는 법입니다. 전하께서 사방의 창을 열어놓으신다면 바람은 언제나 전하의 이마에 맺힌 땀을 식혀줄 것입니다."

"풍아… 결단코 네 고집을 꺾을 수 없는 것이냐?"

"전하께서 필요로 하실 때는 반드시 도움을 드리겠습니다. 옥체 보존하시고 정화와 같은 이들도 너그럽게 포용하시는 명군이 되시길 기원하겠습니다."

목풍아는 큰절을 하곤 빙그레 웃으며 동궁을 나왔다. 오괴와 독돈의 눈에 불이 붙었다. 동궁전에서 목풍아가 주고치와 주고받은 말을 들은 두 사람은 때아닌 대장의 결정이 믿기지 않을 따름이었다.

북경에서 삼양과 오중 같은 인재를 데려온 것은 목풍아의 세력을 더욱 단단하게 만들려는 포석인 줄로만 생각하였다. 이미 조정의 신료들을 자신의 부하들로 만들어놓은 목풍아이기에 북경에서 인재를 데려와 천거한 것은 조정 내 권력의 일인자로 확실한 자리매김을 하는 것이라 생각하고 있었던 것이다. 더구나 며칠 전 월랑을 설득할 때에도 목풍아는 조정의 편에서 이야기하지 않았던가.

다 된 밥을 포기한다는 목풍아의 말은 오괴와 독돈에게는 믿을 수 없는 말이었다. 지낭부로 돌아오자마자 오괴는 자신의 불편한 심사를 털어놓았다.

"대장, 갑자기 물러나시겠다는 결정을 하신 이유가 뭡니까? 고생고생하여 도연과 정화를 물리쳐 놓고, 월랑까지 설득시키고, 또 그토록 바라던 권력을 손아귀에 쥐었는데 이제 와서 갑자기 물러나시겠다니요? 그 결정 취소하십시오."

독돈이 맞장구를 쳤다.

"그렇습니다. 이제 대장이 물러나신다면 천하백성들을 안정시키겠다는 대장의 말은 거짓이 되는 겁니다. 저와 오괴는 대장의 말만 믿고 따랐는데 대장이 이렇게 배신하실 수 있는 겁니까?"

오괴가 다시 말했다.

"또 어떤 달변으로 우리를 설득하려 할지 모르지만 이번만은 호락호락하지 않을 겁니다. 어서 그 결정을 취소하세요."

일도는 살벌한 두 사람과 목풍아의 눈치를 살폈다. 코웃음 치며 바라보던 목풍아가 버럭 호통을 쳤다.

"흥, 참새가 봉황의 뜻을 안다? 기가 막히는군. 너희가 언제부터 내 머리 위에 있었어?"

두 사람이 찔끔하여 목풍아의 눈치를 살폈다. 그도 그럴 것이, 두 사람은 목풍아의 의도를 모른다. 그동안 두 사람이 보아왔던 목풍아는 생각 없이 일을 벌이는 사람이 아니었다. 목풍아가 저렇게 자신 있게 나오는 것을 보면 반드시 깊은 생각이 있기 때문인 것이다.

독돈이 눈치를 살피며 물었다.

"대장의 뜻이 무엇이기에 조정의 실권을 움켜잡은 이때에 그만두실 생각을 하신 겁니까?"

"그러게, 우리가 알기 쉽도록 이야기를 해주세요."

오괴도 목풍아의 눈치를 살피는 것이 처음과는 달리 약간은 주눅이 든 모양이었다.

"참새가 봉황의 뜻을 어찌 알겠느냐? 쯧쯧쯧."

혀를 차던 목풍아가 뒷짐을 지고 밖으로 나가더니 천천히 후원으로 갔다. 목풍아의 뒷모습을 바라보다가 독돈이 오괴에게 말했다.

"까막아, 우리가 실수를 하고 있는 것 아니냐? 우리 생각은 언제나 대장의 발끝에도 미치지 못하잖아."

"……."

오괴가 민망한 듯 자신의 머리를 긁다가 목풍아의 뒤를 따랐다. 두 사람이 황급히 정청을 나가자 일도는 눈치를 살피며 그 뒤를 따랐다.

목풍아는 소요정에 서서 중천에 둥글게 뜬 달을 바라보고 있었다. 때는 유월 보름, 염천이었다. 낮 동안 세상을 뜨겁게 달구던 해가 사라진 터라 소요정은 선선한 바람이 연신 불어오고 있었다.

"대장."

오괴가 천천히 입을 열었다.

목풍아는 둥근 달을 바라보며 말했다.

"두 사람 모두 저 달을 봐."

오괴와 독돈이 고개를 들어 달을 바라보았다. 하얗고 둥근 보름달이 쟁반처럼 어여쁘게 머리를 내밀고 있었다.

"저것이 지금의 내 모습."

오괴와 독돈이 고개를 끄덕였다.

"아무런 빛도 낼 수 없는 그믐달일 때가 엊그제인데 벌써 보름달이 되었다. 힘들고 어려운 시간을 지나 지금은 어둠 속에서 온 세상을 밝힐 수 있게 되었지만 후일에는 차차 기울게 되겠지. 꽃은 열흘을 넘기는 법이 없어."

오괴의 머릿속에 여러 가지 생각이 교차하였다. 정적이었던 도연을 떠나보낼 때, 정화를 보낸 후 목풍아의 슬퍼하던 모습을 생각하였다. 어쩌면 이 총명한 대장이 권력과 세상에 염증을 느낀 것인지 모르는 일이었다.

"대장, 약해지시면 안 됩니다. 대장이 바라시는 천하백성들의 안녕이 바로 저 앞에 있지 않습니까?"

"오괴, 나는 약해지려는 것이 아니라 현명해지려는 것이다. 어떻게 하면 저 보름달처럼 천하백성들을 오랫동안 행복하게 할 수 있을까 생각하였다."

잠시 생각하던 오괴가 물었다.

"벼슬에서 물러나는 것이 그 문제에 대한 대장의 답입니까?"

"그렇다."

"그건 말이 안 되죠. 벼슬에서 물러난다면 천하백성들에게 이득을 줄 수 없지 않습니까?"

"하나만 알고 둘은 모르는구나. 내가 사라져도 내가 심어놓은 조정의 인사들이 있지 않느냐? 황태자 전하도 계시고 말이다. 반드시 조정에 남아 있어야 일을 할 수 있는 건 아니야. 강호에 살면서도 백성들에게 덕을 줄 수 있는 일은 많아."

독돈이 말했다.

"힘들게 올라온 자리를 물러나는 것만이 방도가 아닐 겁니다."

"이것이 최선의 방법이다. 내 힘이 강해질수록 황제가 나를 견제할거라는 생각을 왜 안 해? 도연과 정화를 보란 말이야. 너희들은 두 사람을 내가 보내버렸다 생각하지만 그들을 보낸 것은 천자지 내가 아니다. 천자는 사람을 믿지 않아. 항상 사람들을 의심해. 내 힘이 커질수록 황제는 나를 의심할 거야. 의심이 깊어지면 나도 도연과 정화 꼴이 나겠지. 모함을 당하게 될지도 모르고 말이야. 방효유를 보라구. 아! 생각하니 끔찍하네."

목풍아가 몸을 부르르 떨다가 다시 말했다.

"수룡방을 상방으로 만들었을 때 육상 운송을 하던 표국의 반발이 있었지. 세상일이란 그런 것이다. 어느 하나가 이득을 얻게 되면, 어느 하나가 손해를 보게 되는 것이다. 정치란 다른 두 가지 계층의 손실을 최소화시켜 융화되게 하는 것이다. 그러나 이것은 한계가 있다. 아무리 생각해도 조정에는 있을 수 없어."

오괴가 물었다.

"대장도 한계가 있습니까?"

"나도 사람인데 어찌 한계가 없을 수 있겠는가? 처음에는 내가 천재인줄만 알았지. 내가 생각하고 짐작하는 일은 모두 적중했고, 하는 일마다 운이 좋게도 이뤄졌지. 하지만 곰곰이 생각해보면 그게 아니었어. 내 머리는 월랑을 뛰어넘지 못했고, 내 깨달음은 아버지와 도연에게도 미치지 못했으며, 내 위엄은 황제와 황태자 전하를 능가하지 못했어. 한마디로 나는 머리가 조금 좋은 사람에 지나지 않았던 거야. 내가 이 모든 것을 초월하기 위해서는 모든 것을 내려놓는 것만이 정답이라고 생각했어. 또한 나에게는 한 방에 모가지가 날아갈 수 있는 약점도 많단 말이다."

"대장에게 무슨 약점이 있는데요?"

"주소천, 그 밝히는 계집이 내가 황태자와 함께 천자를 속였다고 불어대면 나와 황태자는 한 방에 목이 날아갈 수 있다구. 만약 그 계집이 나에게 자식이 있고, 자기가 모르는 마누라가 일곱이 넘는다면 질투심에 당장 내 치부를 불어버릴 거란 말이다. 내가 아무리 조정의 실세에 있더라도 그 한 방이면 끝이 나는 거라구."

목풍아가 자신의 목을 손으로 치는 시늉을 하였다.

"그렇군요."

오괴가 심각한 얼굴로 호응하니 독돈이 아는 체 하며 말했다.

"흥, 그거야 옛날부터 매번 하던 이야기지. 대장의 가장 문젯거리가 색色이라고."

목풍아가 길게 한숨을 내쉬었다.

"천자에게 죄지은 것이 너무 많아서 일일이 열거할 수도 없어. 조정의 실권자가 되어도 그런 약점 때문에 나는 불안한 삶을 살게 될 거라구. 주소천에게 매일 불려다닐 거고. 아! 나는 천 길 낭떠러지 위에서 외줄을 타듯 불안하게 파란만장한 인생을 살기는 싫어. 아무런 근심 걱정 없이 자식들과 부모님과 오순도순 살면서 천하백성들에게 이 목풍아의 덕을 마구마구 베풀고 싶단 말이야."

목풍아는 괴로운 듯이 자신의 머리를 붙잡고 마구 흔들었다. 머리가 새로 난 이후로 애지중지하던 목풍아가 머리카락을 괴롭히는 것을 보면 독돈과 오괴는 그 문제로 목풍아가 얼마나 괴로워하고 있는가 짐작할 수 있었다.

오괴와 독돈이 서로의 얼굴을 바라보았다. 목풍아의 가장 큰 약점. 국법을 무시하고 천자를 속인 약점이 있는 이상 목풍아가 온전한 조정의 생활을 한다는 보장이 없었다. 그것은 목풍아뿐 아니라 황태자에게도 누가 되는 일이기도 했다.

독돈이 말했다.

"좋아요. 이런저런 사정으로 대장이 조정을 떠나겠다면 좋아요. 그렇지만 천자가 대장을 놔줄까요?"

"놔주지 않겠지. 하지만 내가 죽어버린다면 천자도 어쩔 수 없지 않겠어?"

"네? 대장이 죽는다고요?"

독돈이 두 눈을 동그랗게 떴다.

"응. 그거야말로 가장 확실한 방법이지."

오괴가 무표정한 얼굴을 찡그리며 말했다.

"대장, 지금 저희와 장난하시는 겁니까? 대장이 죽으면 천하백성들이고 나발이고 무엇을 할 수 있겠습니까? 지금 제정신입니까?"

"와하하하, 무식하긴. 서당 개 삼 년이면 풍월을 읊는다던데 나를 따라다닌 지 오 년이 넘었는데 내 생각을 짐작하지 못한단 말인가? 쯧쯧쯧. 내 말뜻은, 천자를 속이겠다는 말이다."

"천자를 속인다구요? 어떻게?"

"방법이 있지."

목풍아는 눈을 찡긋하였다.

사흘 후, 목풍아가 갑자기 죽었다는 보고가 조정에 들어왔다. 목풍아의 때아닌 죽음은 조정을 발칵 뒤집어놓았다. 가장 놀란 것은 황제였다. 조정에 입시한 황제는 목풍아의 죽음을 믿을 수 없어서 의금부로 하여금 철저하게 조사토록 하였으니 사인은 독살이었다. 염천 더위에 목풍아의 시신이 부패되어 얼굴을 알아보지 못하게 되었으며, 심복인 오괴와 독돈이 범인으로 지목되었다.

황제는 의금부의 보고를 듣고도 목풍아의 죽음을 믿지 못하여 친히 국문을 하였다. 오괴와 독돈이 포박되어 의연하게 앉아 있고 그 앞에 관이 놓여 있었는데 파리 떼가 어지럽게 날아다녔다.

황제는 오괴와 독돈의 사람됨을 아는지라 두 사람이 목풍아를 독살하였다는 것을 또한 믿지 못했다. 황제가 관 앞으로 다가가 금부 관원에게 말했다.

"열어라."

금부 관원이 관을 열자 퉁퉁 부어오른 시신이 나타났다. 시꺼먼 얼굴이 퉁퉁 부은 데다가 염천 더위에 눈부터 썩어 구더기가 일고 파리가 요란하게 날아다녔다. 시신에서 풍기는 악취가 대단하여 황제는 목풍아의 얼굴을 자세히 확인하지 못하고 관을 닫으라 명하였다. 금부 관원이 얼른 관을 닫고 제자리로 돌아갔다.

황제가 오괴와 독돈에게 다가가 물었다.

"너희가 목풍아를 죽였느냐?"

오괴와 독돈이 고개를 내저으며 말했다.

"말도 안 됩니다. 어찌 우리가 주군을 죽일 수가 있겠습니까?"

"뭐라? 너희가 죽이지 않았는데 어째서 금부는 너희를 범인으로 지목하였단 말이냐?"

"저희는 대장에게 닭죽을 만들어 드렸을 뿐입니다. 대장이 닭죽을 먹고 갑자기 죽어버리자 금부가 우리를 범인으로 지목한 것입니다."

황제는 이들이 명예를 숭상하는 무인임을 알고 있다. 더구나 황제보다 목풍아를 따르는 자들임을 더 잘 알고 있으므로 목풍아를 살해할 이유가 없다는 것도 알고 있었다.

"어떻게 된 거냐? 금부도사, 닭죽에 맹독이 들어 있었나?"

금부도사가 꾸벅 인사를 하고 말했다.

"닭죽에는 아무런 독극물이 없었습니다."

"그렇다면 목풍아가 무엇 때문에 죽었단 말이냐? 닭죽에 맹독이 없는데 어째서 이들을 범인으로 지목했단 말인가?"

"송구합니다. 딱히 두 사람밖에는 혐의점을 찾지 못하였기 때문에……."

황제는 혀를 차다가 고개를 돌려 오괴와 독돈에게 말했다.

"지금부터 그 당시의 상황을 자세하게 말해보라. 나는 그대들이 범인이 아님을 잘 알고 있다. 그러니 나를 믿고 있는 대로 말하라."

독돈이 말했다.

"저희를 알아주시니 있는 대로 말씀드리겠습니다. 그날 대장이 날이 더워 허하다며 닭죽을 먹고 싶다고 해서 닭장에서 닭을 잡아드렸습니다. 아무것도 넣지 않고 닭을 잡아 끓여 드렸고 대장께서는 맛있게 드셨습니다."

"그런데 무엇 때문에 죽은 것이지?"

오괴가 말했다.

"저희도 그 이유를 알지 못하겠습니다. 그날 저녁 대장이 갑자기 배가 아프다고 하시기에 너무 많이 먹어 배탈이 난 줄로만 알았습니다. 그런데 다음 날 아침에 싸늘한 시신이 되어 있을 줄은 꿈에도 몰랐습니다. 사실 대장이 죽은 이상 우리도 더 살 마음이 없습니다."

독돈이 말했다.

"맞습니다. 대장이 없는 세상. 우리도 더 살 마음이 없습니다. 대장의 장례를 치른 후 스스로 죽을 것이니 폐하께서는 우리에게 약간의 자비를 베풀어주십시오."

오괴가 말했다.

"대장의 장례를 치른 후 자결할 것이니 시간을 주십시오. 그럼 폐하의 은혜는 죽어도 잊지 않겠습니다."

"그게 무슨 말도 안 되는 소리인가? 인명은 재천이라 하였다. 더구나 너희들이 결백하다고 하는데 죽긴 왜 죽는단 말이냐?"

황제가 잠시 생각하다가 금부 관원에게 소리쳤다.

"지금 당장 지낭부로 달려가서 닭이란 닭은 몽땅 잡아오너라. 시험을 해봐야겠다."

황제는 그동안 내의원을 금부로 불러들였다. 의원이 발발 떨면서 금부에 입시하였다.

"한 가지 묻겠다. 독을 넣지 않은 음식을 먹고 사람이 죽을 수도 있느냐?"

"급체하거나 음식이 상하게 되면 사람이 죽을 수도 있지요."

"음식을 먹은 후 괜찮다가 그날 저녁에 죽었는데 그런 경우도 있느냐?"

"그것은 잘 모르겠습니다. 황송하지만 무엇을 먹었는지 알 수 있겠습니까?"

독돈이 퉁명스럽게 말했다.

"닭을 먹었소."

내의원이 고개를 갸웃거리며 말했다.

"닭이라면 문제가 있습니다."

황제가 말했다.

"무슨 문제?"

"닭은 지네 같은 독충을 즐겨 먹습지요. 습한 곳에 사는 닭들은 더 많이 먹는데 지네의 독이 몸 안에 많이 축적되어 있고, 고기에도 지네 독이 배어 있습니다. 그 때문에 닭을 기르는 농가에서는 늙은 닭은 먹지 않고, 또 여름철에는 더욱 먹지 않습니다. 만약 닭고기를 먹고 사람이 죽었다면 지네 독을 의심해 봐야 할 것입니다."

금부 관원이 말했다.

"은침에는 지네의 독에 대한 반응은 없었습니다."

의원이 말했다.

"닭고기의 살 속에 있는 지네 독은 은침으로 검사해도 반응이 나오지 않으니 소용이 없습니다."

그때, 금부 관원들이 지낭부에 있는 닭을 가지고 돌아왔다.

황제가 손가락으로 가리키며 말했다.

"직접 시험해보면 알 것이 아닌가? 독돈, 목풍아에게 먹인 닭과 비슷한 놈을 골라보라."

독돈은 주저 없이 관원들이 가져온 닭 중에서 한 마리를 골랐다.

"이놈과 비슷하게 생긴 놈입니다."

살이 통통하게 찐 커다란 닭이었다.

의원이 그 닭의 눈과 다리를 유심히 보곤 황제에게 말했다.

"눈에 열기가 많고 다리에 검은 빛이 감도는 것을 보니 지네 같은 독충을 많이 잡아먹은 늙은 닭입니다."

황제가 고개를 끄덕이며 말했다.

"저놈을 잡아 시험해보자."

황명이 떨어지기 무섭게 닭의 목이 떨어지고 털이 뽑혀 삶기기 시작하였다. 부글부글 끓고 있는 닭탕을 바라보며 오괴와 독돈은 엉큼스럽게 서로의 얼굴을 바라보았다.

'정말 기가 막힌 대장의 머리란 말이야.'

목풍아는 합비에서 일어났던 사건을 그대로 가져와 오독계로 자신의 죽음을 가장한 것이다. 목풍아는 자신과 비슷한 인상착의의 시신이 장의사에 나타나길 기다려 사건을 벌여놓았다. 염천 더위에 이틀을 놓아둔 터라 시신이 부패하면서 온전한 얼굴을 확인할 수 없게 되었다. 물론 범인을 만들 수 없는 범죄였다.

오독계를 잘 아는 독돈이 시장에서 지네를 많이 먹은 늙은 닭을 사 모았고, 지네를 구입하여 삼시 세 때를 먹인 까닭에 지네 독이 가득한 닭들이 지낭부의 닭장을 가득 메웠다. 소요정 안에서 하인들 보라는 듯 오계를 맛있게 먹어치웠으니 금부 관원들의 심문에도 한결같은 대답이 나온 터였다.

만독지체인 목풍아가 오독계를 먹는 것이야 대수롭지 않은 일이지만 보통 사람이 오독계를 먹는다면 심각한 일이 발생할 수 있으나 대부분의 사람들은 목풍아가 만독지체임을 모른다.

금부 관원이 닭이 다 끓었음을 보고하였다.

"다 되었으면 사형수에게 먹여보라."

금부 관원이 닭탕을 어디론가 가져갔다가 잠시 후 헐레벌떡 뛰어와서 전말을 고하였다.

"늙은 사형수는 닭탕을 먹은 지 얼마 되지 않아 피를 토하며 죽었고, 젊은 사형수는 피똥을 싸면서 괴로워하고 있습니다. 곧 죽을 것 같습니다."

황제의 얼굴에 흡족한 미소가 어렸다.

"금부도사는 닭국물에 독이 있는지 확인해보라."

금부도사가 은침을 닭국물에 집어넣었다.

"독에 대한 반응이 없습니다."

"과연 그렇군. 범인은 닭이다. 목풍아의 심복 두 사람은 아무런 죄가 없다."

"영명하신 판결입니다."

금부 관원들과 의원들이 감탄을 하며 천자에게 큰절을 하였다.

오괴와 독돈이 서로의 얼굴을 힐끔 바라보았다. 오괴와 독돈은 천자의 영명함보다는 이미 이렇게 될 것을 예상한 목풍아가 더욱 놀라울 따름이었다.

천자는 목풍아가 거짓으로 죽은 것이 아닌가 의심하였지만 오괴와 독돈의 자결 소리에 목풍아의 죽음을 믿어버렸다. 무인을 좋아하는 천자는 목풍아의 시신을 확인하기보다는 오괴와 독돈과 같은 뛰어난 무인의 환심을 사는 것에 마음이 있었다. 어떻게 하면 두 사람의 누명을 벗기고 자신의 사람으로 만들 것인가에 대한 생각에 목풍아의 시신을 자세히 확인하지도 않았던 것이다. 목풍아가 노린 것은 그것 이었다. 또 한 번 천자를 보기 좋게 속인 것이다.

천자가 말했다.

"어서 저 두 사람을 풀어주라."

금부 관원이 오괴와 독돈의 포박을 풀기도 전에 두 사람을 묶고 있던 포승줄이 터지듯이 풀렸다. 황제의 어전 호위대가 두 사람의 주위를 감싸고 황제를 호위하였다.

오괴가 말했다.

"결백을 증명하기 위해 묶여 있었던 것뿐이오. 우리의 결백을 풀어준 황제 폐하께 위해를 끼칠 생각은 없소."

황제는 두 사람의 당당한 태도를 보자 마음이 흡족하여 호위무사들을 물리며 말했다.

"너희의 주군이 죽었으니 이제는 어떻게 할 테냐? 나는 너희의 재주와 무공이 아깝다. 내가 큰 벼슬을 내릴 테니 나에게 오지 않겠느냐?"

"우리가 모시던 주군의 시신이 아직도 묻히지 않고 여기에 있는데 그런 이야기는 시기적절하지 않습니다."

"무인에게는 무인의 긍지가 있는 겁니다. 천자는 하늘이니 우리가 이미 섬기는 군주이십니다. 하지만 저희가 모시던 주군의 피가 마르지도 않았는데 다른 주군을 섬기라는 것은 의리가 아니지요."

황제가 흐뭇한 웃음을 지으며 말했다.

"내가 실수를 했도다. 짐은 목풍아의 장례가 끝난 후 그대들에게 의견을 묻겠노라. 물러가도 좋다."

오괴와 독돈은 꾸벅 인사를 하고 목풍아의 시신이 들어 있는 관을 번쩍 들고 의금부를 빠져나갔다.

멀어져 가는 두 사람과 관을 바라보며 황제는 탄식하였다.

"아! 하늘이 나를 버리시는가? 천재는 요절한다 하더니 하늘은 목풍아 같은 인재를 나에게서 빼앗아 가시는구나."

천자는 슬픈 감회를 억제하지 못하고 시 한 수를 지었다.

智謀遠慮當今一　지모원려당금일

惆悵飄輪何處邊　추창표륜하처변

지모와 원대한 책략은 당금 천하에 일인자

슬프다, 바람 수레 타고 어느 곳에 갔는가.

목풍아가 죽은 후 지낭부에 있던 사람들은 낙엽처럼 흩어졌다. 황제가 기다리던 오괴와 독돈 역시 어디론가 사라져버리고 말았다. 날이 가고 달이 갈수록 남경 거리에서 일산안경을 쓰고 대로를 휘젓는 목 대인과 그 부하들 이야기도 서서히 잊혀 갔다.

의
리
의 화
      신

"어가를 보호하라."

소나기처럼 떨어지는 화살비를 맞으며 한 떼의 군사들이 어지럽게
물러나고 있었다. 군사들이 물러간 자리에는 화살을 맞은 무수한 병
사들의 시신이 널브러져 있었다.

"수레를 공격하라. 황태자를 죽여라."

숲 속에서 흑의를 입은 무사들이 도망치는 군사들을 향해 달려들
었다. 대로변에 때아닌 전투가 벌어졌다. 어지러운 비명 소리가 난무
하고 시뻘건 피가 대로를 물들였다. 군사들의 틈바구니에서 말을 탄
무장 한 명이 몇 사람의 호위를 받으며 달려나갔다.

"황태자다. 황태자가 저기 있다."

흑의인들이 소리를 지르며 달려들었다. 말을 탄 무장이 달리는 말
에서 칼을 뽑아들었다.

가각―

달려들던 흑의인들의 칼이 동강나며 두 명의 흑의인이 대로변에 피를 뿌리며 나뒹굴었다.

"전하, 피하십시오. 저희가 막겠습니다. 전하께서는 곧장 이 길로 달려가십시오. 역도의 무리들은 저희가 막겠습니다."

고삐를 잡고 있던 무장이 소리를 지르며 말 엉덩이를 찔렀다.

끼히히힝—

놀란 말이 발굽을 치켜들고 비명을 지르다가 일순간 달리기 시작하였다. 건장한 말은 가로막는 무사들을 짓밟으며 달려갔다.

"빌어먹을……"

말에 탄 젊은 무장은 이를 악물었다.

부리부리한 두 눈, 우뚝한 콧날, 두툼한 입술에 각이 진 얼굴, 구릿빛 가무잡잡한 얼굴이 첫눈에도 강인한 인상을 주는 이 사나이는 누구인가. 영락제의 뒤를 이어 황제가 된 주고치의 아들 주첨기다. 남경에 있던 주첨기는 때아닌 아버지 주고치의 부고를 받고 부랴부랴 북경을 향해 올라오던 중, 괴한의 공격을 받고 궁지에 몰려 있었다.

영락 이십이 년1424 칠월 타타르로 친정을 하던 영락제가 유목천榆木川에서 사망하고, 아버지 주고치가 황제로 즉위한 지 일 년도 채 되지 않았다. 황망한 마음을 주체하지 못하고 급하게 북경으로 올라가는 길에 급작스러운 매복이 기다리고 있을 줄은 할아버지를 따라 전장을 누비던 주첨기도 예상하지 못했다.

'빌어먹을 숙부. 숙부의 짓이 틀림없어.'

쐬익—

바람을 가르며 날아온 화살이 등에 박혔다. 등이 뜨끔하였지만 몸을 한차례 흔들자 화살이 맥없이 떨어졌다. 언젠가 아버지의 지기인 목풍아에게 받았던 백보갑이 호신부처럼 주첨기를 지켜주고 있었던 것이다. 손에 들고 있는 청홍검도 그에게서 받은 것이다. 수차례 할아버지를 따라다니던 정벌에서 주첨기는 청홍검과 백보갑의 덕을 많이 보았다. 이날도 청홍검과 백보갑이 단기필마로 도망치는 황태자 주첨기를 지켜주고 있었다.

화살이 정신없이 날아들었다. 말 등에 몸을 찰싹 붙이고 뒤를 돌아보니 말을 탄 흑의인들이 화살을 쏘며 따라오고 있었고, 그 뒤로 새까만 병력들이 함성을 지르며 달려오고 있었다. 화살 하나가 파공음을 일으키며 달리는 말의 엉덩이에 꽂혔다.

키히히잉-

말이 펄떡거리며 비명을 질렀으나 달리는 기세는 늦추지 않았다. 겁을 먹은 말이 더욱 힘차게 달리고 있었다.

"빌어먹을……."

주첨기는 말 엉덩이에서 춤을 추듯 덜렁거리는 화살을 청홍검으로 베고는 고삐를 움켜잡고 박차를 가하였다. 이대로라면 얼마 버티지 못할 것을 주첨기가 더 잘 알았다. 어떻게든 살아야 했다. 살아서 황위를 이어받아야 숙부를 응징할 수 있는 것이다.

주첨기는 고삐를 움직여 갈림길로 접어들었다. 대로에서 벗어나 숲이 있는 곳으로 달아나는 것이 주첨기가 할 수 있는 최선의 방법이었다. 말의 속도가 점점 느려졌다. 엉덩이의 상처가 말의 기력을 소진하게 만든 때문이리라.

"조금만 더 가자. 조금만 더……."

고개를 돌려보니 흑의인들이 바짝 따라오고 있었다. 고삐를 잡고 험한 산길로 접어들었다. 화살이 좌우로 날아들었다. 등에 몇 개의 화살이 박혔으나 맥없이 떨어졌다.

"조금만 힘을 내다오, 조금만······."

산길로 접어드니 높은 계곡 사이로 난 길밖에 보이지 않았다. 눈앞에는 막다른 절벽이 가로막고 있었다. 좌우를 살펴보니 첩첩한 벼랑이 가로막고 있을 뿐 길이 없었다.

"빌어먹을······."

오도 가도 못하는 신세가 된 주첨기가 소리를 지르며 고삐를 돌렸다. 상처 입은 말은 절룩거리며 주인의 지시를 좇아 좁은 길에서 몸을 틀었다. 눈앞에 말을 탄 흑의인들이 추격을 멈춘 채 화살을 겨누고 서 있었다. 그 뒤편으로 꾸역꾸역 흑의인들이 모여들었다.

가운데 있던 흑의인이 도검을 치켜들고 소리쳤다.

"더 이상 도망칠 곳은 없다. 순순히 칼을 받겠다면 고통없이 보내주겠다."

주첨기는 이를 앙다물었다. 당장에 뾰족한 수가 떠오르지 않았다. 소로를 막아선 적은 백여 명이 넘었다. 혼자 힘으로 백 명이 넘는 적을 상대할 수는 없는 일이었다.

'아! 내 운명은 여기서 끝나는 것인가?'

주첨기의 나이 이제 이십칠 세. 한창 일할 나이에 아버지를 따라가게 되다니 기가 막힐 노릇이었다.

"스스로 해결하지 못하겠다면 내가 처리해주지."

소리치던 흑의인이 천천히 다가왔다.

주첨기는 눈을 부릅뜨며 소리쳤다.

"너희 같은 놈들에게 순순히 죽을 내가 아니다. 그리고 설령 죽더라도 곱게 죽을 내가 아니다."

주첨기가 청홍검을 쳐들었다. 그때였다.

"와하하하하. 역시 기백이 대단하신 황태자군요. 와하하하."

커다란 웃음소리가 계곡에 울려 퍼졌다. 주첨기가 소리 나는 곳으로 고개를 들었다. 벼랑 위에 익선관을 쓰고 흰 상복喪服을 입은 사내가 우선羽扇을 들고 있었다. 주첨기가 청홍검을 치켜들고 소리쳤다.

"네놈이 역적의 괴수냐?"

목을 젖혀 웃던 사내가 웃음을 뚝 그치고 고개를 갸웃거리며 털부채를 살랑살랑 흔들었다. 주첨기는 고개를 돌려 앞에 서 있는 흑의인을 노려보았다.

"빌어먹을……. 좋아. 누구든지 덤벼보라구."

주첨기의 말이 떨어지기 무섭게 눈앞에 있는 흑의인의 머리에 화살 하나가 박혔다.

퍽-

흑의인이 말에서 굴러 떨어졌다.

"뭐, 뭐지?"

뜻밖의 일에 주첨기가 고개를 들었다. 사람 하나 없던 좌우의 벼랑 위에 하얀 옷을 입고 활을 든 사내들이 까마득하게 둘러서 있었다. 빙그레 웃던 익선관의 사나이가 털부채를 번쩍 치켜들었다.

"공격하라."

말이 떨어지기 무섭게 화살비가 흑의인들을 향해 쏟아졌다. 처참

한 비명 소리와 함께 흑의인들이 화살비를 맞고 쓰러졌다.

와아아――

우레 같은 함성 소리와 함께 숲 속에서 백의인들이 쏟아져 나와 도망가는 흑의인들을 도륙하였다.

"아아악―."

비명 소리가 한차례 계곡에 울리더니 잠잠해졌다. 마치 폭풍이 지나가는 듯 순식간에 벌어진 일이었다. 주첨기는 기세를 올리던 흑의인들이 순식간에 몰살해버린 광경을 믿을 수가 없어서 자신의 눈을 비비고 다시금 눈앞의 광경을 바라보았다.

흑의인들의 시신이 계곡의 소로에 어지럽게 널브러져 있었다. 고개를 들어 벼랑 위를 보았다. 방금 전까지 화살을 쏘던 수많은 백의인들이 하나도 보이지 않았다. 다시 아래를 보니 악귀처럼 흑의인들을 도륙하던 백의인들의 모습이 보이지 않았다.

'귀신의 장난이란 말인가?'

등줄기가 서늘하였다. 만약 사람이라면 이처럼 질풍 같은 용병술을 전개할 수 있는 자가 또 누구란 말인가. 영락제를 따라 전장을 누비던 주첨기는 나름대로 병법에 자부심이 있었다. 그러나 이렇게 치밀하고 빠른 용병들은 본 적도 들은 적도 없었다.

배에 힘을 주고 주첨기가 소리를 질렀다.

"누, 누구냐? 귀신이면 물러나고 사람이면 모습을 보여라."

주첨기의 목소리가 메아리가 되어 울릴 따름이다. 방금 전까지 치열한 전투를 벌였던 계곡은 피비린내를 풍기며 언제 그랬냐는 듯이 산새들이 지저귈 따름이었다. 시신들 사이로 말을 타고 내려오니 저

멀리에서 말을 탄 군사들이 주첨기를 발견하고 달려왔다.

"저, 전하. 태자 전하. 다친 곳은 없으십니까?"

피투성이가 된 얼굴로 호위무사들이 주첨기의 좌우로 몰려들었다.

"나는 무사하다. 그런데 너희는 어떻게 된 거냐?"

"갑자기 백의를 입은 무사들이 나타나 저희를 구해주었습니다."

"백의를 입은 무사들이?"

"예, 질풍처럼 나타나 흑의인들을 주살하고는 바람처럼 사라져버렸습니다. 너무도 빨리 사라지는 바람에 누구인지도 물어보지 못했습니다."

"이상한 일이로구나. 나도 백의를 입은 사람들이 나타나 구해주었다."

"이상한 일이군요. 그들이 도대체 누구일까요?"

"하얀 상복을 입고 익선관을 쓴 자가 우두머리 같았는데 너희도 그와 같은 인상착의의 사내가 지휘를 하더냐?"

"저희는 그런 자를 보지 못했습니다. 대머리에 덩치가 좋은 자와 얼굴이 시퍼런 자가 백의인들을 지휘하는 것 같았습니다."

"도대체 어떻게 된 일인지 모르겠구나."

"한 사람은 신장처럼 험악한 얼굴이었고, 다른 한 사람은 부처처럼 온화하게 생겼는데 혹시 천신이 황태자를 구하러 이적을 보인 것이 아닐까요? 만약 천신이 아니라면 어떻게 그런 용병술을 보일 수 있겠습니까?"

"그럴지도 모르지."

잠시 생각하던 주첨기가 말했다.

"자, 이러고 있을 것이 아니라 어서 북경으로 올라가자. 천신이 나를 도운 것이라면 황위를 이어받으라는 뜻이 아니겠느냐? 어서 가자."

주첨기는 말을 갈아타고 채찍질을 하였다. 눈앞에 익선관을 쓴 사내가 웃던 모습이 떠올랐다. 눈에 익은 얼굴 같았지만 확실하게 기억이 나지 않았다. 북경으로 올라가는 대로를 따라 주첨기는 흑의인들의 시신들을 어렵잖게 발견할 수 있었다. 주첨기를 살해하려고 치밀하게 준비된 것이 틀림없었다. 그런 준비를 누군가가 무참하게 깨뜨리고 있는 것이다.

'누구일까? 도대체 누구일까?'

북경으로 올라갈수록 호기심은 증폭되었다.

'조정 내에서 저토록 용병술에 능한 자가 누구인가?'

영락제보다 뛰어난 용병술을 가진 사람은 없다고 들어왔던 주첨기였다. 그가 아는 장수들 대부분을 용의 선상에 올려놓았지만 아무리 생각하여도 조정 내의 사람은 아닌 것이 분명했다.

양사기나 양영과 같은 이들은 문관이라 무인을 지휘할 수도 없으며 병력 또한 가질 수 없는 처지다. 한 가지 분명한 것은 누군가 주첨기를 돕고 있다는 것이었다.

'도대체 누가 나를 돕고 있다는 말인가?'

밤낮을 쉬지 않고 달려가던 황태자가 패주覇州를 일마장 앞에 두었을 때였다. 멀리 한 무리의 백의인들이 커다란 느티나무 아래에서 질서 정연하게 모여 있는 모습이 주첨기의 눈에 들어왔다.

호기심을 참을 길 없던 주첨기는 느티나무 아래에서 급한 걸음을 멈추었다. 느티나무 그늘 아래에 마차 한 대가 있었다. 마차 위에는 익선관을 쓴 사내가 느긋하게 누워 있었는데 그 옆에는 얼굴에 흉터가 있는 험악한 사내가 깃털 부채질을 열심히 하고 있었으며, 마차 앞에는 덩치가 좋은 늙은 무사 둘이 눈을 부라리고 서 있었다.

두 사람의 인상착의가 부하가 한 말과 흡사하였다. 한 사람은 시퍼런 얼굴에 노려보는 눈빛이 무섭고, 한 사람은 대머리인데 포대화상처럼 온화한 인상이었다. 이들의 모습으로 미루어 익선관을 쓴 사내가 무리의 우두머리임을 주첨기도 한눈에 알 수 있었다. 성질 급한 호위무사들이 마차 앞으로 가 호통을 질렀다.

"무엄하다. 황태자 전하이시다. 예를 갖추어라."

익선관을 쓴 사내가 길게 하품을 하며 두 팔을 뻗어 용틀임을 하다가 주첨기를 보곤 화들짝 놀란 사람처럼 마차를 내려왔다. 그 모습이 우스꽝스러워 주첨기는 저도 모르게 웃음이 나왔다.

"아이코, 황태자 전하가 납신지도 모르고 오침을 즐겼습니다. 용서해주십시오."

귀신도 울고 갈 용병술을 지닌 사나이치고는 너무나 허술해 보이는 말투였다. 백의를 입은 사내가 의자를 내오고, 백의를 입은 아름다운 여인이 차를 내왔다.

따끈따끈한 김이 오르는 것이 금방 끓인 차였다. 주첨기가 이곳으로 올 줄 알고 때맞춰 준비한 것이 틀림없었다.

"고맙다."

주첨기는 의자에 앉아 차를 마셨다. 은은한 향과 맛. 이 맛은 호포천의 물로 만든 항주의 명차인 용정차龍井茶다. 수천 리 항주에서 호포천의 물을 가져오려면 파발을 전하듯 빠른 말과 수많은 인원이 필요한 법이다.

'제대로 된 용정차를 마시는 것은 황제라도 쉽게 할 수 없는 일인데 도대체 이 사내의 정체가 무엇이길래 이런 일을 아무렇지 않게 할 수 있단 말인가?'

호기심이 끊임없이 솟아올랐다. 또 한 가지 주첨기를 놀라게 한 것은 보통 사람이라면 자신 앞에서 주눅이 들게 마련인데 앞에 있는 사내는 주눅은커녕 안색 하나 변함이 없었다. 안색의 변화는커녕 산만하게 코를 후비고 귀를 파며 정신없이 앉아 있었다. 보다 못한 호위무사가 소리를 버럭 질렀다.

"무엄하다. 황태자 전하 앞에서 무슨 무례인가?"

사내가 화들짝 놀란 듯 굽실거리며 포권을 취하였다.

"이런 실례가 있나? 전하, 제가 죽을죄를 지었습니다. 용서해주십시오."

"하하하. 그깟 일로 죽을죄라면 세상에 죽을 사람이 넘쳐나겠군."

"와하하하. 그건 그렇죠. 역시 듣던 대로 전하는 화통한 데가 있으시군요. 마치 돌아가신 영락 황제를 보는 듯한데요?"

호위무사가 소리를 질렀다.

"무엄하다."

주첨기가 손을 들어 호위무사의 입을 막고는 사내를 노려보며 말했다.

"네가 할아버지와 만난 적이 있느냐?"

"그러문입쇼. 저는 돌아가신 황제 폐하와도 만난 적이 있고, 전하와도 만난 적이 있습지요."

'내가 모르는 조정의 신하가 있었던가?'

주첨기는 잠시 생각하다가 입을 열었다.

"나는 잘 모르겠군. 도대체 네 정체가 무엇이냐?"

"와하하하. 아직도 짐작을 못 하시는군요. 하긴 그때는 전하께서 다섯 살의 어린아이였지요."

"내가 다섯 살 때 만났단 말이냐?"

"그렇습지요. 동궁전에서 잠시 만난 적이 있습지요. 그때 제가 전하께 청홍검과 백보갑을 드렸습지요."

주첨기의 눈이 휘둥그레졌다. 아버지 홍희제가 언제나 말하곤 하던 세상에 단 하나뿐인 지기知己 목풍아란 말이다.

"미, 믿을 수 없다. 네가 목풍아라고? 모, 목풍아는 요절하였다고 들었다."

"와하하하. 전하께서 당황하실 때도 있군요. 와하하하."

뒤에 있던 심복들이 따라 웃었다.

"으허허허."

독돈이 웃음소리를 내었다.

"꺌꺌꺌갈……."

일도는 주책없는 웃음소리로 일관했다.

"쳇, 별로 웃기지도 않구만."

오괴는 팔짱을 낀 채 콧방귀만 연신 뀌어대고 있었다.

놀란 눈으로 목풍아를 바라보던 주첨기가 입을 열었다.

"도대체 어떻게 된 일이지? 그대는 죽었다고 들었는데?"

"황제께서 그대에게도 숨기고 계셨군요. 저는 그때 죽지 않았습니다. 죽은 척 꾸미고 강호에 은거하고 있었지요."

"그렇다면 다시 나타난 것은 무엇 때문에?"

"친구에 대한 의리 때문이지요."

강렬한 눈빛이 주첨기를 바라보았다. 귓가에 언젠가 아버지가 당부했던 말들이 환청처럼 들려왔다.

"목 대인을 보면 버릇없게 굴지 말거라. 알겠느냐?"

"잘 부탁한다가 아니야. 잘 부탁합니다라고 하거라. 정중하게."

"앞으로 목 대인를 대할 때 나를 대하듯 하거라."

주첨기는 정신이 번쩍 들었다.

눈앞에 앉아 있는 사람은 목풍아, 목 대인이었다. 무용武勇이 없는 아버지 홍희제가 천자가 될 수 있었던 이유를 주첨기는 시간이 있을 때마다 들었다.

고모를 희롱한 죄로 칠보시를 지으며 황실에 들어와 적은 인원으로 이경륭의 대군을 맞서 무찔렀던 이야기. 정난군이 일어났을 때 남경으로 내려가 장수들과 관리들을 설득하여 무혈로 입성하게 하였던 무용담을 어려서부터 들어왔던 주첨기였다.

주첨기는 자리에서 벌떡 일어나 목풍아에게 무릎을 꿇었다.

"아저씨, 잘 부탁드립니다."

호위무사들이 손을 쓸 사이도 없이 일어난 일이었다. 차기 황제가 될 사람이 처음 보는 사람에게 무릎을 꿇는 일이 일어난 것이다. 놀란 것은 백의인들도 마찬가지였다.

황태자가 목풍아에게 무릎을 꿇자 일시 사방이 조용해졌다.

"앞으로 황제가 될 분께서 이러시면 안 되지요."

목풍아가 다가가 주첨기의 어깨를 잡았다. 주첨기가 덥석 목풍아의 손을 잡았다.

"아저씨, 저를 도와주십시오. 저를 도와줄 분은 아저씨밖에 없습니다."

"전하, 이러지 마십시오."

호위무사들이 달려들어 황태자를 일으키려 하였다. 주첨기가 호위무사들의 손을 떨쳐 내며 소리쳤다.

"비켜라. 이것은 황제 폐하께서 내게 내리신 어명이다. 목풍아 아저씨를 황제 폐하처럼 대하라는 어명이 있었단 말이다."

호위무사들이 멍하게 목풍아를 바라보다가 주첨기의 뒤편에 무릎을 꿇었다.

"아저씨, 저를 도와주십시오. 할아버지와 아버지께서 만들어놓으신 이 나라를 이어갈 수 있도록 아저씨께서 도와주십시오."

목풍아가 빙그레 웃으며 주첨기를 일으켰다.

"장부는 쉽게 무릎을 꿇는 법이 아니올시다. 지금은 황제 폐하의 장례를 치르는 것이 먼저입니다. 저와 함께 황성으로 가시지요."

목풍아는 주첨기와 나란히 마차에 올라 북경으로 향하였다. 황태자의 귀환 소식을 들은 군사들이 패주에서 마중을 나왔다. 일만이 넘는 군사들의 호위를 받으며 주첨기는 목풍아와 함께 북경으로 들어갔다.

북경은 옛 모습과는 사뭇 달라져 있었다. 문물이 번성한 북경성의 성문을 지나며 목풍아는 옛일을 추억하였다. 모든 것이 어제 일처럼 기억되는데 벌써 이십여 년이 훌쩍 지나버렸다. 세월은 화살처럼 흘러간다더니……. 싯누런 장강의 물결처럼 시간은 모르는 사이에 구불구불 잘도 흐르고 있었다.

목풍아는 북평의 갈대밭에서 주고치를 처음 만났을 때를 떠올렸다. 목풍아를 의지하던 온화한 성품의 주고치. 그러나 목풍아를 그림자처럼 도와주던 인자한 주고치는 이미 가고 없었다. 가슴이 찌릿하게 아파왔다.

목풍아는 주첨기를 따라 홍희제의 시신이 모셔진 전각으로 향하였다. 조정의 신하들이 주첨기 옆에서 말없이 걷고 있는 목풍아를 이상하게 생각하였다. 그러나 양사기, 양영, 양부, 오중, 하원길 같이 홍희제의 총애를 받았던 신하들은 목풍아에게 조용히 읍하며 예를 취하였다.

시신이 모셔진 흠안전欽安殿은 향내로 가득하였다. 염천이라 부패가 시작되어 향을 진하게 피운 것인지도 몰랐다. 목풍아는 주고치의 관 앞에 걸음을 멈추고, 커다란 관 안에서 잠자듯 누워 있는 주고치를 바라보았다.

잠을 자는 사람처럼 편안한 모습이었다. 가시밭과 같은 황제의 자리를 영원히 떠나는 것이 즐거운 듯한 느낌이었다.

환관이 죽은 황제의 유조를 읽었다.

황위는 장자 주첨기가 잇는다. 조정의 정사는 양사기, 양영, 양부, 오중, 하원길과 같은 신하들과 의논할 것이며, 무리한 일을 만들어 백성들을 고단하게 하지 말라. 첫째도 백성들의 입장에서 생각하고, 둘째도 백성들의 입장에서 생각하라. 모든 정책을 백성들의 입장에서 생각하면 무리가 없을 것이다. 전쟁은 민생을 피폐하게 하고 나라의 기틀을 무너지게 할 수 있는 것이다. 될 수 있는 대로 전쟁을 하지 말라.

주첨기가 눈물을 닦으며 홍희제가 남긴 유훈을 들었다. 또박또박하게 유훈을 읽은 환관은 이번에는 소매에서 또 한 장의 종이를 꺼내었다.

"이것은 목풍아에게 남기는 유조입니다. 목풍아는 황제의 유조를 받으시오."

뜻밖의 유조에 목풍아는 무릎을 꿇었다.

환관이 낭랑하게 글을 읽어나갔다.

목풍아.

고마운 마음 갚을 길 없어 항상 미안하였다.

저승에 가는 마당에 또다시 미안한 부탁을 하게 되는구나.

내 유일한 친구 목풍아.

내 아들 주첨기의 병풍이 되어다오.

너를 믿고 나는 웃으면서 가노라.

짤막한 서신이었지만 목풍아는 황제의 뜻을 이해할 수 있었다. 한 왕 주고후로부터 주첨기를 지켜달라는 말이었다. 목풍아는 천천히 일어나 주고치의 관을 쓰다듬었다. 향년 사십팔 세였다. 영락제가 죽은 지 일 년도 되지 않아 덧없이 가버린 것이 목풍아는 슬펐다.

"폐하, 이렇게 갑자기 가실 수 있는 겁니까? 의리 없게 이렇게 훌쩍 떠나실 수 있는 겁니까? 이 목풍아는 이렇게 팔팔하게 살아 있는데 나를 버리고 혼자 떠나시는 겁니까?"

목풍아의 눈에서 눈물이 뚝뚝 떨어졌다. 눈물을 보이지 않으려 고개를 들었다.

'아! 세상에서 나를 능가한 사람은 오직 주고치밖에 없었다. 나를 알아주는 자, 이제는 가버렸으니 무슨 재미가 있을까?'

목풍아는 지기를 잃어버린 슬픔을 끝내 참지 못하고 며칠 동안을 구슬피 울었다.

명사明史는 홍희제를 높이 평가하여, 인사나 행정에 뛰어났던 사실을 이루 다 쓸 수 없을 정도라 하였으며, 백성을 윤택하게 하고 덕화德化를 이루기에 어찌 문제文帝 : 전한 시대의 성군 · 경제景帝에 비해 융성하지 못하다 하겠느냐고 기록하고 있다.

목풍아가 간다

홍희 1년1425 6월, 홍희제 뒤를 이어 아들인 주첨기가 황제가 되었다. 연호는 선덕宣德으로 명나라 제5대 황제가 된 것이다. 선덕제는 홍희제의 정책을 그대로 이어받아 내정을 견실하게 하면서, 한왕 주고후의 움직임에 촉각을 곤두세웠다.

홍희제의 임종 당시에 주첨기를 암살하려 한 자가 한왕 주고후임을 모르는 바가 아니지만, 홍희제의 뜻을 받들어—홍희제는 형제들끼리 피를 흘리지 않기를 바랐다—조용하게 덮어두었던 것이다. 그러나 홍희제의 유조를 받은 목풍아는 조용하게 한왕의 움직임을 살피고 있었다. 건문제를 밟고 일어선 영락제의 전철을 한왕이 그대로 이을 것은 당연하였다.

어리석을 만치 속이 들여다보이는 한왕이었다. 그가 황위를 노리고 있음은 몇 가지 사실만으로도 드러났다. 본래 한왕의 영지는 운남雲南이었다. 그러나 한왕은 그곳으로 가지 않고 아버지 영락제의 친정에 종군하였으며 영락 13년1415에는 청주淸州에 영지를 받았지만 부임을 지연시킨 일이 있었다.

영락제가 전전긍긍하다가 다음 해에 낙안주樂安州에 봉하고서야 영지로 부임을 하였으니 낙안주는 북경과 가까운 거리에 있는 산동 지방이었다. 난폭한 성격으로 인심을 잃은 한왕 주고후는 가까운 낙안주에서 힘을 키우며 황제의 위를 노리고 있었다.

목풍아는 덫을 놓은 사람처럼 한왕이 반란을 일으키기만 기다렸다. 이미 밑밥은 놓아두었으니 한왕이 군사를 일으키기만 하면 되는 것이었다.

선덕 1년1426 8월, 한왕 주고후는 마침내 군사를 일으켰다. 기다렸던 소식이 날아들자 천자는 목풍아를 불러들였다.

"아저씨, 이제 어떻게 하면 좋을까요?"

"황제께서 친히 정벌을 하십시오."

"숙부를 잡는 데 제가 나가란 말입니까?"

"대의멸친大義滅親. 마음을 약하게 먹어서는 안 됩니다. 정난군이 일어났을 때 건문제는 궁궐에 숨어 출진하는 장수들에게 숙부를 죽여서는 안 된다고 하였습니다. 그 결과는 건문제의 대패로 이어졌습니다. 대의大義를 위해서 핏줄까지 자를 수 있어야 합니다. 권력의 세계에서 자비를 두시면 안 됩니다. 준비는 끝났습니다. 폐하께서 결단을 내리십시오."

선덕제가 이를 꽉 물었다.

"좋습니다. 제가 출정을 하지요."

선덕제가 결정을 내리기 무섭게 각지에 격문이 반포되고, 수많은 장수들이 공을 세우기 위해 선덕제 휘하에 모여들었다. 단기간에 모은 인원이 20만. 처음부터 한왕은 상대가 아니었다. 천자를 진두에 세운 병력들은 호기 충천하여 노도 같은 기세로 낙안으로 진군하였다.

명분이 없는 무모한 도전이었기에 황제의 군사들은 파죽지세로 낙안을 들이쳤다. 한왕은 질풍노도 같은 목풍아의 용병술에 맥없이 사로잡히는 신세가 되고 말았다.

모반과 관계된 자 640명이 낙안성 앞에서 주살되었으며, 국경으로 유폐된 자들이 1,500명이나 되었다. 한왕을 사로잡은 선덕제는 자금성 서안문 안에 소요궁이라는 건물을 지어 한왕과 그 가족들을 유폐시켰다.

이번에는 선덕제가 한왕을 주살하자고 목풍아에게 건의하였으나 목풍아의 거절로 이루어지지 못하였다. 황제의 인덕을 세상에 널리 알리게 하려는 목풍아의 의도였기에 선덕제가 순순히 따르기로 한 것이다. 그러던 어느 날이었다.

선덕제는 소요궁으로 한왕을 찾았다.

"숙부, 그동안 평안하셨습니까?"

"빌어먹을 녀석. 네까짓 놈이 감히 숙부를 조롱하러 온 것이냐?"

별안간 한왕의 다리가 선덕제의 사타구니 사이로 파고들었다. 역사 주고후의 벼락 같은 발길질이 선덕제의 급소에 적중하려는 순간, 옆에 있던 목풍아가 선덕제를 끌어당겼다. 발길질이 급소를 아슬아슬하게 빗나갔으나 선덕제는 중심을 잡지 못하고 넘어지고 말았다.

"이런 빌어먹을 놈. 죽으려고 작정을 하였구나."

목풍아가 번개처럼 한왕을 향해 움직였다.

아욱-

목풍아의 발바닥이 주고후의 발등을 순식간에 찍고 물러나자 커다란 주고후의 신형이 맥없이 바닥에 꺼꾸러졌다.

주고후의 눈에 불똥이 일었다.

"이놈, 네놈은 누구냐? 감히 나를 때려? 죽고 싶은 모양이구나."

"헤헤헤. 마음대로 해보시지."

목풍아가 코웃음을 쳤다.

주고후가 몸을 일으키려 하였지만 발등이 부러졌는지 고통이 밀려와 일어나지 못했다. 목풍아가 바닥에 쓰러져 있는 주고후를 내려다보며 말했다.

"흥, 죽고 싶어 안달이 났느냐? 천자를 쓰러뜨리고도 무사하리라 생각하느냐?"

"흐흐흐. 천자라구? 누가? 저 애송이가 천자라구? 하하하하. 그런데 네놈은 누구냐? 눈에 익은 얼굴인데?"

주고후가 목풍아를 자세히 바라보았다.

"나를 모르겠나? 바보 녀석."

목풍아는 품속에서 까만 일산안경을 꺼내 썼다. 주고후의 두 눈이 황소처럼 커졌다. 어찌 모를 수 있겠는가? 자신이 황태자가 되는 것을 보란 듯이 망쳐 놓았던 목풍아임을 어찌 모르겠는가.

"목풍아, 쥐새끼 같은 놈. 아버지를 속이고 죽은 척했었구나. 감히 천자를 속이고 쥐새끼처럼 숨어 지냈단 말이냐?"

"와하하하. 쥐새끼처럼 숨어서 틈을 노린 것은 네놈이지 내가 아니야. 덩치는 산만 해서 쥐새끼처럼 놀기는……."

"뭐라고? 이 죽일 놈."

주고후가 일어서려고 했지만 발등이 퉁퉁 부어 고통만 더할 뿐이었다. 혀를 차던 목풍아가 주고후를 가리키며 말했다.

"이자를 포박하라. 천자의 위엄을 상하게 한 대역 죄인이다."

호위무사들이 우르르 달려들어 주고후를 묶었다.

"빌어먹을 애송이 녀석. 내가 왜 그렇게 허무하게 당했나 했더니 간교한 목풍아가 있었구나. 애송아, 목풍아가 없었다면 네가 나의 상대가 될 줄 알았느냐? 빌어먹을 애송이."

주고후가 히쭉거리며 웃다가 침을 뱉었다.

선덕제의 화가 머리끝까지 치솟았다.

"아직도 자신의 죄를 뉘우칠 생각을 하지 않는구나. 핏줄이라 하여 뉘우치도록 시간을 주었건만 극악무도한 저자의 심보는 도저히 고칠 수가 없구나. 여봐라. 저 극악한 자를 소요궁 앞에 있는 구리 항아리에 가두어라."

호위무사들이 버둥거리는 주고후를 소요궁 앞의 구리 항아리에 가두었다. 삼백 근이 넘는 구리 항아리는 무게만큼 크기도 대단한 것이어서 지나가는 사람들의 구경거리가 되었다.

"빌어먹을 애송이. 내가 이대로 물러날 줄 알고? 웃기는 소리. 너 같은 애송이는 내 상대가 아니야. 너는 황제의 재목이 아니니 좋은 말할 때 황위를 나에게 넘겨라."

무거운 구리 뚜껑이 들썩거렸다. 선덕제가 목풍아를 바라보았다. 목풍아가 한숨을 길게 내쉬다가 고개를 끄덕끄덕하였다. 선덕제가 대노하여 소리쳤다.

"아직도 자신의 죄를 뉘우치지 못하는구나. 여봐라. 항아리 주위에 숯을 쌓고 불을 지펴라. 항아리가 보이지 않을 만큼 숯을 쌓아라. 다시는 욕을 입에 담지 못하도록 본때를 보이리라."

황제의 명령이 떨어지자 항아리 주위로 까만 숯이 쌓이고 사방에서 불을 지폈다. 숯은 빨간 불을 일으키며 타오르기 시작하였다.

"빌어먹을 애송이. 나를 죽이려고? 하하하하. 가소롭구나, 가소로워."

호기당당하게 웃던 주고후의 목소리가 조금 후 달라졌다.

"뜨겁다, 뜨겁다. 애송이, 나를 불태워 죽이려는 거냐? 너무 뜨겁다. 불을 꺼다오."

항아리 주변의 숯불이 빨갛게 달아오르기 시작하였다. 잠시 후 주고후의 울부짖듯 애원하는 소리가 들려왔다.

"뜨거워. 폐하, 살려주시오. 아, 뜨거워. 내가 잘못했소. 제발 나를 죽이지 마시오. 아무런 짓도 하지 않을 테니 살려주시오. 악! 뜨겁다. 뜨겁다. 악! 나를 살려줘."

비명을 지르는 순간에도 숯불은 열기를 더하며 피어올랐다. 피를 머금은 수건처럼 순식간에 항아리가 붉게 달아올랐다. 항아리에서 울부짖던 주고후의 음성이 들리지 않았다. 붉게 달아올랐던 구리 항아리가 숯불과 함께 흐물흐물 녹기 시작하였다.

"고개를 돌리시면 안 됩니다. 마음을 굳게 가지셔야 합니다. 각지에 봉해져 있는 왕족들이 지켜보고 있습니다. 다시는 이런 일이 일어나지 못하도록 폐하께서 본보기를 보이시는 겁니다. 마음이 아프시더라도 굳게 참으십시오."

한왕 주고후는 녹아 흐르는 구리와 함께 빠알간 숯불 속에서 생을 마감하였다. 기세 좋게 타오르던 숯불이 점점 색이 바래더니 흰 재를 허공에 날려 보냈다. 천하를 넘보던 한 사람의 인걸이 재와 함께 사라지고 말았다. 인생이 식어버린 재처럼 허무한 것임을 목풍아는 권력을 통해 알았다. 그들은 무엇을 찾아 목숨을 바쳤던 것일까? 부와 권력이 목숨을 바칠 만큼 대단한 것인지 의문스러웠다.

눈처럼 날리고 있는 재를 바라보던 목풍아는 고개를 돌려 선덕제에게 인사를 하였다.

"이제 제가 할 일은 끝난 것 같습니다. 인종 황제와의 의리도 지켰으니 이만 떠날까 합니다."

"무슨 소립니까? 아저씨께서 저를 도와주셔야지요. 이대로 보낼 수는 없습니다."

"인종 황제와 같은 말씀을 하시는군요. 저는 이곳과는 맞지 않는 사람입니다. 그러니 저를 보내주십시오."

"아저씨."

선덕제는 목풍아를 바라보다가 마침내 고개를 끄덕였다. 목풍아가 바닥에 엎드려 큰절을 하더니 입을 열었다.

"마지막으로 한 말씀 드리겠습니다. 무릇 정치란 물을 다스리는 것과 같습니다. 막힌 것을 터주지 않으면 홍수가 나거나 둑이 터지는 것처럼 백성들의 막힌 것을 잘 살피고 터주신다면 그들은 한목소리로 폐하의 덕을 칭송할 것입니다. 군주가 덕이 있어 존경할 만할 때 백성들은 그 명을 받들고 따르며, 또한 군주가 백성을 강압적으로 부리거나 수탈하지 않으면 백성은 스스로 봉사하고 헌신할 것입니다.

천하에 신하가 없음을 걱정하지 말고, 신하를 적절히 쓰는 군주가 되십시오. 천하에 재물이 모자람을 걱정하지 말고, 재물을 공평하게 분배할 생각을 하셔야 합니다. 항상 백성의 입장에서 생각하시고, 또 백성들의 입장에서 생각하십시오. 그리하면 모든 일이 순리대로 흘러갈 것이고 요순우탕과 같은 치세가 찾아올 것입니다. 부디 명심하십시오."

목풍아는 구배를 마치고는 사람들 사이로 사라져버렸다.

"꼭 그렇게 하도록 노력하겠습니다. 아저씨가 노래하였던 천하백성들이 편안하게 살 수 있는 세상을 만들기 위해 노력하겠습니다. 부디 행복하십시오, 아저씨."

선덕제는 목풍아가 사라진 곳을 바라보며 경건하게 목례를 하였다.

선덕제는 선덕 10년1435 자금성 건청궁乾淸宮에서 38세로 생애를 마감하였다. 명사 본기에는 선덕제의 치적을 이렇게 기록하였다.

즉위 이래 관리는 그 직책에 적합하였고, 정사는 평정을 얻었으며, 기강은 바로 서고, 식량 창고는 차고 넘쳤다. 여염집은 일을 즐기고, 세월도 재앙을 만들 수 없었다. 대저 나라가 융성하여 백성의 기운이 점점 융성해졌다. 정녕 치평治平의 기상이 있었다.

역사가들은 홍희제와 선덕제의 시기를 '인선仁宣의 치'라고 부르고 있다. 그러나 역사가들은 인종과 선종을 기억할 뿐, 그들을 만들었던 희대의 풍운아 목풍아의 존재는 모르고 있으니 안타까운 일이다.

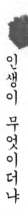

인
생
이

무
엇
이
더
냐

　자운곡의 높은 누각 위에서 스님 한 분과 한가로이 바둑을 두고 있
던 목풍아는 문득 고개를 돌려 난간 아래로 펼쳐져 있는 풍경을 바라
보았다. 벼랑 저편 강변에 넓은 황무지를 개간하여 만든 비옥한 옥토
가 바둑판처럼 펼쳐져 있었으며 언덕 여기저기에 오밀조밀한 마을이
들어서 있었다.

　예전에 백련교의 총단으로 사용하던 이곳은 목가장木家莊이라 불리
며 지금은 목풍아의 식솔들이 거주하는 곳이 되었다. 넓은 마당에는
수많은 아이들이 뛰어놀고 있었다. 아이들과 함께 어울려 놀고 있는
아낙들의 숫자가 십여 명이 넘으니 이 중에 여덟 명은 목풍아의 부인
들이었다.

　아름다운 부인들과 아이들을 바라보다가 흐뭇한 미소를 지으며 고
개를 돌리니 정원 가운데에서 목원유 부부가 차를 마시고, 후원 뒤뜰
에는 언제나처럼 일도가 오괴와 독돈에게 괴롭힘을 당하고 있었다.

바둑판 앞에서 한참을 생각하던 스님이 마침내 검은 돌을 착점하였다.

딱―

경쾌한 바둑돌 소리에 목풍아가 고개를 돌렸다.

"묘수로군요, 세공 스님. 이렇게 되면 좌변을 포기할 수밖에 없겠습니다."

목풍아가 가볍게 흰 돌을 놓았다.

한참을 바라보던 세공 스님이 고개를 갸웃거리며 말했다.

"좌변을 잡았는데도 집 차이는 변함이 없으니 기가 막힐 노릇이군요. 저는 아무리 해도 목공에게는 안 되겠습니다."

세공 스님은 옆에 있는 찻잔을 들어 한 모금 마시더니 난간 너머로 보이는 풍경에 미소를 지었다.

"목공, 인생이 무엇이라 생각하십니까?"

목풍아가 웃으며 말했다.

"그것이라면 제가 물어보고 싶습니다. 스님께서는 한때 천자가 되어 천하를 호령하시다가 지금은 스님이 되셨으니 저보다는 인생에 대해 많이 아실 것 아닙니까?"

"하하하. 그리 물어보신다면 저는 인생이 물거품처럼 허무한 것이라 말하겠습니다."

"그렇다면 지금은 어떻게 생각하시는데요?"

"달콤한 꿀과 같다 생각합니다."

"아니, 물거품처럼 허무한 인생이 어떻게 달콤한 꿀로 변할 수 있습니까?"

"높은 지위에 있을 때는 모든 것이 내 것이었는데 잃고 나니 온 세상을 잃은 것 같았습니다. 생각해보면 허영과 욕심에 찌들어 살 때는 가진 것을 잃는다는 것이 그렇게 아까울 수가 없었지요. 모든 것을 잃었을 때는 내 처지가 마치 꿈에서 깬 사람마냥 허무하더군요. 바락바락 찾으려 하였지만 아무리 하여도 그것과는 멀어져만 갔지요. 하지만 지금은 가진 게 없다 보니 근심할 만한 거리가 없지 뭡니까? 이상하지요. 걱정 근심 없이 살 수 있으니 꿀을 먹은 것처럼 인생이 달콤하더이다."

"와하하하. 과연 스님의 말씀이 옳습니다. 인생이란 허무한 것이지만 스님처럼 잘 찾아낸다면 달콤한 꿀 같은 인생을 즐길 수 있게 되지요."

"돌이켜 보면 내가 천자의 자리를 미련없이 내놓은 것이 천만다행이었습니다. 평생을 권력의 틈바구니에서 노예처럼 살 뻔했으니 말입니다."

"와하하하. 그리고 보면 이렇게 강호에서 유유자적하게 사는 것이 황제의 삶보다 나은 것인지도 모르겠습니다. 와하하하."

목풍아가 목을 젖혀 웃었다.

세공 스님은 이 틈을 놓치지 않고 바둑판을 쓸었다.

"이런, 웃다 보니 판이 망가지고 말았습니다. 아이코. 벌써 불공 시간이 되었네. 저는 그만 가보겠습니다."

세공 스님이 자리에서 일어났다.

목풍아가 세공 스님의 소매를 덥석 잡고 두 눈을 부라렸다.

"이거 왜 이래? 한두 번도 아니고. 이럴 줄 알고 복기를 하였지."

"목공, 이거 왜 이러시오. 되지도 않은 판을 짜서 생사람 잡으려고 하는 거요?"

세공 스님이 팔을 털며 눈을 부라렸다.

목풍아가 소매를 걷으며 자리에서 일어났다.

"이것 봐라. 과거에 황제질 했다고 봐주었더니 이제는 상습적으로 수를 쓰네."

"내가 무슨 수를 썼다고 그래? 그리고 황제 대우 좀 해주라. 전임 황제 체면이 있지 어떻게 방을 닦아?"

"방 닦기 내기를 했으면 응당 닦아야 할 거 아냐?"

"아! 정말 이러기야?"

"이러기다. 목풍아 체면이 있지, 내가 닦을 수는 없는 거 아냐?"

"몰라, 몰라. 알아서 하셔."

세공 스님이 상의를 걷어 올리고 정자 바닥에 드러누웠다.

"이런 빌어먹을 중놈아. 내가 인생이고 뭐고 할 때 알아봤다. 우리 집에서 무위도식하면서 삼시 세끼를 바득바득 아귀처럼 챙겨 먹으면서 방도 한 번 안 닦아? 졌으면 진 값을 해야지 말이 많아, 이 빌어먹을 중놈아."

"몰라, 몰라. 알아서 하라구."

세공이 사지를 버둥거리며 불룩한 배를 보란 듯이 드러냈다. 그때였다.

"뭐 하는 거야? 방 안 닦을 거야? 바둑 한 판 두면 방 닦는다면서? 어서 내려오지 못해?"

마당에 있던 부인들이 이구동성으로 소리를 질렀다.

"서방님, 어서 내려오세요."

목풍아가 누각 기둥을 붙잡고 소리쳤다.

"싫어. 수많은 방을 매일매일 어떻게 닦으란 말이야. 제길, 예전에는 순한 양처럼 고분고분하더니 아기를 하나둘씩 낳고는 호랑이들이 되어버렸어. 저희끼리 뭉치더니 서방을 잡기 시작하네. 자꾸 이러면 남경으로 가버린다."

"흥, 두 공주 품이 그립다고? 엊그제 다녀오고 또 생각이 나는 모양이지? 그년들 만나고 와서는 가기 싫다고 죽는소리 하더니 일하기 싫으니까 생각나는 모양이지?"

곽다혜였다. 지난날 목풍아에게 당한 것을 화풀이라도 하듯이 거친 말을 마구 쏟아 부었다.

"빌어먹을 서방 같으니, 쉴 새 없이 임신을 시켜 우리를 괴롭히면서도 그런 소리가 나와? 내가 못살아. 못살아."

곽다혜가 철퍼덕 주저앉아 땅을 쳤다.

"수선아, 다혜 좀 말려줘."

울상을 지으며 목풍아가 곽다혜 옆에 있는 수선에게 도움을 청하였다.

"호호호. 저도 다혜는 못 말린답니다."

목풍아의 시선이 수선 옆에 있는 강민에게 옮겨갔다.

"민아, 나 좀 살려주라."

강민은 손으로 입을 가리며 웃을 따름이었다. 강민 옆에 있던 하소선이 내려오라는 손짓을 하며 소리쳤다.

"내기에서 졌으면 방도 닦아주실 수 있는 거잖아요? 이기면 악착

같이 받아먹으면서 지고는 모른 척하시는 거예요?"

옆에 있던 화옥이 웃으면서 소리쳤다.

"호호호. 그런 말씀 마시고 어서 내려오세요."

화옥 옆에 있던 설연이 방긋 웃으며 손짓을 하였다.

"교주님, 어서 내려오세요. 할 일이 많아요."

설연 옆에 있던 장보옥과 소홍이 걸레를 흔들며 소리쳤다.

"서방님, 어서 내려오세요. 서방님의 튼튼한 팔과 다리가 구석구석을 지나가면 저희는 마음이 든든하답니다."

부인들의 한결같은 소리에 목풍아는 상의를 벗어 허연 배를 드러내며 소리쳤다.

"작당을 하고 나를 놀리는 거야? 죽여, 죽이라고. 나는 못해. 오늘부터 방 닦지 않을 거야. 알아서들 해!"

곽다혜가 손가락으로 가리키며 소리쳤다.

"목풍아, 너 좋은 말 할 때 내려와. 내려오지 못해?"

"싫어. 싫다구……."

무서운 마나님들의 호통 소리, 목풍아의 앓는소리, 아이들의 밝은 웃음소리가 어지럽게 들려오는 목가장의 저녁 무렵이었다.

終

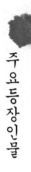

건문제(建文帝, 1383~1402)

중국 명明나라의 제2대 황제재위 1398~1402

이름 주윤문, 시호 혜제惠帝. 1392년 황태자였던 부친 의문태자懿文太子가 병사하여 황태손에 책봉되었다. 1398년 태조 홍무제洪武帝가 죽자 16세로 즉위, 건문建文이라는 연호를 썼다. 당시 태조의 여러 아들은 각 지방의 왕으로 분봉分封되어 있었는데 건문제는 황자징黃子澄·방효유方孝孺 등의 획책에 따라 황제의 권위를 높이는 한편, 봉령을 삭감하여 그 세력의 약화를 도모하였다. 그 때문에 1399년 연왕燕王이 정난靖難의 변을 일으켜, 1402년 경사京師; 南京를 함락하고 제위를 빼앗아 영락제永樂帝에 즉위하였다. 건문제는 이때 성안에서 불에 타 죽은 것으로 전해지는데 혹자는 홍무제의 안배에 의해 비밀 통로로 도망쳐서 중이 되었다고도 한다.

영락제(永樂帝, 1360.5.2~1424.8.5)

중국 명明나라의 제3대 황제재위 1402~1424

태조 홍무제洪武帝의 넷째 아들. 성명은 주체, 묘호 태종太宗. 후에 성조成祖로 개칭하였으며, 연호에 따라 영락제라 일컬어졌다. 처음에는 연왕燕王으로 북경北京에 봉해졌으나 홍무제가 죽은 뒤 적손嫡孫인 건문제建文帝가 즉위하여 삭봉책削封策을 취하자 1399년에 거병擧兵, 정난군靖難軍이라 칭하고 3년의 격전 끝에 수도 남경南京을 쳐서 건문제를 패사시키고 제위에 올랐다.

산둥성山東省의 제녕濟寧과 임청臨淸 간의 회통하會通河를 개준改浚하여, 대운하의 양도糧道를 열었다. 1421년 북평으로 수도를 옮겨 북경이라 고치고 수도의 터전을 닦았다.

영락제의 치정에서 가장 현저한 것은 주변 지역의 대규모 정벌과 그것에 의한 명나라 국경의 확보다. 즉, 동북 지방에서는 흑룡강黑龍江 하류에 누르간도사奴兒干道司를, 백두산白頭山 북쪽에 건주위建州衛를 두었다.

그 뒤로 많은 위소衛所를 두어 여진 부족을 통할하고, 타타르 해협에서부터 남만주에 이르는 땅을 지배하였다. 몽골은 원元나라가 멸망한 뒤 분열 상태에 있었으나 영락 초년 동부에 타타르, 서북부에 오이라트가 일어나 북변에 압력을 가하였다.

영락제는 1410년 친히 군사를 이끌고 고비사막 북쪽으로 원정하였고 이후 1424년 진중에서 병사할 때까지 5차례의 친정親征으로 그 위협을 막았다. 서남 지역에서는 티베트로부터 조공을 받았고, 소수 민족을 눌러 귀주포정사사貴州布政使司를 두었으며, 1406년에는 안남安

南; 베트남에 원정하여 문지포정사사文趾布政使司를 두고 직할 지배하에 넣었다.

또 남해 지역에 6회에 걸친 원정군을 보내어 멀리 아프리카 동해안까지 그 세력을 확장하였다. 아시카가 요시미쓰足利義滿를 일본 국왕에 봉하여 왜구를 누르고, 감합 무역勘合貿易의 길을 연 것도 그의 시대였다.

내정 면에서는 문화 정책에 힘을 기울여 2만여 권에 이르는 일대 유서―大類書『영락대전永樂大典』1408 외에『사서대전四書大全』,『오경대전五經大全』,『성리대전性理大全』등을 편찬하여 주자학의 국가 교학으로서의 지위를 굳혔다. 그러나 그의 시기에 환관이 대두하기 시작하여, 이후 명나라의 정치에 큰 영향을 끼치게 되었다.

홍희제(洪熙帝, 1378~1425)

중국 명明나라의 제4대 황제재위 1424~1425

성명 주고치朱高熾, 묘호廟號는 인종仁宗, 성조成祖 영락제永樂帝의 장자다. 어릴 적부터 문무文武에 빼어났고, 성조가 황위 찬탈전·만주경략滿洲經略·몽골 정벌 등으로 외정外征을 하였을 때, 궁정을 잘 다스려 영재英才의 풍모를 보였다. 즉위한 후에는 명신名臣 양영楊榮·양사기楊士奇·양부楊溥 등을 중용하여 영락제의 대외적극책對外積極策에서 비롯된 흩어진 내치를 회복하였고, 관기의 숙정, 민생의 복리를 도모하는 한편 황위를 빼앗긴 후에 냉대를 당하던 건문제建文帝 일파의 사회적 복귀를 실현해 국내 감정의 융화에도 힘썼다.

선덕제(宣德帝, 1399~1435)

명나라의 제5대 황제재위 1425~1435

성명 주첨기朱瞻基, 시호 장황제章皇帝, 묘호 선종宣宗. 선덕제는 그 연호年號에 따른 호칭이다. 조부 영락제永樂帝의 총애를 받아 자주 그의 순행巡幸 · 정토征討를 수행하였다. 부친 홍희제洪熙帝 뒤를 이어 즉위하였고, 이듬해 숙부인 한왕漢王 주고후朱高煦가 반란을 일으키자 친정親征하여 항복을 받았다. 1426년에는 우량하이兀良哈三衛의 침공을 격파하여 과단성 있는 무위를 보였으나 영락제와는 달리 적극적인 대외정책은 쓰지 않았다. 내정 면에서는 양사기楊士奇 등 명신들의 보좌를 받아 크게 치적을 올렸다. 그림에도 뛰어나 휘종徽宗과 함께 유명하였으며 선덕요宣德窯는 이 시대 풍조의 일단을 잘 나타내주고 있다.

정화(鄭和, 1371~1435)

명나라의 환관 · 무장武將

운남성雲南省 곤양昆陽 출생. 남해南海 원정의 총지휘관. 본성 마馬씨. 법명 복선福善. 삼보태감三保太監이라 불린다. 1382년 윈난이 명나라에 정복되자 명나라 군대에 체포되어 연왕燕王 주체를 섬겼다. 1399~1402년 정난靖難의 변 때 연왕을 따라 무공을 세웠고, 연왕이 건문제建文帝 뒤를 이어 황제에 즉위한 뒤 환관의 장관인 태감太監에 발탁되었으며, 정鄭씨 성을 하사받았다. 1405년부터 1433년까지 영락제의 명을 받아 전후 7회에 걸쳐 대선단大船團을 지휘하여 동남아시아에서 서남아시아에 이르는 30여 개국에 원정하여 명나라의 국위를 선양하고 무역상의 실리를 획득하였다.

제1차 원정 때에는 대선 62척에 장병 2만 7,800여 명이 분승하였고, 제7차 원정 때에는 2만 7,550명이 참가하는 규모의 원정대였다. 이 원정으로 중국인의 남해에 대한 인식을 새롭게 하였으며, 동남아시아 각지에서의 화교華僑들의 발전에도 크게 기여하였다.

도연(道衍. 1335~1418)

명明나라의 승려. 속성 요姚, 자 사도斯道, 호 천희天禧·도허逃虛·독암獨庵. 광동성廣東省 장주長州 출생. 14세에 사미가 되었으며, 도사道士 석응진席應眞에게 음양술陰陽術을 배웠다. 홍무洪武 연간1368~1398에 고승高僧으로 뽑혔으며, 연왕燕王을 좇아서 경수사慶壽寺의 주지로 있으면서 시종하여 정치를 도왔다. 1404년 태사소사太師少師의 관직에 올랐으며, 복성復姓하여 요광효姚廣孝, 통칭 요소사姚少師라 불렀다. 유가儒家의 불교 격하에 대해서는 『도여록道餘錄』을 지어 반론을 폈다.

방효유(方孝孺. 1357~1402)

명나라 초기의 학자. 자 희직希直·희고希古, 호 손지遜志. 절강성浙江省 요해현寧海縣 출생. 방정학方正學이라고도 한다. 송염宋濂의 문하에 들어가 뛰어난 재주로 이름을 떨쳤다. 평소에 왕도王道를 밝히고 태평太平을 이룩하는 것이 자신의 임무라 생각하고 세속적인 일에는 신경을 쓰지 않았으며, 혜제惠帝를 섬겨 시강학사侍講學士로서 두터운 신임을 받았다.

1402년 연왕燕王 : 뒤의 永樂帝이 황위皇位를 찬탈한 뒤, 그에게 즉위의 조詔를 기초하도록 명하자 붓을 땅에 내던지며 죽음을 각오하고 거부하였다. 연왕은 노하여 그를 극형에 처하였고, 일족과 친우·제자 등 847명이 연좌되어 죽었다고 한다. 저술에 『주례변정周禮辨正』등 몇 가지가 있었으나 모두 영락제에 의해 소각되고, 『손지재집遜志齋集』24권, 『방정학문집方正學文集』7권이 전할 뿐이다.

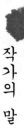

작
가
의
말

소설 『책사策士』는 제3회 문피아장르문학상 공모전에서 금상을 받은 작품이다. 당시에는 현재의 제목과는 달리 『목풍아』라는 제목으로 출품하였지만, 공모전의 성격을 잘 드러내야 하는 장르소설임에도 무협의 요소가 부족하다 하여 아쉽게 대상을 놓친 작품이다. 장르문학상에 공모한 소설이기는 하나 사실 이 소설은 무협이라는 장르보다 역사소설에 가깝다고 말할 수 있다.

이 소설은 명나라의 시조인 홍무제가 명을 건국한 이후, 제2대 황제 건문제가 천자가 된 1399년건문 1년 6월부터 제5대 황제 선덕제가 한왕 주고후의 반란을 평정하는 1426년선덕 1년 8월까지, 27년간의 역사가 배경이 된다. 후일의 영락제가 되는 연왕은 조카인 건문제의 견제로 자신의 지위가 점점 위태로워지고 있음을 깨닫고 3년간의 내란 정난의 변 끝에 황제의 자리에 오른 후, 영락제의 손자인 선덕제가 명나라의 기틀을 잡기까지 주인공 목풍아의 활약상을 다룬 작품이다.

주인공 목풍아는 천하 백성들을 태평한 세상에서 살게 하고픈 야망을 가진 인물로, 큰 뜻을 품고 어지러운 세상 속으로 뛰어든 한 사나이의 원대한 꿈과 백성을 사랑하는 의기가 돋보인다. 그리고 명대의 역사에서 큰 인물로 다루어지는 환관 정화와 명승이었던 도연 등 수많은 인물들과 목풍아의 흥미진진한 두뇌싸움을 통해 전략과 전술, 처세와 경영의 요체를 배울 수 있고, 황제의 화려한 모습만 상상했던 건문제와 영락제 등의 인물들을 통해 권력과 인생의 허무함에 대해 한 번쯤 생각해보는 계기가 되었으면 좋겠다.

　공모전에 출품할 당시에는 마감에 쫓겨 쓴 작품이라 완결이 된 후에도 후회가 많이 남았었다. 그래서 언젠가 좋은 기회가 되면 작품을 수정·보완하여 좀 더 원숙한 모습으로 세상에 내보이리라 마음을 먹었다. 어느덧 6년의 시간이 흐르고, 나에게도 많은 변화가 있었다. 그동안 역사소설을 여러 편 쓰고, 창작동화도 몇 편 세상에 내보냈다. 게다가 희곡과 오페라 대본을 쓰게 되는 행운까지 얻어 뮤지컬과 오페라로 세상과 소통하는 기쁨도 맛볼 수 있었다. 이러한 경험들은 세상을 보는 시각을 달리하게 만들었고 글을 보는 시각도 많은 부분이 변화되었다. 『책사』의 부족한 부분이 새롭게 눈에 들어왔고 수정하는 작업이 시작되었다. 오히려 처음 이 책을 쓸 때보다 오랜 시간이 소요되었지만 많은 시간이 소비된 만큼 이전보다 더 나은 작품이 나온 것 같아서 마음이 흐뭇하다. 마지막으로 출판에 도움을 주신 산수야 사장님을 비롯한 편집부 여러분에게도 감사의 말씀을 전한다.

2013년 3월　권오단

참고문헌

· 『명사明史』, 藝文印書館 / 1747

· 진순신, 『이야기 중국사』, 시대정신 / 1992

· 『손오병법孫吳兵法』, 내외신서 / 1991

· 사마천, 『사기열전史記列傳』, 민음사 / 2001

· 정민, 『한시미학산책』, 솔 / 1996

· 풍몽룡, 『지경智經』, 청림출판 / 2003

· 조은훈, 『진가태극권』, 서림문화사 / 1979

· 『무당삼봉태극권』, 여강출판사 / 2001

· 김성환, 『구궁비결』, 명문당 / 1994